BERND LEIX

Fächertraum

AUSGEBRANNT Oskar Lindt, unter der Last der Jahre in die Breite gegangener Chefermittler der Karlsruher Mordkommission, tut sich zunehmend schwer mit seinem Beruf. Frühere Fälle verfolgen ihn in Albträumen, Kollegen aus anderen Abteilungen mobben ihn und setzen ihn unter Druck.

Doch es kommt noch schlimmer: Als der Filialleiter eines Bettenmarkts brutal ermordet wird und Lindt einen Verdächtigen unsanft überwältigt, hängt man ihm ein Verfahren wegen Körperverletzung an, das ausgerechnet seine Erzfeindin, die Oberstaatsanwältin Lea Frey, genüsslich gegen ihn einleitet.

Eine erste Spur führt in das Milieu des äußerst profitablen Zigarettenschmuggels. Aber die Ermittlungen verlaufen zäh und als ein zweiter Mord geschieht, steckt der erfolgsverwöhnte Fächerstadt-Kommissar endgültig in der Krise …

Bernd Leix wurde 1963 geboren, studierte Forstwirtschaft und lebt heute in Alpirsbach im Schwarzwald. Er arbeitete einige Jahre als Revierförster im Karlsruher Hardtwald und kam dort mit nahezu jeder Art von Kriminalität in Berührung. »Fächertraum« ist bereits der fünfte Fall für seinen beliebten Karlsruher Kommissar Oskar Lindt.

Bisherige Veröffentlichungen im Gmeiner-Verlag:
Waldstadt (2007)
Hackschnitzel (2006)
Zuckerblut (2005)
Bucheckern (2005)

BERND LEIX

Fächertraum

Oskar Lindts fünfter Fall

Original

GMEINER

Besuchen Sie uns im Internet:
www.gmeiner-verlag.de

Im Ehnried 5, 88605 Meßkirch
Telefon 0 75 75/20 95-0
info@gmeiner-verlag.de

1. Auflage 2009

Lektorat: Claudia Senghaas, Kirchardt
Herstellung / Korrekturen: Katja Ernst / Susanne Tachlinski
Umschlaggestaltung: U.O.R.G. Lutz Eberle, Stuttgart
unter Verwendung eines Fotos von: © theogott / Fotolia.com
Druck: Fuldaer Verlagsanstalt, Fulda
Printed in Germany
ISBN 978-3-8392-1010-9

1

»Wieso immer im Herbst?« Oskar Lindt hielt seinem Kollegen die Tageszeitung hin: »Heute schon wieder zwei Seiten.«

»Brauchst doch nur rauszuschauen«, antwortete Paul Wellmann. »Vielleicht stirbt es sich bei diesem trüben Nebelwetter einfach leichter.«

»Oder besser?«

»Oder schneller oder lieber, was weiß ich, Oskar.«

Ein intensiver Blick auf die Anzeigen mit dem schwarzen Rand gehörte neben der ersten Pfeife und dem ersten großen Milchkaffee des Tages zum festen Ritual des Leiters der Karlsruher Mordkommission.

»Hier, einer unserer Kunden. ›Plötzlich und unerwartet‹ ... Ein Glück, dass ihn die Sanitäter schon abgeschnitten hatten. Je älter ich werde, umso schwerer fällt mir der Anblick.«

Auch Paul Wellmann wurde nachdenklich: »Noch vor zehn Jahren hat es mir nicht viel ausgemacht. Ein Routinefall halt. Suizid, was solls. Keine Fremdeinwirkung festzustellen, also Aktendeckel zu, Leiche freigegeben, erledigt.«

»Und heute?«, fragte Jan Sternberg, der Jüngste im Kommissariat, und angelte sich den Sportteil der Zeitung.

»Hmm«, Wellmann schwieg und schaute zu Lindt.

Der verschränkte die Arme, lehnte sich zurück und blies eine mächtige Rauchwolke aus dem Mundwinkel. »Also, wenn ich ehrlich sein soll ...«

Die Augen seiner Kollegen richteten sich auf den Chefermittler.

»... vor vier Wochen ungefähr, ja, in der Nacht, als die Uhr wieder auf Winterzeit gestellt wurde ...«

»Hast du davon geträumt?«

Lindt nickte und bekam einen merkwürdig glasigen Blick.

»Erinnerst du dich, Paul? Ziemlich lang schon her. Ein eiskalter Wintertag. Der alte Kopp war hier noch der Chef, da hat er uns beide an die Alb geschickt, dort, wo sie durch den Rüppurrer Friedhof fließt.«

Paul zuckte zusammen: »Die Ertrunkene im Pelz?«

»Siehst du sie vor dir? Wie sie im Wasser trieb?«

Wellmann rieb sich die Augen: »Auf dem Rücken, ein Arm in einer Wurzel verfangen. Vornehmes schwarzes Kleid, die Schuhe schon vom Wasser mitgenommen.«

»Und der Mantel? Weißt du noch?«

»Persianer, ja, natürlich genauso schwarz, offen, ausgebreitet.«

»Und die Strömung bewegte ihn hin und her.«

Wellmann schluckte. »Davon hast du geträumt?«

Lindt schüttelte den Kopf. »Nicht, wie sie im Wasser lag, sondern wie sie über den Friedhof ging. Nein, sie schwebte eher. Ihr schwerer Pelz flatterte weit offen im Wind. So leicht, als wäre er ein dünner Sommermantel.«

»Die Frau war schon ziemlich alt. Einer unserer Kollegen von der Streife hat sie doch gekannt und nur gemeint: ›Mit 85 geht man nicht mehr ins Wasser! Die hätt auch vollends warten können.‹«

Jan Sternberg begann zu grinsen, doch Wellmanns Gesichtsausdruck war erstarrt.

»Damals haben wir über diesen blöden Spruch auch gelacht.«

»Das lange weiße Haar hatte sie gelöst. Könnt ihr euch das Bild vorstellen?«

Keiner sagte etwas.

»Sogar Carla ist aufgewacht, so abrupt bin ich hochgeschreckt. Eigentlich wollte ich es niemandem erzählen …«

Das dünne Schulheft, das seither auf seinem Nachttisch lag, erwähnte Oskar Lindt nicht. Dass er schon siebenmal hineingeschrieben hatte, behielt er ebenfalls für sich. Morgens packte er es weg. Manches erzählte er Carla, aber sie sollte es nicht lesen.

»Was sagt denn die Statistik?«, unterbrach Jan die Stille. »Sterben im Herbst wirklich mehr Leute? Ich könnt ja mal bei der Zeitung anrufen, ob sie im Mai auch täglich zwei Seiten mit den schwarzen Anzeigen füllen.«

Lindt seufzte. »Vielleicht bilde ich mir das ja nur ein, aber unser Jahrgang, Paul, wird jetzt immer häufiger aufgerufen.«

»Du meinst, die Einschläge kommen näher?«

»Wie hoch war noch mal die durchschnittliche Lebenserwartung im Polizeiberuf?«

Empört fuhr Sternberg auf: »Was soll die Angstmache? Ihr beide habts ja bald geschafft, aber wo bleibt die Perspektive für mich?«

Das Telefon ersparte Oskar Lindt die Antwort. Er notierte eine Adresse und schob sie Paul Wellmann hin: »Fahrt bitte rüber in die Augartenstraße. Der Notarzt hat Zweifel an einer natürlichen Todesursache. Weiblich, 86.«

Als Paul und Jan gegangen waren, stopfte sich der Leiter der Mordkommission eine neue Pfeife, zog ein kleinformatiges Schulheft aus seiner Gesäßtasche und begann, darin zu blättern.

Schon nach wenigen Minuten steckte er es zurück. Eine seltsame Unruhe hatte ihn ergriffen. Fast bereute er, nicht selbst in die Südstadt gefahren zu sein, doch kurz entschlossen wählte er die Nummer der Zentrale, meldete sich ab – ›bin unterwegs‹ – holte sein altes Damenrad aus dem Keller und trat kräftig in die Pedale.

Am Stadtgarten entlang nahm er die Beiertheimer Allee und dann die Bahnhofstraße, kaufte im Hauptbahnhof ein neues Döschen Presstabak und eine Butterbrezel, unterquerte die Schienen und erreichte nach einer Viertelstunde im Bummeltempo den Friedhof des Stadtteils Rüppurr.

Der Kommissar kettete sein Rad an eine Straßenlaterne, zündete die Pfeife wieder an, kaute rauchend ab und zu ein Stück Butterbrezel und begann, zwischen den Gräberreihen umherzugehen.

Unschlüssig, ziellos – was wollte er eigentlich hier? Was suchte er? Wie von selbst hatte ihn sein altes Rad hergetragen. Der Traum? Die Erinnerung? Er fühlte sich irgendwie fremdgesteuert.

Immer wieder machte er halt und schaute sich um. Die großen alten Bäume standen seit den ersten Nachtfrösten nackt und kahl. Eine Stimmung fast wie damals, nur nicht so kalt.

Kurz nach halb neun, und immer noch schien es nicht ganz hell zu sein. Der seit Tagen gleich düstere bleigraue Hochnebel drückte. Er drückte auch auf Lindt, der seine Hände tiefer in die Jackentaschen schob, den Kragen hochschlug und mit gesenktem Blick weiterwanderte.

Vor einer dunklen Grabplatte blieb er stehen. ›Unvergessen‹, der Name einer jungen Frau. Er musste nicht nachdenken. Ehemann im Vollrausch, die abgesplitterte Bierflasche hatte ihre Halsschlagader aufgerissen. Verurteilt wegen Totschlags. Zwei Jahre sitzt er noch. Die Kinder? Lindt ging weiter.

Außer ihm war kein Mensch zu sehen. Zwei Gräber nebeneinander. Zweimal Suizid, beide Männer damals um die 60. Der eine ging mit dem Strick auf den Dachboden, der andere folgte seinem Beispiel zwei Straßen weiter und 14 Tage später. Er nahm den Firstbalken des Holzschuppens. Krank? Der Kommissar zog seinen Kopf noch ein Stück weiter ein und spürte, dass es nun genug war.

Entschlossen machte er kehrt, hielt den Blick auf den Boden gerichtet. Einmal sah er doch nach oben. Der Ort aus seinem Traum? Vorne eine schmale Gestalt im schwarzen Mantel. Lindt konnte sich nicht rühren. Weiße Haare, wehende Haare! Er riss die Augen auf. Nein, nur ein langes helles Kopftuch. Wo war bloß der Ausgang?

Verfolgt mich die Vergangenheit jetzt auch schon am Tage?

Die Gräber trugen noch die Kränze, Schalen und Gestecke von Allerheiligen. Hier und da ein ewiges Licht.

›Wenn auf den Gräbern aller Ermordeten ein Lichtlein stünde‹, hatte er neulich gelesen, ›dann wären die Friedhöfe hell erleuchtet!‹

Der Leitende Oberstaatsanwalt war bei der letzten großen Besprechung anderer Meinung gewesen: ›Immer dieses populistische Gerede von der hohen Dunkelziffer‹, hatte er gemäkelt. ›Fangen Sie bloß nicht damit an, jede alte Oma wegen ein paar blauer Flecken gleich in die Rechtsmedizin zu schicken. Dafür haben wir nun wirklich kein Geld.‹

Die internationale Statistik sprach dagegen, und Lindt wusste es: In Ländern mit mehr Obduktionen werden nachweislich mehr Verbrechen aufgedeckt. Hätte er es dem hoch dotierten Juristen entgegenhalten sollen? Konfrontation? Gegen das System? Wenig sinnvoll – er kannte bessere Wege zum Ziel. Außerdem träumte er ja von Fällen, die er bearbeitet hatte, und nicht von unentdeckten Verbrechensopfern.

»Tag, Herr Lindt.« Der Kommissar schreckte aus seinen Gedanken hoch und erkannte eine frühere Nachbarin – ein paar Jahre in der Oststadt im selben Haus. »Der Anton liegt gleich dort hinten.«

»Ist das schon zwei Jahre her?« Damals, kurz vor Weihnachten, hatte er bei der morgendlichen Zeitungslektüre den Namen seines ehemaligen Nachbarn entdeckt. Das Schreiben von Trauerkarten war Carlas Sache. »Kommen Sie zurecht?«

»Ich muss, Herr Lindt, ich muss. Wir waren ja kaum umgezogen, als es passierte. Beim Nachtessen, das Herz, einfach so.«

Der Kommissar drückte der Frau die Hand. Eiskalt, erschrak er. Der leichte Anflug eines feinen fiesen Grinsens in ihrem Mundwinkel? Einbildung! Oder?

Früher war es bei denen in der Wohnung oft laut geworden, und die Frau kam manchmal tagelang nicht raus. Lindt traute sich nicht, noch mal in ihr Gesicht zu sehen.

Schnell ging er weiter. Jetzt war er wirklich bedient mit Begegnungen auf dem Friedhof. Ein Frösteln durchzog ihn. Komisch, vorhin war ihm noch nicht kalt gewesen. Nicht mal an den Händen am Lenker hatte es ihn gefroren, aber jetzt …

Er kettete sein Rad los und schwang sich auf den Sattel. Ein Blick zurück zur Alb. Langsam strömte das Flüsschen dahin. Eigentlich nicht tief, aber wenn man untertauchte und lange genug im kalten Wasser blieb – für die Frau im Persianer hatte es damals jedenfalls gereicht.

Das alte Damenrad ächzte, so schnell und energisch trat Lindt in die Pedale. Langsam wurde ihm wieder warm.

2

»Ein paar blaue Flecken vom Sturz, Chef. Der Notarzt hat es dann schließlich auch so gesehen, wollte sich halt absichern. Die Oma lag neben der Wanne auf den Fliesen. Ausgerutscht und mit dem Kopf auf die Kante – hundertprozentig! Pech, wenn der Sensenmann ausgerechnet im Bad kommt. Die Nachbarn haben sie gefunden. Bestimmt schon gestern Abend passiert. Mann, war die kalt!« Jan Sternberg erfuhr nie, warum ihn Oskar Lindt so merkwürdig ansah, nur ein gequältes ›Jetzt reichts mir wirklich‹ hervorwürgte und seinen Stuhl näher an die Heizung rückte.

Paul Wellmann dagegen verstand. Auch er rollte seinen Bürosessel zur Wärme und setzte sich schweigend neben Lindt.

Während ihr junger Kollege den Bericht ›Augartenstraße‹ in die PC-Tastatur hämmerte, saßen die beiden grauen Kommissare bewegungslos nebeneinander und starrten ins Leere.

»Am Anfang die Witze, dann die Routine – und jetzt?« Wellmann zuckte die Schultern. Mit einer flapsigen Bemerkung hatte er sich vor 25 Jahren eine Diszi samt zweijähriger Beförderungssperre eingefangen.

»Um den ist es wirklich nicht schade!« Dummerweise hatte der Zeitungsfotograf nicht nur sein Objektiv auf den von 13 Schüssen durchsiebten Amischlitten des Zuhälters gerichtet, sondern auch die Ohren gespitzt und den respektlosen Satz des langen jungen Oberkommissars gleich brühwarm in der Redaktionskonferenz zum Besten gegeben. Das Bild auf der ersten Seite des Lokalteils zeigte Wellmann zwar nur von hinten, aber der Polizeipräsident erkannte problemlos, wer da neben der durchlöcherten Fahrertür kniete und in fetten Überschriftslettern zitiert wurde.

Lindt presste seine Hände auf die nur lauwarmen Heizkörperrippen. »Und jetzt?«, wiederholte er lakonisch. »Jetzt kommen sie bei Nacht, unsere Opfer von damals.« Er schauderte, obwohl es ihm normalerweise eher zu warm war.

Jan Sternberg zog die Augenbrauen hoch, als Lindt mit gesenktem Kopf in seinem Büro verschwand. »Müssen wir uns Sorgen machen?«, drehte er sich zu Paul Wellmann um.

Doch der schüttelte den Kopf. »Kein Grund, Jan. Ich wette, er stellt sich ans Fenster, unbeweglich, Hände in den Taschen, Pfeife im Mund, und schaut runter auf die Straße.

Manchmal steht er eine halbe Stunde lang dort. So ist er halt, unser Oskar.«

Doch Paul sollte sich täuschen. Kaum hatte er das ausgesprochen, kam Lindt wieder ins Zimmer. Er wirkte merkwürdig nervös. Unruhig, rastlos. Ohne etwas zu sagen, nahm er seine Jacke vom Haken und verschwand nach draußen.

»Er geht zu Fuß«, sagte Sternberg, der ihm durchs Fenster nachschaute.

Lindt ging an seinem Dienstwagen vorbei, machte einige Schritte später jedoch kehrt, angelte die Schlüssel aus der Hosentasche, öffnete den Kofferraum und nahm seinen großen schwarzen Stockschirm heraus.

Er schickte einen skeptischen Blick zum Himmel, dann ging er weiter. Wohin? Das wusste er selbst nicht.

Er litt unter der Unrast. Auch Carla hatte es schon bemerkt, doch wenn sie ihn darauf ansprach, wusste er nichts zu sagen. »Keine Ahnung …«

Manchmal half es ihm, ziellos umherzuwandern oder sich irgendwo hinzusetzen und die Passanten zu beobachten. ›Leute schauen‹ war schon immer sein Hobby gewesen. Aber heute? Es kam ihm gar nicht in den Sinn. Mit gesenktem Kopf und hängenden Schultern trottete er vorwärts. Er verlor jedes Gefühl für die Zeit.

Irgendwann erreichte er die Fußgängerbrücke, die über die Kriegsstraße führt. Er stiefelte ein Stück hinauf, blieb stehen, lehnte sich ans Geländer, starrte zum eingezäunten Areal des Bundesgerichtshofes und stierte nach unten auf den vierspurigen Verkehr. Doch er schaute nicht wirklich hin. Es war ihm, als blickte er ins Leere – nirgendwohin.

Er beachtete die Radfahrer nicht, die hinter seinem Rücken die Brücke passierten. Genauso wenig wie die Schulkinder, die lärmend Richtung Naturkundemuseum strömten. Selbst den Gruß zweier Streifenpolizisten nahm er kaum wahr und beantwortete ihn nur mit einem mechanischen Kopfnicken.

Es begann zu nieseln. Nur leicht, zu wenig, um den Schirm aufzuspannen. Einmal tastete Lindt vorsichtig zur Gesäßtasche: Ja, er hatte es eingesteckt, das Heft mit seinen nächtlichen Notizen, mit den Gedächtnisprotokollen seiner Traumwelt.

Warum machten ihm die Träume so zu schaffen? Hatte sich so viel angehäuft in seinem Unterbewusstsein, dass es auf diese Art nach außen drängte?

›Unkonventionell, aber souverän‹ – der Ausspruch des Staatsanwalts, als er vor Kurzem Lindts Arbeitsweise charakterisierte. Hatten diese Worte etwas in ihm ausgelöst? Begann er, über sich selbst nachzudenken?

Er grübelte. Begann er wirklich, sein Verhalten zu reflektieren? Merkwürdig – er schüttelte den Kopf. Was soll das? Ich denke, ob ich denke? Nein, eher kam es ihm so vor, als ob irgendetwas in seinem Innern sich selbst infrage stellte. Ob ich mal mit Paul darüber …?

Nee, schüttelte er wieder den Kopf. Er fühlte sich gar nicht in der Lage dazu, seine Gedanken mit einem anderen zu teilen.

Das Nieseln wurde stärker, aber Lindt merkte es nicht.

Hätte ihm ein Gespräch vielleicht doch geholfen? Hatte er in der Vergangenheit zu viel mit sich selbst ausgemacht?

Der einsame Wolf? Nein, nein, das war er ganz bestimmt nicht. Er wusste sehr wohl, was er an seinem Team hatte und dass die Erfolge ohne Paul und Jan, ohne Ludwig Willms von der Kriminaltechnik und ohne den ›Kurzen‹, den Staatsanwalt Tilmann Conradi, niemals zustande gekommen wären.

Aber diese Erfolge – waren sie es wirklich, auf die es ihm ankam? Komplizierte, langwierige Fälle waren seine Spezialität. ›Das schafft nur Lindt!‹ Diese Worte des Kriminaldirektors klangen ihm noch in den Ohren. Und er hatte es geschafft! »Nein, falsch«, stieß er plötzlich so laut hervor, dass eine Frau, die hinter ihm vorbeiging, fast den Griff ihres Einkaufswagens losgelassen hätte. Doch Lindt beachtete ihren konsternierten Blick nicht. Gemeinsam haben wir es geschafft. Nicht ich allein. Aber wem klopft man auf die Schulter? Dem, der an der Spitze steht.

›Wenn es einer schafft, dann ich.‹ – Ja es stimmte, so hatte er manchmal insgeheim gedacht. Die abstrusen Ideen, die völlig abwegigen Gedanken, die das Team schließlich zum Ziel brachten, die waren tatsächlich in seinem Kopf gereift. Die Technik des ›Querdenkens‹, des ›kreativen Andersmachens‹, das war immer die Spezialität des Oskar Lindt gewesen.

Aber warum fühlte er sich dann so merkwürdig? Eine leichte Beklemmung stieg in ihm auf. War es Angst? Die Furcht davor, von seinem eigenen Gedankenstrudel nach unten gezogen zu werden?

Wurde er etwa depressiv? Begann er, am Sinn seiner Arbeit zu zweifeln? Doch welche Arbeit sollte sinnvoll sein, wenn nicht seine?

Dem Kampf gegen das Unrecht hatte er sich verschrieben. Sein ganzes Leben lang, mit vollem Einsatz, mit Leib und Seele. Nie hatte er daran gezweifelt. Und jetzt? Ein paar Jahre vor der Pensionierung solche Gedanken. War es ein ›Burn-out‹?

Oder war es einfach zu viel? Zu viel, als dass man es einem Einzelnen zumuten, einem allein aufbürden konnte?

›Scheuen Sie sich nicht, auch professionelle Hilfe in Anspruch zu nehmen‹ – die Worte des Psychologen bei einer Fortbildung im letzten Winter. Damals hatte er diese Gedanken weit von sich gewiesen. Er hatte nie zugelassen, dass etwas von seinem Innersten nach außen drang. Selbst mit Carla konnte er darüber nicht sprechen.

Hatte er die Erlebnisse in sich hinein...gestopft? ... gefuttert? ...gefressen?

Sein langsam wachsender Umfang, war er ein Schutzpanzer gegen die Eindrücke von außen? Gegen das, was man ihm in diesem Beruf schon zugemutet hatte?

Oder war er eher ein Gefängnis, das seine Gefühle in ihm einsperrte?

Dass das Nieseln bereits zu einem richtigen Bindfadenregen geworden war, bemerkte er erst, als ein dicker Wassertropfen über seine Nase hinunterrann. Er betastete seinen Hinterkopf: Die Haare waren schon ganz durchnässt. Schnell spannte er den breiten schwarzen Schirm auf.

Abgeschirmt! Schottete er sich in Wirklichkeit nach außen hin ab? ›Werde ich jetzt komisch?‹ Paul und Jan hatten in den letzten Wochen manchmal recht sonderbar geschaut. Seinetwegen? »Quatsch! Einbildung!«, sagte er laut zu sich selbst. »Aber wozu stehe ich dann die ganze Zeit auf dieser Brücke herum? Wenn das nicht merkwürdig ist ...«

Langsam hob er den Kopf. Töne, vertraute Töne. Die näher kommenden Sirenen zweier Streifenwagen holten ihn zurück in die Wirklichkeit. Zeitgleich vibrierte das Handy in seiner Hosentasche: »Oskar, wir müssen. Wo können wir dich abholen?«

3

»Schrotschuss!«, würgte ein junger Streifenpolizist hervor. Mit blassgrünem Gesicht drängte er an Lindt vorbei nach draußen und übergab sich ekelhaft laut neben einer Kletterrose, die die schmutzige Backsteinwand des Hinterhofs berankte.

Bewegungsunfähig blieben die beiden altgedienten Kommissare auf der Türschwelle stehen. Rot und Weiß – der Lagerraum schien damit gefüllt zu sein. Rote Spritzer und weiße Federn, dazwischen eine Gestalt, verkrümmt, halb auf dem Rücken liegend. Die Arme von sich gestreckt, lag der Mann in einem Berg von plastikverpackten Schlafkissen und folierten Daunendecken.

»Mann!«, entfuhr es Jan Sternberg, als er an seinen Kollegen vorbei einen Blick ins Innere des Raumes werfen konnte. Ein Luftzug wirbelte Federn auf, die sich langsam und gnädig dorthin senkten, wo eigentlich das Gesicht des Mannes hätte sein müssen.

»Wer war außer Ihnen schon drin?« Lindt blickte streng. »Da muss erst die Spurensicherung rein.«

Der Uniformierte wischte mit einem Papiertaschentuch die Reste seines Erbrochenen vom Mund. »Vorne im Laden. Mein Kollege ist bei ihr.«

Sirenen kamen schnell näher und verstummten.

»Dürfen wir?«, wollte sich ein südländisch aussehender Notarzt in den Raum drängen, doch der Kommissar hielt den Mediziner und die drei Sanitäter zurück.

»Nichts mehr für Sie.«

Wie angewurzelt blieb auch der Arzt stehen und starrte auf den rot-weiß gefederten Klumpen Brei, der einmal ein menschlicher Kopf gewesen war.

Eindeutig, die zerfetzten Kissen-Reste in den Händen des Toten. »Hat er sich noch schützend vorgehalten, aber der Schuss ging durch«, keuchte der Streifenpolizist. »Keine Chance bei Schrot.«

Bedächtig nickte Lindt: »Wahrscheinlich haben Sie recht.« Dann wandte er sich an den Notarzt und deutete zum Vorderhaus: »Eine Frau hat ihn gefunden. Ob Sie mal nach ihr …?«

»Wir kümmern uns.« Wellmann und Sternberg folgten

dem Rettungsteam und betraten die Geschäftsräume des Bettenmarkts ›Traumland‹ durch die Hoftür.

Die Frau lag bewegungslos auf einem der Ausstellungsbetten und starrte mit leerem Blick zur Decke.

»Was ist geschehen?«, versuchte der Notarzt sie anzusprechen.

Ein Sanitäter schlang die Manschette des Blutdruckmessgerätes um ihren schlaffen Arm. »Kreislauf in Ordnung«, meldete er.

»Können Sie uns verstehen?«

Die Frau antwortete durch ein kaum wahrnehmbares Nicken. »Der Knall«, flüsterte sie. »Der Knall und dann das Motorrad.«

Jan Sternberg trat zum Bett: »Was für ein …?«, doch der Arzt machte eine abwehrende Handbewegung.

»Noch nicht, Sie müssen warten, bitte.«

Sternberg drehte schnell das Schild an der Ladentür auf ›Geschlossen‹ und zog seinen uniformierten Kollegen am Ärmel nach draußen in den Hof.

»Was wisst Ihr denn schon?«

»Eigentlich«, stotterte der, »eigentlich … ich hab mich nur um die Frau … und die anderen haben abgesperrt.« Er atmete tief durch: »Ihr wart zu schnell, einfach zu schnell.«

Ein kleines Grinsen huschte über Jans Gesicht. »Wenn wir nicht noch einen Umweg gebraucht hätten, um unseren Chef aufzugabeln, dann wären wir wohl vor euch da gewesen.«

»Ich hab ihn gesehen, als wir unter der Brücke durch sind. Den erkennt man ja von Weitem.«

Sternbergs Grinsen wurde breiter und der Polizist puterrot, als er den massigen Schatten hinter sich wahrnahm.

»Ich bins gewohnt«, meinte Lindt trocken und legte ihm seine breite Hand väterlich auf die Schulter. »Aber anstatt Witze über meine Figur zu reißen, solltet ihr euch lieber nützlich machen.« Er deutete hoch zu den Fenstern, die zum Innenhof zeigten. »Alle befragen, die dort wohnen. Wer hat was gesehen oder gehört? Den Schuss natürlich.«

»Oder ein Motorrad«, unterbrach ihn Sternberg. »Das war alles, was ich bis jetzt aus der Frau rauskriegen konnte.«

»Ich geh mal rein zu ihr. Sag du es der Spusi wegen der Reifenabdrücke.« Lindt blickte suchend umher. »Eigentlich müssten auf dem feuchten Boden doch erstklassige Spuren zu finden sein.«

»Wartet mal.« Paul Wellmanns lange Gestalt tauchte im Hintergrund auf. »Es gibt einen Durchgang.« Er wies auf einen efeubewachsenen Torbogen schräg hinter sich. »Zum nächsten Hof und von dort auf die Schillerstraße.«

»Könnte da ein Motorrad …?«, setzte Jan an.

»Fahrräder stehen dort drüben, auch ein gelber Roller.«

»Nein, fahren meine ich. Ob ein Motorrad von hier aus durchkommen könnte.«

»Ach so, ja, knapp vielleicht. Aber nur ein geübter Fahrer, ein schmaler, schlanker. Ziemlich eng, und es geht um drei Ecken. Wieso, wer hat was von einem …?«

»Die Frau dort drin«, machte Lindt ruckartig kehrt und ging zur hinteren Ladentür.

Wellmanns ›War nicht so gemeint‹ hörte er nicht mehr.

»Uuh, zurzeit ist er aber sehr empfindlich«, stöhnte Jan. »War das früher auch schon so?«

Paul fuhr sich unschlüssig durch die Haare. »Er träumt immer so furchtbares Zeug. Also mich würde das kaputtmachen.«

»Vielleicht sollte er mal 'ne neue Matratze ausprobieren«, feixte Sternberg mit einem Blick auf die offene Tür des Lagers, wo zwei Kriminaltechniker in weißen Schutzoveralls den Boden absuchten. »Jetzt gibt es bestimmt Sonderangebote im ›Traumland‹ – mit leichten Farbfehlern.«

»Geh da rein und vernimm die Frau, statt so einen Blödsinn

zu verzapfen«, tönte hinter ihm Lindts Stimme. Unbemerkt war der Kommissar wieder in den Hof gekommen. Sternberg machte, dass er fortkam.

»Wie die so daliegt …« Lindt stöhnte leise. »Ich kann es nicht, die sieht aus wie …«

»Wie tot?«

»Ach was, Paul, wie damals im Schlossgarten.«

»Unter der Linde?«

»Weißt du noch, wie die nach oben gestarrt hat?«

»›Kalt und leer‹ stand im Protokoll. So, wie sie war, eiskalt und blutleer.«

»Und wer hats geschrieben?«

»Du natürlich, Oskar.«

»Eben.«

Lindt begann, nach Pfeife und Tabak zu kramen.

»Die unter der Linde, war die auch schon bei dir?« Wellmann vermied es, seinen Kollegen anzusehen.

»Nachts? Meinst du nachts, Paul?« Sein Blick flackerte.

»Ja, in deinem, in deinem eigenen Traumland?«

Lindt schüttelte langsam den Kopf. »Nein, die noch nicht.« Deutlich zu laut fügte er hinzu: »Aber jetzt wird sie bestimmt kommen, verdammt noch mal!«, und stampfte dabei so heftig mit dem Fuß auf, dass die beiden Techniker ganz erschrocken herüberschauten.

»Und wenn ich euch beiden nicht bewiesen hätte, dass sie mit Barbituraten vollgepumpt war, würdet ihr heute noch glauben, sie hätte sich die Pulsadern selbst aufgeschnitten!« Ludwig Willms, Leiter der Karlsruher Kriminaltechnik, hatte die letzten Sätze mitgehört und sich in das Gespräch eingemischt.

»Einer unserer ersten gemeinsamen Fälle«, bemerkte Lindt. »Aber damals war das Blut komplett versickert, nur noch ein paar rote Grashalme. Heute sieht es ganz anders aus.«

»Blutige Kissenschlacht im ›Traumland‹, das gibt morgen eine Schlagzeile in den BNN.« Jan Sternberg war schon wieder da.

»Hab ich nicht gesagt, du sollst …«, drohte ihm Lindt, doch Sternberg wehrte ab: »Vorerst keine Aussage, Chef. Die Frau gibt keinen Ton mehr von sich. Sie nehmen sie mit ins Klinikum, massiver Schock.«

Lindt winkte dem immer noch grüngesichtigen jungen Streifenbeamten.

»Mitfahren und bewachen. Falls die Frau den Täter gesehen hat. Und außerdem gibt es im Klinikum diese praktischen Brechschalen!«

Der Polizist riss erschrocken die Augen auf und verschwand blitzschnell.

»Oskar, heute bist du aber ziemlich mies drauf«, entsetzte sich Ludwig Willms. »Das war wirklich nicht nett!«

»Ach was, zu mir ist auch keiner mehr nett. Und wenn ich an die nächste Nacht denke …«

»Ich glaube, die Karin sollte dich mal besuchen, Oskar.«

»Wer? Karin? Wer soll das jetzt schon wieder sein? Noch so ein Fall, der mich heimsucht? Eine Karin kenn ich nicht.«

»Dann wirst du sie bald kennenlernen. Frau Doktor Karin Schulze-Kern. Hat drüben in der Karlstraße ihre Praxis. Ist eine prima Psychologin und läuft Marathon wie ein junges Reh.«

»Ach, daher weht der Wind«, zog Lindt seine Stirn in tiefe Falten. »Du weißt, dass ich mich von Sportlern jeglicher Art möglichst fernhalte.«

Willms suchte nach einer Entgegnung, doch Lindt setzte nach: »Und von deinen langbeinigen Laufbekanntschaften sowieso. Ein junges Reh, ha, wahrscheinlich ist sie 20 Jahre jünger als du, und ihre hellen Haare wehen im …« Er stockte: »Nein, nicht schon wieder, verd…« Er schloss die Augen und stieß eine dicke Wolke von Pfeifenrauch aus. »Ab an die Arbeit!«

Er stapfte über den Hinterhof und blieb an der Tür des Bettenlagers stehen. »Kann mir endlich mal jemand sagen, wer das da ist?«

Einer der Techniker hielt eine Klarsichttüte mit Zipp-Verschluss in die Höhe: »Alles drin. Johann Guth, 16. 7. 73, wohnt in Neureut, Kirchfeldsiedlung.«

»*Wohnte*, wollten Sie wohl sagen«, korrigierte ihn der Kommissar spitzfindig und griff nach der Tüte, doch Willms war schneller und schnappte sie ihm weg.

»Nur mit Handschuhen, Oskar. Beweismittel gehören erst mal mir.«

Demonstrativ drehte sich Lindt zur Seite: »Paul und Jan, ihr beiden fahrt hin. Holt euch die Adresse bei diesem Herrn dort. Mit mir kommuniziert er heute nicht so gerne.«

Dann wandte er sich doch wieder an Willms: »Alles auf den Kopf stellen! Im Lager, im Laden, auf dem Hof. Auf jede Kleinigkeit achten!«

Der KTU-Chef lächelte: »Schau, Oskar, dort kommt schon das zweite Team. Die nehmen sich den Laden vor. Wir arbeiten gründlich wie immer, aber es wäre schön, wenn du unsere Berichte zur Abwechslung auch mal lesen würdest.«

Lindt blies ihm eine Rauchwolke ins Gesicht und ließ ihn stehen.

4

Er nahm den engen Durchgang bis zur Schillerstraße in Augenschein, suchte nach Reifenspuren eines Motorrades und lief dabei dem Streifenpolizisten in die Arme, den er zum Klinkenputzen geschickt hatte. Eine ältere Frau, die eine weinrote Jacke über ihre Kittelschürze gezogen hatte, war bei ihm.

»Sechs Wohnungen insgesamt, von denen man in den Hof sehen kann, aber nur sie hat mir aufgemacht.«

»Was denken Sie denn?«, unterbrach ihn die Frau resolut, »die sind doch alle im G'schäft, jetzt mitten am Nachmittag. Und bei mir stehn noch die Kartoffeln auf dem Herd, also viel Zeit hab ich net.«

Sicherlich eine gute Zeugin, dachte Lindt und fühlte, wie seine Stimmung wieder besser wurde. Er stellte sich vor und lächelte die Frau an: »Darf ich mit zu Ihnen nach oben kommen? Nicht, dass noch was anbrennt.«

»Von mir aus«, zuckte sie mit den Schultern und ging voraus. »Kommen Sie halt.«

»So«, sagte die Frau und schloss im zweiten Stock die Wohnungstür auf. ›Ettlinger‹ las Lindt auf dem Klingelschild. »Am besten gleich in die Küch'.« Auf dem Tisch tickte eine Eieruhr. »In zehn Minuten muss ich abgießen.«

Der Kommissar stellte sich an die Spüle und warf einen prüfenden Blick durchs Fenster. »Von hier aus können Sie den ganzen Hof überblicken.«

»Fast alles«, korrigierte sie ihn. »Und auch nur, wenn ich zufällig hier zu tun hab. Oder denken Sie, ich steh den ganzen Tag am Fenster? So viel Interessantes gibts in dem Dreck da unten auch wieder net zu sehen.«

Lindt lächelte wieder: »Dann haben Sie gar nicht mitbekommen, was passiert ist?«

»Vorhin, als es geknallt hat? Im Wohnzimmer war ich, am Telefon. Dort gehen die Fenster nach vorne zur Straß' raus.«

»Dann sind Sie gleich hierher?«

Die Frau zeigte zur Anrichte, wo ein Schnurlostelefon lag. »Sofort, mit dem Apparat am Ohr. ›Ein Schuss! Das war ein Schuss‹, hab ich zu meiner Cousine g'sagt, die war grad dran. Sie können sie gern fragen. Die muss den Knall durchs Telefon g'hört haben. Ein richtiger Brecher, tief und dunkel.«

Der Kommissar war erstaunt: »Das haben Sie erkannt, zwei Zimmer weiter?«

»Die Türen waren offen und das Küchenfenster auch. Aber nach vorne haben wir Schallschutz, da hören Sie nichts.«

»Nur *ein* Kracher?«

Sie nickte. »Einmal, dumpf, rumms. Da hat wer mit einer Flinte geschossen. Garantiert. Kein so helles ›Pätsch – pätsch‹ wie aus einer Pistole.«

Lindt zog die Augenbrauen hoch: »Sie kennen sich aber gut aus!«

»Verdächtig bin ich deswegen ja wohl net? Oder?«

Er betrachtete ihre geblümte Schürze. »So hab ich mir schon immer den typischen weiblichen Profikiller vorgestellt. Aber Spaß beiseite, woher wissen Sie so gut Bescheid?«

»Von daheim natürlich. Ich stamm von der Hardt, aus Friedrichstal. Schon als Kinder waren wir mit dem Vater auf der Karnickeljagd – als Treiber natürlich. Das Geknalle, das vergisst man net, und dreimal können Sie raten, wer die Viecher später hat abziehen müssen.«

»Aber geschmeckt haben sie sicher gut?«

»Tun sie immer noch. Mein Bruder bringt uns ab und zu mal eines vorbei.« Sie griff eine von zwei dunklen Weinflaschen im Küchenbüfett: »Zum Schmoren nehm ich immer den roten Franzos'. Da brauchts nichts Teures. Mein Mann mag so ein Karnickel auch ganz gern, außer wenn er auf ein Schrotkorn …«

Der Küchenwecker unterbrach sie. »Moment, meine Kartoffeln.« Routiniert goss die Frau das Kochwasser ab und schob den Topf dann auf dem Herd nach hinten. »Zum Nachdämpfen.«

Fast hätte Lindt vergessen, dass er nicht hergekommen war,

um über Kaninchen im Schmortopf zu sprechen, sondern um eine Zeugin zu vernehmen. »Nach dem Schuss sind Sie also gleich hierher ans Fenster«, begann er.

Die Frau nickte. »Sofort.«

»Und dann?«

»Sie meinen, ob ich was gesehen oder gehört hab?«

»Genau. Kam vielleicht jemand aus der Tür dort?« Lindt stellte sich dicht an das Küchenfenster und deutete nach unten in Richtung Lagerraum.

»Da, wo die Matratzen drin sind? Nein, nicht von dort. Hinten aus dem Laden, da kam die Verkäuferin raus und ist rüber zum Lager, aber nur bis unter die Tür. Dort hat sie die Händ' vors G'sicht geschlagen und furchtbar angefangen zu schreien.«

Lindt schaute sie erwartungsvoll an.

»Dann ist sie wieder zurück.«

»Wie?«

»Gerannt natürlich, schreiend! Und gezittert hat sie. Das konnt ich von hier oben sehen. Richtig geschüttelt hats die junge Frau. Ist gestolpert auf den Stufen hoch zur Ladentür. Zum Glück hat sie den Griff noch erwischt.«

»Was haben Sie dann gemacht? Waren Sie auch im Hof?«

»Ich? Niemals wär ich da runter. Das war mir net geheuer.« Sie machte eine kurze Pause. »Und außerdem … irgendwann hat ja mal was passieren müssen.«

Der Kommissar hob die Augenbrauen.

»Ich hab diesem Kerl noch nie getraut. Das war so ein Aalglatter, so ein Schmieriger, wenn Sie wissen, was ich meine.«

»Kannten Sie ihn denn?«

»Nur vom Sehen. Dem bin ich möglichst aus dem Weg gegangen. Als der vor zwei Jahren hier aufgetaucht ist, war er mir gleich suspekt.«

»Was hat er denn gemacht?«

»Gemacht hat er eigentlich nichts. Es war ...«, sie zögerte, »... es war bei mir eher so ein Gefühl.«

Lindt blickte sie fragend an.

»Na, dass da was läuft, irgendwas Krummes. Verstehen Sie, bei uns im Haus wohnen zwei Familien aus Kasachstan, die sind schwer in Ordnung. Ich hab wirklich nichts gegen diese Osteuropäer. Aber bei dem da unten in seinem Bettenladen ... keine Ahnung, wo der genau herkam, und er hatte auch fast keinen Akzent, aber ...«

»Ihr Gefühl?«

Sie schnaubte. »Nicht mal ein Sofakissen hätt ich dort gekauft!«

»Nur seine Art? Oder haben Sie noch mehr beobachtet? Kamen manchmal merkwürdige Leute?«

Sie überlegte. »Nein ... hier im Hof ... eigentlich nicht ... höchstens mal ein Lastwagen, der neue Ware brachte, aber sonst ... nein, da hab ich niemanden gesehen, der mir komisch vorgekommen wäre.«

»Und im Laden?«

»Keine Ahnung, seit dieser Kerl die Filiale übernommen hat, war ich nicht mehr drin.«

»Weil er Ihnen unsympathisch war?«

»Den mochte ich von Anfang an nicht. Wenn Sie ihn mal gesehen hätten ...« Sie schüttelte sich. »Sein schleimiges Grinsen, wenn er mich gegrüßt hat.«

»Das hat er?«

»Immer, wenn er mich traf. Als ob er gespürt hätte, dass ich ihn nicht leiden mochte. Grad erst recht!«

»Und seine Mitarbeiterin? Gab es nur die eine?«

»Für mehr hätte der kleine Laden bestimmt nicht gereicht. Kaum Umsatz, da bin ich mir sicher. Wenns Geld knapp ist, tuts das Alte halt noch ein wenig länger. Oder kaufen Sie sich jedes Jahr neue Matratzen?«

Das Geräusch der sich öffnenden Wohnungstür ersparte Lindt eine Antwort. Ein Mann um die 60 in Arbeitskleidung der Karlsruher Stadtwerke trat in die Küche. »Was ist denn hier …?« begann er.

»Das ist Kommissar Lindt von der Kripo. Den Kerl aus dem Bettenladen da unten haben sie vor zwei Stund' um'bracht, totg'schossen!«

»Ihre Frau ist eine wichtige Zeugin, vielleicht die einzige. Aber jetzt will ich nicht länger stören«, erklärte Lindt mit einem Blick zum Kartoffeltopf. »Wir melden uns, falls wir weitere Fragen … halt, eines noch: Haben Sie vielleicht Motorengeräusche bemerkt? Ein wegfahrendes Auto oder ein Motorrad? Unmittelbar nach dem Schuss?«

Die Frau überlegte einen Moment, dann schüttelte sie den Kopf. »Wäre mir nicht aufgefallen, aber bei dem Verkehr rings ums Haus …«

Als Lindt wieder auf den Hof trat, wäre er fast mit Ludwig Willms zusammengestoßen.

»Habt ihr was?«

»Nur diese riesige Sauerei aus Blut, Knochen, Hirn und Federn.«

»Nehmt euch auch das Auto des Opfers vor.«

»Auf diesen Johann Guth ist ein BMW zugelassen, älterer Fünfer, Kombi. Steht bei ihm zu Hause in der Garage. Jan hat gerade angerufen.«

»Ist er dort in der Wohnung?«

»Ja. Paul hat den Schlüsseldienst geholt, und jetzt schauen sich die beiden dort um. Wenn ich hier ein Team frei habe, ziehen wir nach.«

Lindt suchte in seiner Jackentasche nach Pfeife und Tabak. Er begann zu stopfen. »Vielleicht war unser Opfer ja so sportlich wie du, Ludwig, und ist mit dem Rad gekommen?« Er machte seinen Kollegen auf die Ansammlung mehrerer Fahrräder undefinierbaren Alters in einer der schmuddligen Ecken des Hofes aufmerksam.

»Du meinst, eines aus diesem Schrotthaufen da hinten? Da nehmen wir lieber erst mal das Rad unter die Lupe, das hinten im Lager steht.«

»Wie, ein Fahrrad da drin bei den Matratzen?«

Lindt und Willms schlängelten sich, so gut es ging, an den beiden Mitarbeitern der Spurensicherung vorbei, die immer noch im Eingangsbereich des Lagers beschäftigt waren. »Ganz an der Wand entlang bitte, da sind wir schon fertig.«

Die aufgestapelten Matratzen und Säcke mit Bettdecken ließen nur einen schmalen Gang frei, an dessen Ende ein mattschwarzes Mountainbike lehnte.

»Sieht deutlich besser aus als die rostigen Drahtesel dort draußen«, kommentierte Willms.

»Also bitte, falls du auf mein gutes Dreigangrad anspielst, das ist zwar alt, aber noch top in Schuss«, protestierte Lindt.

Willms spöttelte: »Für dich, Oskar, genau das Richtige, aber wer etwas sportlicher unterwegs sein will, der muss schon so was nehmen.« Er klopfte mit der flachen Hand auf den Sattel: »Echt Leder, passt sich deinem Hintern wunderbar an.«

»Fürchterlich hart«, fühlte Lindt. »Muss man wohl erst einreiten, und wenn der mal nass wird … aber sag, wozu braucht ein sportlicher Fahrer denn solche großen Satteltaschen?«

Willms zuckte die Achseln. »Keine Ahnung, schauen wir halt mal rein.« Er streifte sich Einmalhandschuhe über und öffnete die Verschlüsse.

»Leer!«, meinte Lindt enttäuscht. »Und auf der anderen Seite?«

»Auch nichts.« Willms tastete nach unten. »Nur ein paar Krümel.« Er zerrieb einige mikroskopisch kleine Schmutzpartikel zwischen seinen Fingern. »Der wird halt eingekauft haben, auf dem Markt vielleicht. Kartoffeln im Netz, Gemüse im Zeitungspapier, was weiß ich.«

»Dort hängt noch ein Rucksack.« Lindt deutete zu einem Wandhaken. »Nehmt alles genau unter die Lupe, bitte.«

»Selbstverständlich, Oskar, kein Problem. Für dich finden wir heraus, von welcher Kartoffelsorte die Erdbrösel in der Satteltasche stammen oder in welcher Ausgabe der BNN die Bohnen eingewickelt waren. Wir haben ja Zeit im Überfluss. Vielleicht sollen wir noch diese 50 originalverpackten Matratzen aufschneiden und die 200 Daunenkissen durchwühlen? Vielen Dank, großer Kommissar, du bist immer so gut zu uns!«

Lindt wandte sich wortlos ab und verließ den Ort des Schreckens wieder. Auf den Stufen zur hinteren Ladentür zog er eine Fußmatte heran und setzte sich.

5

Eine Schrotladung direkt ins Gesicht – keine alltägliche Methode, jemanden ins Jenseits zu befördern!

Wieso ins Gesicht? Bestraft man so einen Verräter?

Wem schießt man das Gesicht weg? Einem Abtrünnigen, der nicht spurt?

Wer ist mitten in Karlsruhe mit einer Schrotflinte unterwegs? Pumpgun? Abgesägte Läufe?

In Norddeutschland gab es vor einigen Jahren mal einen ähnlichen Fall. Zwei italienische Clans …

Sollte er das LKA einschalten? Abteilung für Organisierte Kriminalität?

War es die Russenmafia?

Das Handy riss ihn aus seinen Gedanken.

»Der ist sauber, keine Einträge«, meldete sich Jan Sternberg. »Anfang der Neunziger aus Polen übergesiedelt. War längere Zeit in Berlin. Vor ein paar Jahren kam er nach Karlsruhe und hat sich das Reihenhäuschen im Kirchfeld gekauft.«

»Wo ihr euch gerade umschaut?«

»Ja, aber auf den ersten Blick gibt es nichts Auffälliges hier. Allerdings – die Frau mit den beiden kleinen Kindern soll angeblich vor ein paar Wochen ausgezogen sein.«

»Sagt wer?«

»Mehrere Nachbarn, Paul ist noch dran.«

»Adresse rausfinden und hinfahren.«

»Okay, Chef. Sollen wir warten, bis die Technik kommt?«

Lindt überlegte kurz: »Habt ihr eine Streife dabei?«

»Können wir anfordern.«

»Dann macht das – oder nein, ich schicke euch einen Zivilwagen, der kann das Haus mal eine Weile beobachten.«

Der Kommissar legte auf, drückte die Kurzwahl der Zentrale und gab entsprechende Order.

Nachdenklich zündete er dann die Pfeife wieder an und begann, die wichtigsten Fakten in seinem Notizbuch aufzulisten. Massig und nahezu unbeweglich saß er auf den Stufen, nur seine Augen wanderten im verwaschenen Grau des Innenhofes umher. Ab und zu blies er eine Rauchwolke in die hereinbrechende Dämmerung, gelegentlich schrieb er ein paar Worte.

Allmählich spürte er die Kälte des Betons, blieb dennoch sitzen. Erst als die Pfeife leer geraucht war, erhob er sich steifbeinig.

Er ging ein paar Schritte, dann blickte er nach oben zu den Wohnungen. Vereinzelt brannte Licht, da und dort tauchte ein Gesicht am Fenster auf, neugierige Blicke in den Hof werfend.

Die Spurensicherung im Ladengeschäft von ›Traumland‹ war abgeschlossen. Das Team packte zusammen und fuhr Richtung Neureut, um sich dort das Reihenhaus des Getöteten vorzunehmen.

Auch die Arbeit am direkten Tatort konnte abgeschlossen werden. Ein Arzt der Gerichtsmedizin hatte die notwendigen Untersuchungen vorgenommen und das gesichtslose Opfer zur Obduktion bringen lassen.

Lindt war wirklich zufrieden. Alle Beteiligten hatten sehr professionell und reibungslos zusammengearbeitet. Halt, fast reibungslos, denn Ludwig Willms konnte es nicht lassen, seinen alten Freund Oskar noch ein wenig zu foppen.

»Falls dein antikes Damenrad mal den Geist aufgibt, könnte ich dir günstig ein stabiles Mountainbike vermitteln.« Er wies zur Tür des Lagers, wo das dunkle Nobelfahrrad jetzt lehnte. »Morgen werden wir es sicher freigeben.«

Lindt kannte diesen Tonfall, hatte aber keine Lust auf weitere Kabbeleien und wandte sich wortlos ab, doch Willms war noch nicht fertig: »Rechte Satteltasche Proviant, linke Satteltasche Tabak, wäre das nichts für dich?«

»Den Rucksack hast du noch vergessen«, gab der Kommissar etwas müde zurück. »Da packe ich dann deine Berichte rein, um sie irgendwo im Schlossgarten zu lesen.«

»Und dabei einzuschlafen«, stichelte der KTU-Chef weiter. »Aber du kannst sicher sein – von dem hier wirst du gleich wieder aufwachen. Vor allem unsere Fotos haben es in sich: blutrote Daunen, der Albtraum aus dem ›Traumland‹!«

»Ach, das ist mir neu, ihr könnt schon Farbbilder …?« Lindt trottete davon.

Zwischenzeitlich war es dunkel geworden. Er warf einen Blick auf die Uhr. Eigentlich noch früh am Abend – grauer November eben.

Totenmonat? Beim Blick in die Zeitung könnte man es meinen.

Bald kommt die Weihnachtsbeleuchtung, tröstete er sich, aber der Gedanke half nicht, seinen langsam wachsenden Trübsinn zu vertreiben.

Nicht einmal die nahe Kaiserstraße mit ihrer reichen Auswahl an Bratwurst-, Pizza- und Dönerständen konnte ihn locken. Er war schon am Mühlburger Tor – nur noch ein paar Gehminuten bis zum Europaplatz, doch Oskar Lindt hatte keine Lust.

Überhaupt keine Lust mehr! Nicht auf Essen und vor allem nicht mehr auf solche Bilder, wie er sie an diesem Nachmittag wieder einmal hatte ansehen müssen.

Er wusste, dass es manchen Kollegen ähnlich ging. Nicht nur solchen, die in seinem Alter waren, nein, zunehmend traf es auch die jüngeren. Vielleicht trauten die sich sogar eher, über ihre Probleme zu reden. Er zuckte die Achseln, als ob er sich mit einem unsichtbaren Gegenüber im Zwiegespräch befände. Vor 25 Jahren hätten sie dich als Weichei bezeichnet …

Zum Glück hatte auch die Polizei mittlerweile Profis, die sich um diese Probleme kümmerten. ›Die Karin werde ich dir schicken.‹ Das waren doch Ludwigs Worte gewesen. Zumindest so in der Art.

Hatte er *dazu* Lust? Sein Innerstes vor einer Psychotante auszubreiten? Musste das sein? Alles in ihm sträubte sich dagegen, das spürte er genau. Aber er fühlte sich nicht wohl in seiner Haut, gar nicht wohl, genau genommen ging es ihm richtig schlecht.

Gefühl? Konnte man sich das in der Mordkommission überhaupt leisten? Objektiv, nüchtern, sachlich, zielgerichtet, zupackend, so hatten die Ermittlungen abzulaufen. Seine grauen Zellen und die seiner Mitarbeiter zu Höchstleistungen anzutreiben, das war ihm immer wieder gelungen. Manchmal auf höchst ungewöhnlichen Wegen, und darauf war er stolz.

Konnte man das? Konnte *er* das noch, stolz darauf sein, möglichst viele Verbrecher überführt zu haben? Früher hatte er darin einen Sinn gesehen. Den eigentlichen Sinn, den Zweck seines Lebens – das zu tun, was er konnte. Was er sehr gut konnte.

›Warum machst du das eigentlich, Papa?‹, hatte ihn seine älteste Tochter einmal gefragt, und damals war sie erst 14 gewesen. ›Weil ich es kann‹, hatte er ohne viel Nachdenken geantwortet. Gab es auch etwas anderes, das er gut konnte?

Vielleicht doch eine Bratwurst? Am Stand hinter der Post-Galerie? Nur noch ein paar Schritte – den Europaplatz hatte Oskar Lindt schon erreicht. Essen könnte ihm helfen. Das hatte es immer getan. Oder?

Er befühlte mit den gespreizten Fingern beider Hände seinen Bauch. Sollte er?

Das Handy unterbrach seine Überlegungen.

»Chef, die Frau von diesem Guth ist ziemlich weit weg. Bei ihren Eltern in Espelkamp, das muss irgendwo in Niedersachsen …«

»Ist mir grad wurst«, unterbrach Lindt den eifrigen Redeschwall von Jan Sternberg. »In einer halben Stunde im Präsidium.« Dann klappte er das Handy zu und ging doch in Richtung Imbiss.

»Lasst uns noch kurz überlegen, wie wir weitermachen«, begann er, doch der sorgenvolle Ausdruck in Paul Wellmanns Gesicht ließ ihn einhalten. »Ist was?«

»Dir gehts nicht gut, Oskar.«

»Wie kommst du da drauf?«

»Stimmt doch, oder?«

»Ach was!« Lindt machte eine wegwerfende Handbewegung. »Quatsch, was soll schon sein? Das machen wir beiden doch jetzt schon mehr als 30 Jahre.« Dann ließ er sich in seinen Schreibtischsessel fallen, kippte nach hinten und starrte zur Decke: »30 Jahre, und immer die gleiche Scheiße!«

Die Kollegen antworteten nicht und Lindt sprang wieder auf. »Zusammenreißen!« Damit stellte er sich ans Fenster. »Jan, schreib!« Dann diktierte er:

»Verstärkung. Als Erstes brauchen wir mindestens noch vier weitere Kollegen. Sechs wären besser. Alle Nachbarn befragen. Die in der Kaiserallee und die im Kirchfeld. Nachbarn wissen immer was. Bekannte, Verwandte, Freunde, Feinde – alles!«

Sternberg bejahte: »Hab ich.«

»Wo wohnt die Frau? Im Norden? Rausfinden, welche Kripo dort zuständig ist. Die sollen ihr mal einen Besuch abstatten.«

Jetzt nickte Paul Wellmann: »Mach ich – gleich morgen früh.«

»Staatsanwalt?«

»Conradi weiß Bescheid, hat gesagt, dass er die Presse hinhält und uns keinen Druck macht. Kommt vorbei – morgen.«

»Die Verkäuferin? Immer noch im Klinikum?«

Keiner wusste es.

»Rausfinden!«

»Morgen«, sagte Wellmann zum dritten Mal.

»Um sieben wieder hier?« Lindt schaute zu Sternberg. »Also um acht! Gute Nacht!«

Auch an diesem Abend beobachtete Carla wieder, was ihr schon seit Längerem Sorgen machte. »Magst du was essen?«

»Hilft nicht, hab ich bereits probiert«, erwiderte Oskar, wandte sich zum Fernseher und drückte auf die Fernbedienung. »Kam schon was?«

»Vorhin in den Landesnachrichten, aber nur ein Bild und ein paar Sätze.«

»Was für ein Bild?«

»Kaiserallee, ›Traumland‹, dieses Bettengeschäft. Inhaber erschossen.«

»Mehr weiß ich auch noch nicht«, seufzte Lindt und legte sich aufs Sofa.

»Geh doch lieber ins Bett«, rüttelte ihn Carla, als seine Atemzüge schon nach ein paar Minuten tief und gleichmäßig wurden.

6

Lindts kleines Heft bekam an diesem Morgen keinen Eintrag. Vielleicht war er zu erschöpft gewesen und hatte eine traumlose Nacht verbracht. Oder seine Gedanken wurden beim Aufwachen gleich wieder vom aktuellen Schrotschuss-Fall in Beschlag genommen. Jedenfalls fehlte ihm jegliche Erinnerung an das, was sein Unterbewusstes in der vergangenen Nacht für ihn bereitgehalten hatte.

Er tastete über das Kopfkissen: nass geschwitzt! Carla weigerte sich aufzustehen: »Du warst so unruhig. Ich muss noch liegen bleiben.« Sie drehte sich zur Wand.

Oskar lugte auf den Wecker. Erst kurz nach fünf, aber er war hellwach. Leise schlich er ins Bad, dann überflog er die Zeitung.

Nur eine kurze Notiz über den Fall. Eine Pressekonferenz habe noch nicht stattgefunden.

Ohne Frühstück stieg er ins Auto. Spontan entschied er sich für einen Abstecher in die Kaiserallee. 50 Meter vor dem Bettengeschäft stellte er den großen Citroën am Straßenrand ab und ging gemächlich auf dem Bürgersteig bis zu den beiden Schaufenstern. Alles lag noch in tiefer Dunkelheit. Bestimmt hatten die Techniker den Strom abgestellt. Was hätte es auch für einen Sinn gehabt, dieses Geschäft zu beleuchten? Wann die Firmenleitung wohl einen neuen Geschäftsführer schicken würde? Schemenhaft erkannte der Kommissar das ›Geschlossen‹-Schild an der Eingangstür.

Lindt stutzte. Geräusche vom Hof? Eine Autotür, dann ein Motor, schwerer Diesel.

Schnell hastete er zum Durchgang, der in den Hof führte. Plötzlich flammten Scheinwerfer auf, blendeten ihn, kamen auf ihn zu. Schützend hielt er die Hand vor seine Augen, konnte in der Enge aber nicht ausweichen.

Der Lastwagen kam knapp vor ihm zum Stehen. »Mann!« Ein junger Mann beugte sich aus dem geöffneten Fenster des Führerhauses. »Wo kommen Sie denn her?«

Der Kommissar trat aus dem Lichtkegel, quetschte sich seitlich vorbei und hielt dem verdutzten Fahrer seinen Dienstausweis vors Gesicht. »Kripo Karlsruhe, das möchte ich gerne von Ihnen wissen. Stellen Sie bitte den Motor ab!«

»Au, das war aber knapp. Tschuldigung. Ich hab Sie erst im letzten Moment …«

»Was machen Sie hier?«

»Na, ausliefern, wie jeden Mittwoch. Federbetten, Matratzen, eben das, was bestellt wurde.«

Erst jetzt bemerkte Lindt die Aufschrift. ›Traumland‹ stand in großen Lettern auf der Plane des Siebeneinhalbtonners, weiße Schrift in blauen Wolken.

»Sie gehören zu dem Geschäft hier?«

»Ja, auch.«

»Was soll das heißen, ›auch‹?«

»Die Zentrale ist in Würzburg. Wir haben 14 Filialen zwischen Frankfurt und Konstanz.«

»Und die beliefern alle Sie?«

»Zwei Lkws mit Hänger, zwei Stammfahrer und einige Aushilfen, wir sind praktisch dauernd unterwegs. Ich fahr nur ein paar Schichten im Monat, zwölf Läden, Frankfurt bis Freiburg, dann Villingen bis Stuttgart. Meistens nachts, da kann man bequemer anliefern.«

»Mit Lagerschlüssel?«

»Klar, gleiches Schloss für alle Türen, nur heute, da war dieses ... ach so, deswegen sind Sie hier.«

»Haben Sie es durchgerissen?«

Der Fahrer druckste herum, schließlich machte er eine Kopfbewegung Richtung Hof: »Sehen Sie den Stapel dort?«

Lindt kniff die Augen zusammen, dann erkannte er einen hellen Haufen von aufgeschichteten Matratzen an der Wand neben der Lagertür. »Gut, dass Sie unser Siegel nicht zerstört haben.«

»Ich wollte schon mit dem Schlüssel ... da hab ich gerade noch das Wappen gesehen«, sagte der Mann verlegen. »Aber unsere Ware ist ja komplett in Folie geschweißt, und bis der Laden aufmacht, wird sie schon keiner mitnehmen – dachte ich.«

Der Kommissar sah ihn durchdringend an: »Dachten Sie ... so, so!«

»Außerdem ging es schneller.«

»Hmm – hmm.«

»Nur die Retouren, die konnte ich dieses Mal halt nicht mitnehmen, aber man darf doch so ein amtliches Dingsda nicht ...«

»Nein, darf man nicht.«

Der Fahrer wurde ungeduldig: »Kann ich jetzt? Mein Hänger steht im Industriegebiet draußen, den muss ich erst noch ankuppeln.«

Lindt musterte ihn erneut. »Kennen Sie eigentlich den Filialleiter?«

»Keine Ahnung, wer das ist«, kam die rasche Antwort. »Ich war noch nie bei Tag hier.«

Der Kommissar hatte auf das Geräusch gewartet und duckte sich blitzartig, als es knackte. Einen Sekundenbruchteil später knallte die schwere Lkw-Tür gegen die Mauer. Genau dort, wo Lindt die ganze Zeit gestanden hatte.

Der Fahrer reagierte eine Idee zu langsam. Kräftige Hände packten ihn an Arm und Hosenbund. Er flog förmlich aus dem Führerhaus und klatschte auf das harte Pflaster.

»Dass du ihm auch noch die Handschellen … Oskar, manchmal staune ich über dich.« Ludwig Willms konnte auch schon am frühen Morgen spitzfindig sein. »Oder hast du dich platt auf ihn geworfen?«

»Marsch, an die Arbeit«, kommandierte der Kommissar. »Stellt die ganze Karre auf den Kopf, und wehe, ihr findet nichts!«

»Die Blutspur dort auch?« Willms zeigte auf die kleine rote Pfütze neben dem Vorderrad des Lasters.

»Da hat einer beim Aussteigen Nasenbluten bekommen«, knurrte Lindt und stapfte in den Hof.

Kurz nach sieben. Zögerlich wurde es ein wenig heller. Die Etiketten an dem Matratzenstapel konnte er trotzdem noch nicht entziffern. Auch die kleine LED-Leuchte an seinem Schlüsselbund spendete zu wenig Licht. »Braucht man die Dinger mal, ist doch garantiert die Batterie leer«, schimpfte Lindt halblaut vor sich hin, aber im selben Moment erhellte ein kräftiger Lichtschein von hinten die Szene.

»Chef, Sie stehen im Dunkeln!« Jan Sternbergs Stimme

und seine massive amerikanische Stablampe vertrieb das Dämmerlicht. »Gut als Schlagstock zu gebrauchen, fühlen Sie mal«, sagte er und hielt dem Kommissar das schwere Teil vor die Nase.

»Danke, vorhin ging es auch ohne Knüppel.«

Sternberg lachte. »Hab ihn gesehen, dort vorne im Streifenwagen. Kopf im Nacken und in jeder Hand einen Packen Papiertaschentücher. Die drückt er sich jetzt abwechselnd auf die Nase.«

»Zieh dir Handschuhe an.« Lindt kramte in seiner dicken schwarzen Cordjacke und fand schließlich zwei blaue Latex zwischen Pfeife und Tabakdose. »Lass uns den Stapel mal genauer ansehen.«

Sternberg und der Kommissar nahmen eine Matratze nach der anderen, stellten sie hochkant, drehten sie um. Sie untersuchten die Folienhüllen, legten die Teile einzeln nebeneinander aufs Pflaster, drückten, quetschten, fühlten. Schließlich lagen 14 Matratzen in dem schmuddeligen Innenhof verteilt. Sechs Plastiksäcke mit Daunendecken und Kissen mussten dieselbe Prozedur über sich ergehen lassen.

»Kräftig schütteln!« Lindt schaute seinen Mitarbeiter an. »Ist dir was aufgefallen?«

Sternberg verneinte. »Wenn wir wissen wollen, ob was drin ist, müssen wir aufschneiden.«

»Wahrscheinlich hast du recht, also los.« Der Kommissar holte sein unverzichtbares Schweizer Messer aus der Hosentasche, klappte die Klinge auf und setzte sie an. Plötzlich hielt er inne: »Eines könnten wir noch versuchen.« Er reichte Jan das offene Messer, dann zog er seine schwere Jacke aus und gab sie ihm ebenfalls. »Halt mal.«

Schwerfällig kniete sich der Kommissar auf die erste Matratze, stützte sich ab, legte sich schließlich auf den Rücken und rollte bedächtig hin und her.

»Was wird das, Oskar? Eine Kuhle zum Schlafen?«, tönte

Ludwig Willms vom Lastwagen her. Lindt ließ sich nicht beirren und probierte das nächste Unterbett. »Merk dir mal die hier«, wies er seinen Kollegen nach der siebten Probe an, ebenso bei der neunten.

»So«, sagte er schließlich. »Alle fertig. Diese beiden schneiden wir auf.«

Gemeinsam stellten sie die zwei Polsterpakete auf die Schmalseiten und schlitzten die Plastikhüllen auf. Ein Schonbezug umhüllte die Matratzen. Der umlaufende Reißverschluss wurde geöffnet und gab den Schaumstoffkern frei.

»Und jetzt? Kann ich hier noch was lernen? Neue Methoden der Beweissicherung?« Ludwig Willms war neugierig herübergekommen.

»Meinst du vielleicht, der wollte mich grundlos an die Wand klatschen? Da ist doch was oberfaul«, antwortete Lindt und fuhr mit der Hand über die Seitenfläche des Schaums.

»Hier, Chef!« Jan Sternberg fuhr mit der Messerklinge in eine kaum wahrnehmbare Linie, die der Länge nach über die gesamte Matratzenseite verlief. Der Kommissar half nach und zog nach beiden Seiten. Ein Spalt öffnete sich. »Wieder flach hinlegen, Jan.« Mühelos ließ sich die obere Hälfte der Matratze abheben.

»Tatsächlich«, war alles, was dem KTU-Chef entfuhr, als er erkannte, was sich im Innern des ausgehöhlten Schaumstoffs verbarg.

»Kannst den Mund wieder zumachen, du bist ja Nichtraucher«, brummte ihn Lindt an und nahm zwei der gelben länglichen Pakete aus ihrem Versteck. »Vielleicht können wir das beim Zoll mal vorführen.«

»Genau, Chef, eine Fortbildung mit dem Titel: Tabakspürhund überflüssig – die Liege-Roll-Methode spürt jede Zigarettenstange auf.«

Der Kommissar schmunzelte. »Gib mir lieber meine Jacke wieder.«

»Von wegen Zeitungspapier mit Bohnen drin. Das passt genau zu den kleinen Papierstückchen aus der Satteltasche.« Ludwig Willms betrachtete die gelben Stangen mit der Aufschrift ›Jin Ling‹. »Das muss diese chinesische Marke sein, die seit Neuestem in Russland und der Ukraine kopiert wird.«

Auch Paul Wellmann war mittlerweile eingetroffen: »1.000 Prozent Gewinn beim Zigarettenschmuggel, kam neulich sogar im Fernsehen. Mehr als im Drogengeschäft.«

»Spielt sich das nicht alles im Osten ab? Brandenburg, Berlin, Sachsen, nicht weit von der polnischen Grenze.«

»Oskar, das kannst du vergessen. Seit Polen zur EU gehört, schmuggeln die von der Ukraine aus.«

»Du meinst die Ameisenmethode? Viele kleine Grenzgänger, jeder mit nur wenigen Stangen?«

Wellmann nickte. »Gibt zusammen auch eine große Menge, und die Leute leben davon. Alles organisiert.«

Sternberg überlegte: »Also doch ein Fall fürs LKA?«

»Das wäre der erste Fall, den ich so ohne Weiteres abgebe«, runzelte Lindt die Stirn. »Erst quetschen wir den Fahrer aus. Und der Verkäuferin sollten wir auch auf den Zahn fühlen.«

Ludwig Willms wollte sich unauffällig in Richtung Lastwagen davonmachen. »Schafft ihr die Ladung, oder soll ich alles ›abliegen‹?«, rief ihm der Kommissar hinterher.

Gegen halb elf rief der KTU-Chef an. »Oskar, der Lkw war sauber. 25 Matratzen und 10 Pakete mit Federbetten, das war die restliche Ladung. Alles unauffällig. Muss wohl die Lieferung für die anderen ›Traumland‹-Filialen gewesen sein.«

»Aber im Lager habt ihr was gefunden!«

»Woher weißt du …?«

»Bevor dieser Kerl, der Fahrer, die Tür aufgestoßen hat, hab ich mich eigentlich ganz nett mit ihm unterhalten, auch über versiegelte Lagertüren zum Beispiel.«

»Das Siegel war unverletzt.«

»Deswegen lag ja die ganze Lieferung aufgestapelt im Hof. Hat sich nicht getraut, den amtlichen Papierstreifen durchzureißen. Aber er hat noch was von irgendwelchen Waren gefaselt, die er deswegen nicht mitnehmen konnte.«

»›Retoure‹, so waren sie beschriftet, Oskar, zwei Matratzen, sauber verpackt und innen …«

»Hohl«, fiel ihm Lindt ins Wort.

Willms atmete tief durch: »Hättest mir ja was von deinem Verdacht sagen können.«

»Sorry, Ludwig.« Er blies eine dicke Rauchwolke aus seiner besonders voluminösen ›Inspirationspfeife‹ zur Decke. »Wie viele Stangen passen denn rein?«

»Eine Matratze – 30 Stangen. 60 Jin Ling haben wir also sichergestellt, macht 600 Päckchen.«

»Und das jeden Mittwoch.«

»Wieso Mittwoch?«

»An dem Tag liefert er immer. Hat er gesagt, bevor die Tür …«

Lindt legte den Hörer auf und begann zu rechnen: pro Woche 60 Stangen mal einer Gewinnspanne von …? Er hatte keine Ahnung, deswegen ging er ins vordere Büro.

»Paul, was hast du heute morgen noch gesagt? 1.000 Prozent Gewinn beim Zigarettenschmuggel? Wie muss ich mir das denn genau vorstellen?«

Wellmann klopfte seitlich auf seinen Bildschirm: »Seit einer Stunde bin ich dran. Es gibt jede Menge Berichte zum Thema Fluppenschmuggel, aber erst auf den Seiten vom Zoll bin ich richtig fündig geworden.«

Lindt griff nach einem freien Stuhl und setzte sich neben seinen Kollegen. Wellmann rief eine Reihe von Websites über spektakuläre Schmuggelfunde auf: »Hier zum Beispiel: Ein ganzer Container im Hamburger Hafen, kommt aus China, Zielland Ungarn, laut den Frachtpapieren sollen Autoteile drin sein. In Wirklichkeit waren es zehn Millionen unversteuerte und wahrscheinlich auch noch gefälschte Zigaretten. Steuerschaden fast 1,8 Millionen Euro.«

»Das sind allerdings andere Dimensionen als 60 Stangen in zwei ausgehöhlten Matratzen«, überlegte Lindt. »Wie viel kann man denn dabei verdienen?«

»Hier, Oskar.« Wellmann klickte auf einen anderen Bericht: »Von Pfeifentabak schreiben sie nichts, aber eine Stange Zigaretten kannst du in Osteuropa für zwei Euro kaufen.«

»Und hier auf dem Schwarzmarkt kriegt man?«

»20 mindestens, eher 25. Immer noch ungefähr die Hälfte vom regulären Preis.«

»Und damit wären wir tatsächlich bei 1.000 Prozent und mehr«, schaltete sich Jan Sternberg ein, der die Zahlen schnell in einen Taschenrechner getippt hatte.

»Und unser toter Bettenverkäufer? Was blieb bei dem hängen?«

Sternberg rechnete: »60 Stangen jede Woche …«

»So weit war ich auch schon«, murmelte Lindt.

»60 mal ungefähr 20 Euro Gewinn macht … 1.200 Euro jede Woche, im Monat also knapp 5.000. So viel hatte er als Filialleiter bestimmt nicht bar in der Tasche.«

»Ein ganz netter Nebenverdienst«, überlegte der Kommissar. »Aber der Fahrer möchte ja auch seinen Teil abhaben.«

»Dazu noch die Hintermänner in Polen.«

»Und wer brachte die Zigaretten unter die Leute? Denkst du, die Endkunden kamen in den Bettenladen?«

»In Ostdeutschland sind es meistens Vietnamesen«, verwies Paul Wellmann auf einen weiteren Bericht, den er online gefunden hatte. »Bei uns hier? Keine Ahnung! Vielleicht wird das Zeug auf dem Flohmarkt vertickt. Ich frag mal die Kollegen vom Zoll.«

»Oder die Stammkunden werden frei Haus beliefert«, spekulierte Lindt. »Koks per Pizzaservice gab es doch auch schon. Ich denk da an die großen Satteltaschen.«

»Die Verkäuferin! Hat garantiert was mitbekommen.« Jan Sternberg griff zum Telefon und wählte die Nummer des städtischen Klinikums. »Ob wir sie schon vernehmen können?«

»Frag auch nach dem Fahrer. Sein Nasenbluten müsste ja mal aufgehört haben.«

Dröhnendes Gelächter hallte durch das Büro, und Lindt bemerkte erst gar nicht, dass ein Uniformierter mit einem Besucher in der Tür stand. »Der Herr hier ist Rechtsanwalt.«

»Habe ich eben das Wort ›Nasenbluten‹ gehört?«, fragte der Mittvierziger in Anzug und Mantel, während er seine Visitenkarte auf den Tisch legte und sich dann über den akkurat gestutzten Oberlippenbart strich.

»Wer möchte das denn wissen?«, fragte Jan Sternberg vorlaut.

Oskar Lindt kniff die Augen zusammen. Sein Gesichtsausdruck verfinsterte sich, und er hoffte inständig, dass seine Vorahnung sich nicht bewahrheiten würde.

»Bock, Laurenz Bock, ich vertrete Herrn Jürgen Wahr.« Der Anwalt blickte in die Runde. »Der Name sagt Ihnen hoffentlich etwas.« Er fixierte Jan Sternberg: »Sind Sie Herr Lindt?«

»Nein, der bin ich«, erhob sich der massige Kommissar.

»Oh, erstaunlich«, lächelte der Jurist süffisant. »Ich dachte eher an einen jüngeren, durchtrainierten Beamten – nach dem, was mein Mandant mir erzählt hat.«

»Da hat er in der Dämmerung wohl nicht richtig hingeschaut«, knurrte Lindt, und sein Tonfall wechselte auf kampflustig. »Was sagt er denn?«

»Können Sie alles in der Strafanzeige nachlesen, die ich gerade bei der Staatsanwaltschaft gestellt habe.« Er nahm ein Blatt aus seiner schmalen schwarz glänzenden Ledermappe und ließ es aus manikürten Fingern vor dem Kommissar auf den Schreibtisch segeln. »Ich wollte mir nur noch selbst einen Eindruck verschaffen, wie ein aggressiver und gewaltbereiter Kriminalpolizist aussieht.«

»Und jetzt?«

»Bin sehr überrascht«, lächelte der Anwalt wieder spitz. »So viel Beweglichkeit hätte ich Ihnen gar nicht zugetraut. Da sieht man wieder, wie der erste Eindruck doch täuschen kann. Ich empfehle mich – ach, und einen Gruß an die werte Gattin.«

7

»Früher hätte ich so einem aalglatten Pinsel die Luft aus den Reifen gelassen«, knurrte Lindt mit hochrotem Gesicht, als der Anwalt zur Tür hinausgestelzt war.

»Beruhige dich, Oskar«, legte Paul Wellmann ihm die Hand auf die Schulter und nahm die Anzeige vom Tisch. »Der Kurze wird das sicherlich einstellen.«

»Lies vor!«

Wellmann überflog den Text: »Du sollst besagten Herrn Jürgen Wahr am heutigen frühen Morgen ohne jeglichen Grund vom Fahrersitz seines Lastwagens gezerrt und brutal zu Boden geschlagen haben. Dabei hat er anscheinend eine Nasenbeinfraktur, eine Jochbeinprellung, mehrere Platzwunden im Gesicht und eine schwere Gehirnerschütterung erlitten.«

»Sie sollten mir schleunigst eine Gegendarstellung liefern.« Staatsanwalt Conradi trat ins Büro. Sein üblicherweise freundlich-gelassener Gesichtsausdruck war einer sorgenvoll-ernsten Miene gewichen. »Ich kannte diesen Anwalt bisher nicht …«

»Meine Frau scheint ihn ja zu kennen«, brummte Lindt vor sich hin.

»Ich hoffe, dass nicht auch noch Ihre Gattin da mit hineingezogen wird«, antwortete der Kurze mit ungewohnt strengem Ton. »Und ich hoffe auch nicht, dass der Kollege an die Öffentlichkeit geht.«

»Ist wohl schon passiert«, entgegnete Paul Wellmann und deutete zur Tür.

»Alles, bloß das nicht!« Lindt wurde blass, als er die kräftige, untersetzte Frau mit weißblondem Bürstenhaarschnitt und Motorradjacke registrierte.

»Sie kennen die Dame?«, wollte der Staatsanwalt wissen und griff nach der laminierten Karte, die sie ihm unter die Nase hielt. »Bitte, nehmen Sie doch Platz.« Conradi bot ihr einen Stuhl an.

»Danke, ich stehe lieber.« Sie lächelte Lindt spöttisch an: »So sieht man sich wieder.«

Der Kommissar setzte sich und sagte nichts.

Stattdessen antwortete der Kurze: »Für Auskünfte wenden Sie sich bitte an unsere Pressestelle. Über die Details laufender Ermittlungen können wir leider keine Angaben machen. Für welche Zeitung schreiben Sie denn?«

»Ich arbeite frei, steht deutlich auf meiner Karte, fast nicht zu übersehen. Aber für diese Story interessiert sich bestimmt auch die ganz große Tagespresse, wenn Sie wissen, welches Blatt ich meine.« Sie zog die Mundwinkel noch mehr in die Breite und nahm eine große Spiegelreflex aus ihrer sichtlich abgenutzten ledernen Umhängetasche.

»Keine Fotos!« Jan Sternberg trat ihr in den Weg. »Hier drin wird nicht fotografiert.«

»Au, ein ganz Eifriger«, sagte die Journalistin, drückte ihm zwei Finger auf die Brust und schob ihn problemlos zur Seite. »Keine Angst, ich wollte nur mal kurz zeigen, was ich heute schon Schönes aufgenommen habe.«

Sie trat neben Lindt an den Tisch und zeigte ihm das Display der Digitalkamera.

Der Kommissar warf nur einen kurzen Blick darauf, dann wandte er sich ab. »Hat dieser nette Anwalt Sie geschickt?«

Sie ging nicht darauf ein: »Bis jetzt weiß ich nur, was mir der Herr im Klinikum erzählt hat.« Ihr Finger wies auf den kleinen Bildschirm der Kamera. »Sie erkennen ihn doch bestimmt wieder?«

»Und was hat der Ihnen gesagt?« Lindts Stimme klang ziemlich gepresst.

»Ach, jeder hat so seine eigene Sicht der Dinge. Wollen Sie mir nicht Ihre Variante erzählen?«

»Sollte ich das?« Das Gesicht des Kommissars verdunkelte sich zunehmend.

»Dieses Mal komme ich zu Ihnen, bevor ich schreibe. Einseitige oder tendenziöse Berichterstattung lasse ich mir nicht noch einmal vorwerfen.«

Lindt wusste, dass er in der Falle saß. »Sie treiben mich in die Enge. Gefällt Ihnen das?«

»Angst um den guten Ruf? Der berühmte Oskar Lindt, oberster Mordermittler der Fächerstadt, integer bis ins Mark, vor ihm bleibt nichts verborgen, er bringt immer die Wahrheit ans Licht! So sehen Sie sich doch, habe ich recht?«

»Und diesen Ruf möchten Sie jetzt ruinieren?«

»So, wie Sie damals mein Ansehen beschädigt haben?«

Sie schaute ihm geradewegs in die Augen. Ein klares

Kräftemessen, wer zuckt zuerst? Lindt kniff die Augen zusammen. Verloren!

Dicke Schweißperlen drangen aus seiner Kopfhaut. Er stand auf, öffnete das Fenster und trocknete sich dabei so unauffällig wie möglich mit dem Taschentuch die Stirn.

Warum sagte denn keiner etwas? Der Kurze – *sein* Staatsanwalt, Paul – *sein* Weggefährte, Jan – *sein* Zögling? Alle waren verstummt. Die Angelegenheit betraf nur ihn und diese miese kleine dicke Journalistin. Innerlich tobte er: Das können sie, diese Tintenkleckser, einen in den Dreck ziehen, mit Schlamm bewerfen, auf einem herumtrampeln, einen in der Öffentlichkeit unmöglich machen, einen ins Rampenlicht zerren, um hämisch grinsend mit anzusehen, wie man bespuckt wird.

Doch was Lindt dann hörte, erstaunte ihn. Es klang ganz anders: »Nein, ich halte nichts von ›Auge um Auge‹.«

Er drehte sich um: »Also keine Rache? Was dann?«

Die kompakte Reporterin begann wieder zu grinsen, nein diesmal wurde es ein Lächeln. »Faire Zusammenarbeit, nichts weiter.«

»Sie machen mir ein Friedensangebot?«

»Nennen Sie es, wie Sie wollen. Zwei Begriffe: ›fair‹ und ›Zusammenarbeit‹!«

Lindt fand erst keine Worte, doch Conradi erlöste ihn: »Besprechen Sie das am besten unter vier Augen. Ich denke, es gibt einiges zu klären.«

Der Kommissar wies auf die Tür zu seinem Büro. »Da drin.«

»Gerne«, lächelte das weißblonde Kraftpaket. »Wenn ich vorher noch mal rasch für kleine dicke Mädchen …«

Paul Wellmann zeigte die Richtung: »Dritte links.«

Auch der Staatsanwalt verließ mit hochgezogenen Augenbrauen den Raum: »Machen Sie das Beste daraus. Ich erwarte Ihren Bericht.«

Betretene Stille lag im Raum. Lindt schwieg, seine beiden Kollegen starrten Löcher in die Luft.

Wellmann versuchte, die Kommunikation wieder in Gang zu bringen. Er nahm die Visitenkarte vom Tisch: »›Inka Valentin, freie Journalistin.‹ Silberne Schrift auf blauem Grund. Darunter ein silberner Füllfederhalter.«

Jan Sternberg hielt die Karte ins Licht der Tischlampe: »Sieht eher aus wie ein Dolch, scharf geschliffen, so wie diese Feder blitzt.«

»Ich erzähl es euch ein anderes Mal«, seufzte Oskar Lindt und ging mit hängenden Schultern in sein Zimmer. »Schickt sie dann rein.«

Eine knappe Stunde später öffnete sich die Tür des Kriminalhauptkommissars wieder. Zuerst trat ein hellblonder rundlicher Igel aus dem Nebel des Rauchs, dahinter ein breiter Kommissar, dem die Zeitungsschreiberin nur bis zum Kinn reichte.

Strahlend drückte die Journalistin Jan und Paul die Hand: »Ich bin Inka, wir werden uns noch öfter sehen.« Dann schnappte sie sich ihre Kamera und verschwand.

Verwundert sahen Lindts Kollegen erst der breitschultrigen Lederjacke hinterdrein und dann ihren Chef an. Dessen Blick aber war weit weniger freundlich. Er zögerte kurz, dann machte er kehrt und ging ohne ein Wort zurück in seine verräucherte Höhle.

»Wolltest du uns nicht …?«

Der Kommissar schüttelte den Kopf: »Später, Paul«. Damit zog er die Tür hinter sich zu.

Erschöpft fiel er in seinen Bürosessel, stemmte sich aber gleich wieder hoch, um das Fenster zu öffnen. Einen Augenblick steckte er den Kopf hinaus, dann ging er wieder zum Schreibtisch, leerte den Aschenbecher in einen dicken braunen Briefumschlag, klebte ihn zu und trug ihn in den großen Abfalleimer auf dem Flur. Er hasste den Gestank von Zigaretten und ganz besonders den von ausgedrückten filterlosen kalten Stummeln.

Fünf Pfeifen lagen auf seinem Schreibtisch, da hatte er Inka das Rauchen nur schlecht verbieten können. Also war es zu einem gegenseitigen Einnebeln gekommen. Scharfer Zigarettenrauch gegen milden Pfeifendampf. Schlecht zu sagen, wer dabei gewonnen hatte. Lindt öffnete auch noch das zweite Fenster. Leichter Durchzug vertrieb zögernd den restlichen Nebel.

Nach ein paar Minuten wurde ihm kalt. Er schloss beide Fenster und ging zum Telefon. Eine warme Stimme meldete sich: »Tut mir leid, Herr Lindt, Ihre Frau ist gerade in der Mittagspause. Ich schreibe ihr aber gerne eine Notiz, dass Sie angerufen haben.«

Er bedankte sich und legte auf. Bock, Laurenz Bock – wieso wusste er, wer Carla war? Bestimmt hatte die Kanzlei, in der sie arbeitete, schon mit ihm zu tun gehabt. Oder woher sollte dieser Kerl sie sonst kennen?

›Mittagspause‹ hatte Carlas Kollegin am Telefon gesagt. Meistens war das für Oskar Lindt ein verlockendes Stichwort. Meistens, aber heute nicht. Heute war ein schwarzer Tag, so schwarz wie seine Cordjacke, die an der gegenüberliegenden Wand hing. Ohne weiter nachzudenken, zog er sie vom Bügel und schlüpfte hinein. Ihr fester dicker Stoff nahm ihn angenehm gefangen. Er spürte Stabilität und Sicherheit.

Trug Inka deswegen gerne Lederjacken? Bestimmt fuhr sie immer noch Motorrad. Ihr Geburtstag am dritten August. Dieses Datum hatte er nie vergessen. 47 war sie jetzt. Warum musste sie ausgerechnet zu diesem Zeitpunkt in Karlsruhe auftauchen? Oder wohnte sie schon länger hier? Hätte er fragen sollen?

Wenigstens hatte sie die Form gewahrt und ihn nicht gleich

vor seinen Mitarbeitern geduzt. In Sachen Umgangsformen schien sie dazugelernt zu haben.

Lindt trat ins vordere Büro.

Als er seinen Vorgesetzten in der Jacke sah, riss Jan gleich die Flurtür auf. »Sie müssen raus, Chef. Wir habens uns schon gedacht.«

»Hmm«, brummte der Kommissar, sah sich nicht mehr um und nahm das Treppenhaus zum Hof. Er schloss sein altes Rad von der Kette, wartete, bis das Tor sich geöffnet hatte, und trat los.

Erst hatte er kein Ziel, fuhr wieder über die Fußgängerbrücke, ließ seinen Blick die Ritterstraße entlangwandern, erkannte weit hinten den Schlossturm und fühlte, dass der Hardtwald jetzt genau das war, was er zur Beruhigung brauchte. Er radelte durch den Schlosspark, nahm die Durchfahrt auf der Universitätsseite, kam zur Kaffeeterrasse, sah nach links, dann nach oben und trat spontan die Rücktrittbremse. Knirschend kam er auf dem sandigen Weg zum Stehen. Kurz entschlossen wendete er, fuhr wieder zurück, stellte sein Rad ab und betrat durch den Vordereingang das Schloss.

»Dienstlich«, sagte er und hielt der Frau an der Kasse des Badischen Landesmuseums seinen grünen Ausweis an die Glasscheibe. Ohne eine Antwort abzuwarten, ging er weiter, einige Stufen hoch, den Gang nach hinten durch und öffnete schließlich die Tür zum Treppenhaus. Wie viele Stufen waren es noch bis ganz nach oben auf den Turm? Seine drei Töchter hatten sie früher manchmal gezählt.

Karlsruhe von oben, der Blick faszinierte in dieser topfebenen Stadt ohne richtige Aussichtspunkte. Sie waren immer gerne hier heraufgestiegen. Auch die Blicke vom Durlacher Turmberg, von den Baden-Badener Battertfelsen oder von einem der vielen Schwarzwaldgipfel gefielen den Kindern, aber der Schlossturm offenbarte ihnen ihre unmittelbare

Heimat aus der Vogelperspektive. Als Erstes hatten sie immer zur Oststadt gezeigt. ›Dort, unser Haus, das rötliche.‹ Doch das war Vergangenheit, die Töchter jetzt erwachsen und fortgezogen, um zu studieren. Etwas wehmütig erinnerte der Kommissar sich zurück.

Im Raum der Tulpenmädchen blieb Lindt stehen. Carla mochte die Frühlingsboten, doch in diesem Raum ging es weniger um die Blumen als vielmehr um den Markgrafen und seine Verbindungen zu diesen Hofsängerinnen …

Er verschnaufte kurz, dann nahm er die restlichen Stufen und trat ganz oben aus der Tür. Seit Jahren war er nicht mehr hier auf der Plattform gewesen.

Unter ihm der Schlossgarten, begrenzt von der langen Mauer, dahinter der Hardtwald, wohin er eigentlich hatte radeln wollen, und rechts zwischen den Bäumen das Wildparkstadion mit seinen Flutlichtmasten.

Die Waldstadt, wohin Carla und er vor wenigen Jahren gezogen waren, lag eher verdeckt. Das rötliche Backsteinhaus in der Oststadt erkannte er dagegen gleich wieder. 22 Jahre hatten sie dort gewohnt.

Nicht weit vom Ettlinger Tor überragte das markante Badenwerk-Hochhaus die Innenstadt. Ein weiter Blick für den Landrat, der mit seiner Behörde dort eingezogen war – kein Fehler, die Dinge manchmal aus der Vogelperspektive zu betrachten, das spürte in diesem Moment auch Oskar Lindt.

Ein Stück seiner Vergangenheit hatte ihn eingeholt. Er musste es akzeptieren. Nichts zu machen. 1,60 war sie groß, diese Vergangenheit. Auch sonst noch so wie früher?

Langsam wanderte Lindt auf der runden Turmplattform umher. Im Moment war er ganz allein. Ab und zu blieb er stehen, hielt sich am Geländer fest und ließ seinen Blick umherschweifen. Mal direkt nach unten auf die vielen Radfahrer, die zwischen Universität und Moltkestraße an der

Rückseite des Schlosses vorbeiflitzten. Mal eher in die Weite, wo er trotz des Herbstdunstes den Schwarzwald und die Vogesen erahnen konnte. Die Schornsteine des Rheinhafengeländes sah er ganz deutlich.

So sehr er sich aber auch im Kreis bewegte, immer traf sein Blick auf die Straßen, die so angelegt waren, dass sie schnurgerade auf den Schlossturm zukamen. Nein, falsch, sagte er sich. Die Straßen *entspringen* hier am Schlossturm. So wie eine Sonne, die in alle Richtungen strahlt.

Karlsruhe als Fächer, zu Beginn des 18. Jahrhunderts erbaut von Markgraf Karl-Wilhelm. Angeblich war er während der Jagd im Hardtwald unter einem großen Baum eingeschlafen und hatte sich dabei dieses System erträumt. Ein Traum von einer strahlenden Fächerstadt.

Ob es eine große Linde war oder eine Eiche, unter der er geschlafen hatte? So eine, wie die alten Exemplare dort hinten im Schlossgarten, unter die sich auch Lindt gerne zum Nachdenken zurückzog?

Ob der Baum genau da gestanden hatte, wo der Markgraf dann den Schlossturm erbauen ließ? Vielleicht stimmte die Legende. Auf jeden Fall stand er, Kommissar Oskar Lindt, im Moment genau im Zentrum der 32 Fächerstrahlen.

Bald stand er möglicherweise im Zentrum des öffentlichen Interesses. Allerdings fühlte er sich gar nicht wie eine strahlende Sonne, ihm war eher, als hülle ihn ein düsterer Schatten ein.

Die Boulevardpresse würde sich genüsslich auf ihn stürzen: ›Prügelbulle‹, ›Mordkommissar rastet aus‹. Schlagzeilen, die im düsteren Herbst sicherlich gerne gedruckt wurden.

Ein ahnungsloser Fahrer, der keinen Schimmer hat, was er da wirklich aus Polen holt? Einer, der nur die Tür seines Lkws öffnen will, um auszusteigen? Und der aus heiterem Himmel mit Schwung und unter vollem Körpereinsatz von einem schwergewichtigen Polizisten zu Boden geworfen wird? Auf ›schwere Körperverletzung‹ müsste der Vorwurf lauten, und er, der erfahrene Kommissar, der schon Hunderte Male bei Gerichtsverhandlungen entscheidende Fakten präsentiert hatte, er wäre jetzt nicht Zeuge, sondern Angeklagter. Noch nie hatte Lindt auf der ›falschen Seite‹ des Verhandlungssaales Platz nehmen müssen. Niemals! So sollte es auch bleiben. Diese Anklage musste bereits im Keim erstickt werden.

›Das Verfahren wird eingestellt.‹ Diesen Satz wollte er auf den Akten von Staatsanwalt Conradi lesen, und zwar möglichst schnell.

Das Handy vibrierte in Lindts Hosentasche und unterbrach seine Gedanken. Conradis Durchwahl wurde angezeigt. Lindt klappte das Gerät auf und meldete sich.

»Keine guten Nachrichten, leider.« Wie durch dichten Nebel hörte der Kommissar die Stimme seines Lieblings-Staatsanwalts. »Ich muss Ihren Fall abgeben. Irgendjemand hat diesen Anwalt über unsere langjährige enge Zusammenarbeit unterrichtet. Prompt kam ein Fax von ihm an Wolf, den Leitenden Oberstaatsanwalt. ›Sie wohnen doch sogar in derselben Straße‹, hat der gerade eben zu mir gesagt und die Akten persönlich mitgenommen.«

»Solange er die Unterlagen nicht an …«

Der Kurze zögerte einen Moment. »Genau das hat er vor. Es tut mir wirklich sehr leid. Mein Protest hat nicht gewirkt.«

Lindts linke Hand, mit der er sich am Geländer festhielt, begann zu zittern.

»Ich weiß ja auch, wie oft Sie schon aneinandergeraten sind. Das habe ich unserem Chef sofort mitgeteilt, aber es war nichts zu machen. Leider.«

»Danke für Ihre Mühe«, presste Lindt heraus, dann klappte er das Handy zu.

Auf einmal traute er sich gar nicht mehr, in die Tiefe zu schauen. Der Schlossturm begann zu schwanken, rotierte im Kreis. Er klammerte sich mit beiden Händen an das Geländer, schloss die Augen. Das Karussell verlangsamte sich zum Glück.

Er hatte ihnen eine Steilvorlage geliefert. Denen, die ihn schon lange absägen wollten. Denen, die ihm die kontinuierlichen Erfolge neideten. Denen, die ihn wegen seines Gewichts hänselten. Denen, die nachrücken wollten und auf seine Planstelle lauerten. Denen, die meinten, seine Zeit sei gekommen.

›Nicht mehr öffentlichkeitsfähig‹, hatte Paul Wellmann vor ein paar Monaten auf der Herrentoilette aufgeschnappt. ›Seine Erfolge sind kein Verdienst, sondern purer Zufall‹, ›altertümliche Methoden‹, ›umständliches Arbeiten‹, ›stundenlang geht er spazieren‹. Das waren die Aussprüche, die seine beiden engsten Mitarbeiter ihm berichtet hatten. ›Oskar, wir haben lange überlegt, ob wir es dir sagen sollten, aber Jan und ich meinen, es ist besser, du weißt, wo der Feind steht.‹

›Am liebsten ermittelt er am Imbissstand.‹ Das hatte ihn ins Mark getroffen. ›Statt im Kaffeesatz, sucht er die Lösung in den Wurstzipfeln.‹ ›Zwei Thüringer mit Senf sind seine wichtigsten Waffen.‹ ›Alt und träge.‹ Vielleicht war sogar beabsichtigt, dass ihm diese Aussprüche zugetragen wurden.

Für einen Moment richtete Oskar Lindt seinen Blick wieder in die Tiefe. Dort unten konnte niemand heil ankommen. Schnell machte er die Augen wieder zu und schob diesen Gedanken weg, ganz weit weg.

Kämpfen, er musste kämpfen, und er konnte kämpfen. ›So leicht kriegt ihr mich nicht!‹ Er krampfte seine Hände derart fest ums Geländer, dass die Fingerkuppen weiß wurden.

Dann lockerte er den Griff wieder. Sein Mut sank. Jetzt auch noch die ›Eiserne Lea‹. Das hatte er nicht verdient. Diese

Frau gegen sich zu haben, war schon für einen Verbrecher das Schlimmste, was ihm passieren konnte. Der Schrecken aller Angeklagten. Die furchtbarste aller Staatsanwälte. Eine Zunge wie ein Schwert.

Doch sie wütete auch in den eigenen Reihen. Oft genug hatte sie mit scharfen Worten Lindts Arbeit kritisiert. Zu langsam, zu ungenau, schlecht formulierte Berichte, niemals konnte er es ihr recht machen.

Conradi, der Kurze, hatte sich nie beklagt, sondern stets konstruktiv mit ihm zusammengearbeitet. Aber Oberstaatsanwältin Lea Frey war der Albtraum aller Ermittler, und jetzt nahm dieses furchtbare Weib ihn ins Visier!

Die Beine gaben nach. Lindt ließ sich zu Boden sinken. Seine Darstellung der morgendlichen Vorkommnisse würde sie gar nicht erst lesen. Aussage gegen Aussage! Hoffentlich war dieser Lkw-Fahrer wenigstens irgendwie vorbelastet. Ein Ermittlungsverfahren, ein Registereintrag würden ihn vor Gericht weniger glaubwürdig machen. Aber wenn nicht? Falls er völlig unbescholten war?

Der Kommissar schloss die Augen wieder. Sein Kopf sank auf die Brust. Er versuchte, sich zu entspannen, atmete tiefer.

Ein rötlicher Schein, erst in der Ferne, dann immer näher. Hitze, zuckende Flammen, eine Feuerfront raste auf ihn zu, schneller und schneller. Er war eingeschlossen, keine Chance. Durch, da musste er durch. Er musste durch dieses Feuer, aber es gab keine Lücke. Er schaffte es nicht. Die Flammen packten ihn, ein Schmerz …

Er schlug die Augen auf. Eine Hand an seiner Schulter. Das japanische Touristenpärchen beugte sich über ihn: »Okay? Are you okay?«

Mit weit aufgerissenen Augen starrte er die beiden an, dann murmelte er undeutliches »Yes«. Er versuchte aufzustehen. Der schmale Japaner streckte ihm den Arm hin, doch Lindt wollte sich nicht helfen lassen. Der hätte ihn ohnehin nicht hochziehen können. Schwerfällig drehte er sich auf die Knie und stemmte sich dann an der Brüstung hoch. Steifbeinig stakste er zur Turmtür.

Wie er wieder nach unten zu seinem Fahrrad gekommen war, wusste er später nicht mehr. Mühsam trat er in die Pedale.

Ein schrilles Klingeln – »Pass doch auf« – fast ein Crash mit einem anderen Radler, einem, der es eilig hatte.

Lindt dagegen radelte jetzt sehr langsam, noch langsamer als sonst. Auf den geschwungenen Wegen durchquerte er den Schlossgarten und kam schließlich am See vorbei zum hinteren großen Tor. Dort stieg er erst mal ab. Carla anrufen? Nein! *Sie* sollte sich doch melden.

Musste er ihr jetzt von Inka erzählen? Noch mal nein! Außerdem war das vor ihrer Zeit gewesen, damals, als er für ein paar Jahre in Konstanz eingesetzt war. Eine Jurastudentin, die sich mit Zeitungsberichten über Wasser hielt.

Warum rief Carla denn nicht an? Er hätte sie wirklich gebraucht, heute, an diesem schwarzen Tag. Enttäuscht stieg er wieder aufs Rad. Die Linkenheimer Allee – schnurgerade und fast genau nach Norden durchschnitt sie den Hardtwald. Er schnaufte die Brücke über den Adenauerring empor, ignorierte den dichten Verkehr unter sich, nutzte den Schwung der Abfahrt auf der anderen Seite. Weiter, weiter. Ohne Ziel und doch immer geradeaus.

Er fuhr wie betäubt, wie in Trance, trat und trat, sehr langsam, müde. Alle anderen Radler waren schneller, überholten ihn. Egal, sollten sie doch. Es war ihm wurst.

Er fand eine Bank, stieg ab, lehnte sein Rad an die Rückenlehne und setzte sich. Eigentlich war überhaupt kein Parkbankwetter, und die dünne grünliche Algenschmiere auf den rot gestrichenen Latten würde bestimmt seine Kleidung verschmutzen, aber es war ihm egal. Dem

Ersten Kriminalhauptkommissar Oskar Lindt war mit einem Mal alles völlig schnurz. Irgendwie würde er dieses Verfahren, das die spindeldürre Eiserne Lea mit ihrem scharf geschnittenen Krähengesicht gegen ihn einleitete, auch noch überstehen und danach … danach nur noch Dienst nach Vorschrift!

Kämpfen? So, wie er vorhin noch gedacht hatte? Nein, einfach aussitzen! Abwarten, sich zurücklehnen und einen kompetenten Anwalt beauftragen. Der sollte das Ganze für ihn durchfechten. Wozu bezahlte er schließlich seit 30 Jahren Beiträge an eine Rechtsschutzversicherung, die er noch nie in Anspruch genommen hatte.

Lindt grübelte. Er kannte viele Anwälte, auch ganz bissige, zupackende. So ein ›Terrier in der Robe‹ wäre genau der Richtige, um dieser resoluten Oberstaatsanwältin endlich einmal ihre Grenzen aufzuzeigen.

Seine Stimmung begann, sich ein klein wenig aufzuhellen. Ein winziger silberner Schimmer am Horizont. Ja, so würde er es machen. Ein anderer sollte für ihn kämpfen, die Kohlen aus dem Feuer holen.

Oft genug hatte er es erlebt, wie sich die richtig schweren Jungs vor Gericht verhielten: Schweigend, unbeweglich und mit versteinerter Miene saßen sie neben ihren Anwälten, die mit der Staatsanwaltschaft die scharf geschliffenen Klingen der Rhetorik kreuzten.

Oft genug wurde auch er, der leitende Ermittler, in die Mangel genommen.

Oft genug war er dabei gehörig ins Schwitzen gekommen, denn diesen Juristen fiel immer wieder etwas Neues ein, um die Ergebnisse seiner Arbeit infrage zu stellen. Längst nicht jeder Prozess war so ausgegangen, wie es dem Gerechtigkeitsempfinden des Kommissars entsprochen hatte.

Einen solchen Anwalt wollte er beauftragen. Einen richtig harten Hund. Einen, der mit allen Wassern gewaschen war.

Einen, der ihn da raushauen und es allen Neidern und missgünstigen Kollegen zeigen würde!

Aaah, er fühlte sich schon wieder viel besser. Lindt streckte die Arme zur Seite, streckte und dehnte sich, fühlte neue Energie in sich aufsteigen, legte den Kopf in den Nacken und schloss die Augen.

Auaah! Ein Schlag, ein stechender Schmerz. Reflexartig fuhr seine Hand nach oben, doch zu spät. Die Eichel hoch aus der Baumkrone knallte direkt auf sein rechtes Augenlid. Er sprang auf, tastete mit den Fingern. Warm, feucht. Er versuchte, das Auge zu öffnen, sah rot, kniff es sofort wieder zu. Hektisch fasste er in die Hosentasche, riss sein Taschentuch hervor, presste es ins Gesicht.

Stöhnend ließ er sich wieder auf die Bank sinken. Wut stieg in ihm auf und mischte sich mit dem Schmerz. Musste jetzt auch noch die Natur auf ihn einprügeln? Reichte nicht, was bisher schon passiert war? Hatte es nun auch noch der Wald auf ihn abgesehen?

Mit geschlossenen Augen griff er in seine Jackentasche und fingerte nach dem Handy. Pauls Nummer war auf der Drei gespeichert. Schon beim ersten Klingeln meldete sich sein Kollege.

»Oskar?«

»Paul, ich bin … kannst du …« Er legte auf. So eine Blamage! Eine Eichel, mitten aufs Auge. Nein!

Das Gerät vibrierte. Lindt zögerte. Schließlich meldete er sich doch. »Paul?«

»Was ist denn?, Gehts dir nicht gut?«

»Ach, Mist, heute sind alle gegen mich, sogar die Bäume.«

»Wo bist du denn?«

»Hardtwald, immer die Linkenheimer entlang. Nimm meinen Wagen, aber komm allein.«

Der ausladende Kofferraum von Lindts französischem Dienstkombi schluckte das Fahrrad problemlos. Der Kommissar ließ sich mit einem Seufzer in das weiche Veloursposter des Beifahrersitzes sinken.

»Wie siehts denn aus?«

Paul Wellmann öffnete die kleine Wasserflasche aus der Türablage und feuchtete ein Papiertaschentuch damit an. Vorsichtig tupfte er das Augenlid seines Kollegen ab.

»Blutet nicht mehr, Oskar, nur ein kleiner Kratzer, aber alles leicht blau. Wie ist das denn genau passiert?«

»Frag lieber nicht. Aber wenn ich den erwische, der die Sitzbank direkt unter der Eiche aufgestellt hat, dann …!« Drohend schüttelte Lindt die Faust.

»Sei froh, dass es keine Kastanie war. Hats denn nicht geknackt? Das hört man doch und duckt sich automatisch.«

Lindt schnaubte: »Paul, heute Morgen, es war noch stockdunkel, da hat es auch geknackt, und ich hab reflexartig reagiert. Und was hab ich davon? Nichts als Ärger!«

»Ach was, der Kurze regelt das schon.«

»Von wegen, der Kurze. Wisst ihr das noch gar nicht? Die ›Eiserne‹ haben sie auf mich angesetzt.«

Wellmann zuckte zusammen: »Scheiße, tut mir leid, das hat uns noch niemand gesagt. Die ist ja echt übel.«

Lindt hob die Schultern: »Diesmal hats mich voll erwischt. Ein wirklich schwarzer Tag heute. Kennst du Murphys Gesetz? ›Alles, was schiefgehen kann, wird auch schiefgehen!‹ Ich sage dir, es kam schlimmer!«

Paul startete den Motor. »Waldstadt?«

Sein Kollege nickte. »Fahr mich heim, mir reichts. Und morgen hab ich Migräne.«

8

Es war nicht nötig, Kopfschmerzen zu erfinden. Das rechte Augenlid pochte ganz anständig. Es wurde dick und dicker, rot, blau, dann grün und gelb. Die Schwellung drückte schmerzhaft auf den Augapfel und ging erst am Wochenende zurück. Lindt legte Kühlkompressen auf, verbrachte die Zeit meistens auf dem Sofa oder im Bett und fühlte sich schlecht. Nicht einmal zum Rauchen hatte er Lust. Am besten konnte er es aushalten, wenn beide Augen geschlossen waren. Sein Handy hatte er ausgeschaltet, und das Klingeln des Festnetztelefons ignorierte er. Manchmal hörte er Radio, aber meistens döste er vor sich hin und war ungenießbar.

Carlas Bemerkung über ›eine so kleine Eichel, die einen so großen Mann zur Strecke bringt‹, ärgerte ihn zusätzlich.

Nur die Zeitungsartikel, die seine Frau für ihn gesammelt hatte, stimmten ihn einigermaßen versöhnlich. Erstaunlich, dass selbst die sonst so reißerisch daherkommende Boulevardpresse dieses Mal recht positiv über die Polizeiarbeit berichtete.

›Grausamer Mord unter Zigarettenschmugglern‹, titelte das Blatt mit den vier großen Buchstaben. ›Verdächtiger leistete heftigen Widerstand und wurde bei der Festnahme leicht verletzt.‹ Inka hatte tatsächlich Wort gehalten.

Der Anwalt des Lastwagenfahrers würde sicherlich toben, wenn er das las. Ob der Verhaftete wirklich als Täter in Betracht kam? Egal, das herauszufinden, war im Moment die Arbeit von Paul und Jan. Er selbst war krank und beleidigt und bockig und überhaupt … so geht niemand mit einem Oskar Lindt um!

Am Montagabend kam Paul zu Besuch. Carla war schon von der Arbeit zurück und ließ ihn herein. Lindt selbst hatte die ganze Zeit auch der Hausglocke keinerlei Beachtung geschenkt.

Wellmann betrachtete das lädierte Auge intensiv. »Wo war es noch mal, links oder rechts?«, feixte er.

Oskar Lindt schoss in die Höhe und zum Spiegel im Flur. »Das siehst du doch ganz genau. Hier!« Er klappte den rechten Augendeckel herunter und zeigte mit dem Finger auf das Lid.

»Ah, ja«, antwortete Paul gedehnt. »Tatsächlich, rechts.«

»Bist du gekommen, um mich zu verarschen, oder was?«

»Versteht er keinen Spaß mehr?«, wandte sich Wellmann an Carla, die in der Wohnzimmertür stand.

»Hat ihn schon sehr mitgenommen, diese Attacke im Wald«, verzog sie das Gesicht. »Wahrscheinlich braucht er noch eine Reha.«

Lindt überhörte die Spitze. »Sollst du mir die Genesungswünsche des Präsidiums überbringen, oder was führt dich her?«

»Gute Besserung von allen, Oskar. Die Präsidentin selbst hat sich sogar nach dir erkundigt. Sie empfiehlt dir eine Praxis in der Karlstraße. Karin heißt die Ärztin. Kennt sie wohl persönlich.«

Lindts Gesicht wurde in Sekundenschnelle dunkelrot. »Das ist keine Augenärztin, sondern diese Psychotante!«, grollte er. »Läuft mit dem Ludwig Marathon. Hat er doch am Tatort gesagt, als du dabei warst.«

Der Kommissar holte Luft, dann polterte er weiter: »Ihr steckt doch alle unter einer Decke. Wollt ihr mich jetzt vollends fertigmachen? Und du«, fauchte er Carla an, »woher kennst du eigentlich diesen Bock, diesen miesen Rechtsverdreher?«

Carla drehte sich wortlos um und schlug die Tür hinter sich zu. Paul Wellmann hob die Hände: »Bitte, Oskar, versteh das nicht falsch, aber wir glauben, es wäre besser, wenn du schnellstens wieder zurückkämst.«

»Hat die Eiserne Lea auch schon gefragt?«

»Jeden Tag, wenn du es genau wissen willst. Und von Mal zu Mal war sie giftiger am Telefon.«

»Sie hat mir ein Ultimatum gestellt, stimmts?«

Paul nahm sich einen Stuhl und setzte sich dicht neben Lindt. »›Wellmann, fahren Sie hin‹, hat sie mich vorhin angebellt. ›Heute ist der dritte Tag. Bis jetzt hat er noch keine ärztliche Krankmeldung geschickt. So schlimm kanns also nicht mehr sein. Schauen Sie ihn sich an. Wenn er bis morgen nicht zurückkommt, ist der Fall weg. Dann hole ich einen vom LKA, der die Ermittlungen leitet, und der Lindt kann krankmachen, solange er will.‹«

»Auf so eine Gelegenheit hat sie bloß gewartet, diese Gewitterziege.« Lindt knallte mit der flachen Hand auf den Tisch. »Aber der werde ich es zeigen. Dass ich auf meine alten Tage so was noch mitmachen muss. Soll sich mal überlegen, auf welcher Seite sie eigentlich steht. Also, bis morgen früh um sieben.«

Schon um 5 Uhr am nächsten Morgen brannte Licht in Lindts Büro, und der Geruch seiner Pfeife zog durch die Gänge. Bis Paul und Jan kamen, hatte er sich bereits durch sämtliche Akten gearbeitet, die Berichte der KTU und die Vernehmungsprotokolle mehrfach gelesen.

»Schließ mal den Beamer an und setz dich an den PC«, sagte er zu Jan Sternberg. »Du kannst am schnellsten schreiben. Wir gehen jetzt sämtliche Personen der Reihe nach durch.«

Sie trugen alles zusammen, was bis jetzt bekannt war. Die Verkäuferin, der Fahrer, die Nachbarn, das Opfer und seine Frau, die sich von ihm getrennt hatte – für jeden wurde eine separate Seite angelegt.

»Wir mussten ihn laufen lassen«, berichtete Paul Sternberg über den Fahrer. »Er selbst hat keinen Ton gesagt, nur den Anwalt reden lassen, aber das Alibi haben wir überprüft. Zur Tatzeit war er auf Schicht in der Raffinerie, das ist sein Hauptberuf. Sieht wirklich so aus, als hätte er keine Ahnung, was er da jeden Mittwoch ausgeliefert hat.«

»Motorrad fährt er auch nicht«, ergänzte Jan Sternberg. »Die Verkäuferin hat noch mal ganz klar bestätigt, dass nach dem Schuss eine Maschine weggefahren ist.«

»Die Technik konnte aber keine Spuren sichern«, warf Lindt ein. »Auch die Nachbarin von oben hat nichts gesehen. Ist diese Verkäuferin wirklich glaubwürdig?«

Wellmann hob die Augenbrauen. »Wir haben sie zweimal befragt. Im Klinikum, nachdem sie wieder ansprechbar war, und dann noch hier im Präsidium.«

»Privatleben durchleuchten«, diktierte Lindt. »Observation veranlassen. Vielleicht steckt sie mit dem Opfer unter einer Decke. Wir müssen sichergehen.«

»Die Beobachtung von Guths Haus im Kirchfeld war auch ohne Ergebnis«, gab Paul zu bedenken. »Wenn du mich fragst, Oskar, hat hier die Zigarettenmafia einfach einen unliebsamen Konkurrenten aus dem Weg räumen lassen. Einen, der auf eigene Rechnung Kleingeschäfte gemacht hat.«

»Der Schrotschuss würde dafür sprechen. Bleikugeln, vier Millimeter, damit schießen die Jäger sonst auf Füchse. Bei einem einzelnen Büchsen- oder Pistolengeschoss lässt sich die Waffe identifizieren, bei Schrot kann der Schuss aus jeder beliebigen Flinte gekommen sein.«

»Ja, ich weiß schon«, antwortete Lindt. »Das Syndikat schickt einen Profikiller, der schießt und ist ein paar Stunden später schon wieder drüben im Osten. Kann sein, kann sein … Den Fahrer lassen wir trotzdem mal observieren.«

»Bereits beantragt«, berichtete Jan. »Ab heute Nachmittag klappt das wohl.« Er griff zum Telefon: »Und die Verkäuferin melde ich auch gleich an.«

Lindt blätterte wieder in den Akten: »Die Ehefrau des Opfers wurde noch nicht befragt?«

»Espelkamp, da oben, bei Osnabrück. Dort wohnt sie wieder bei den Eltern. Sind alle aus Sibirien übergesiedelt. Die Kollegen haben letzten Donnerstag hier bei uns angerufen. Sie waren bei ihr, um die Todesnachricht zu überbringen.«

»Wie hat sie es aufgenommen?«

»War nicht viel rauszubringen. Alles ging auf Russisch. Die Frau hat fast nur geweint, und das Einzige, was ihr Vater auf Deutsch sagte, war: ›Kein guter Mann, wir wollten nicht, dass er unsere Tochter heiratet.‹«

»Die müssen noch mal hin, notfalls auch mit Dolmetscher.«

Lindt griff in eine der Laufmappen und betrachtete ein Bild des Erschossenen. »Woher habt ihr das Foto?«

»Von ihm zu Hause, stand auf dem Fernseher«, antwortete Jan. »Haben wir bei unserem ersten Besuch gleich mitgenommen und bearbeitet. Im Original sind noch Frau und Tochter mit drauf.«

Der Kommissar blätterte durch den Stapel von Presseartikeln auf Wellmanns Schreibtisch und las laut: »Bettenverkäufer Johann G. Unschuldiges Opfer oder Kopf der Karlsruher Zigarettenmafia?«

»Stammt aus Inkas Feder«, kommentierte Sternberg. »Schreibt ganz flott. Woher kennen Sie die denn, Chef?«

»Ach, alte Geschichte«, brummte der und tat so, als würde er intensiv weiterlesen. »Uralte Geschichte. Erzähl ich später mal.«

»Jedenfalls haut sie uns nicht in die Pfanne«, stellte Paul Wellmann fest. »Polizeischelte ist doch sonst journalistischer Lieblingssport.«

»Hat alles seinen Preis«, antwortete Lindt, ohne von den Zeitungsausschnitten aufzusehen. »Aber wenn ich den Guth so anschaue …«

»Sie meinen: ›Kein guter Mann‹, Chef?«

»An diesen Ausspruch seines Schwiegervaters hab ich gerade gedacht. Ich finde, man sieht ihm nichts Kriminelles an. Oder?«

Jan beugte sich über das Bild: »Gibt es denn die typische ›Verbrechervisage‹?«

Nachdenklich antwortete Lindt: »Bei manchen schweren Jungs sticht es einem förmlich ins Auge. Aber das sind mehr die fürs Grobe. Dann gibt es wieder welche, denen man ihre Tat niemals zutrauen würde, so harmlos schauen die drein.«

Es klopfte, und ein Schutzpolizist öffnete die Tür: »Eine Zeugenaussage im Bettfedern-Fall. Bitte.« Er bedeutete einem älteren Herrn in Baseballmütze und Outdoorjacke, einzutreten.

Lindt sprang spontan auf und reichte ihm die Hand: »Hoppla, Herr Nachbar. Heute ohne Hund? Nehmen Sie doch Platz.« Er zog einen Besucherstuhl heran.

»Ihr kennt euch?« fragte Wellmann.

Der Kommissar nickte. »Herr Ficht wohnt auch in der Waldstadt, zwei Häuser weiter. Unsere Garagen liegen sogar direkt nebeneinander.«

Der Besucher wies mit dem Kopf auf das Zeitungsbild, über das sich die Kommissare eben noch unterhalten hatten. »Mittlerweile bin ich mir wirklich sicher, dass ich diesen Herrn öfter im Hardtwald gesehen hab.« Er begann zu berichten: »Seit ich im Ruhestand bin, gehe ich mindestens zweimal am Tag mit meiner Jessy.«

»Ein Bild von einer Beaglehündin und richtig gut erzogen«, ergänzte Lindt.

»Echt hübsch, mein Hundle, gell?« Ficht strahlte vor Besitzerstolz. »Ich kenn ja mittlerweile alle Wege zwischen der Waldstadt und Neureut, auch den kleinsten Pfad. Und dieser Mann da, der ist mir in den letzten Monaten ein paarmal aufgefallen. Mitten im Wald und immer mit seinem dicken Rucksack auf dem Buckel.«

»Was hat er denn gemacht? Nur quer durchs Gelände gestolpert? Oder hat er was gesucht?«

»Es sind ja wirklich viele Leut' unterwegs, auch abseits vom Weg. Aber der da, der war irgendwie anders. Meistens hat er nach unten geguckt, und mit einem Körbchen hätt man ihn glatt für einen Pilzsammler halten können. Aber mit Rucksack ...?«

»Woran denken Sie dann?«

Er nickte erneut Richtung Zeitungsartikel: »Da stehts doch: Zigarettenschmuggel. Vielleicht hat der dort immer ein paar Stangen versteckt.«

»Erdbunker«, platzte Jan Sternberg heraus. »Paul, du hast doch auf den Internetseiten vom Zoll recherchiert. Die haben so was gezeigt.«

Wellmann runzelte die Stirn: »Könnt sein, wasserdichte Behälter, eingegraben im Boden.«

»Ob wir mal um Amtshilfe bitten?«, überlegte Lindt.

»Tabakspürhund?«

»Ich kenne da aus meiner Konstanzer Zeit einen Kollegen vom Zoll.« Der Kommissar wandte sich wieder an Ficht: »Würden Sie uns zeigen, wo Sie den Mann gesehen haben?«

Knapp zwei Stunden später bog eine kleine Fahrzeugkolonne vom Adenauerring in die Friedrichstaler Allee ein. Vorneweg Lindt und Ficht im weinroten Citroën, dann folgten zwei Wagen des Zolls und zum Schluss Wellmann und Sternberg im blauen Volvo aus dem Kripofuhrpark. Ein gutes Stück nördlich der Rintheimer Querallee hielt Lindt an.

»Hier?«

»Könnte passen«, antwortete Ficht und stieg aus. Suchend sah er sich um: »Im Hardtwald gibt es viele Stellen, die ähnlich aussehen, aber ich bin mir ziemlich sicher, dass der Mann dort irgendwo aus dem Wald kam.« Mit einer ausladenden Handbewegung wies er auf eine Gruppe von alten knorrigen Hainbuchen am Rand der Allee.

»Absitzen, los gehts«, wandte sich Lindt an Zollamtsrat Friedbert Schwarz und schaute auf die Uhr. »Kaum zwei Stunden her, dass wir miteinander telefoniert haben. Rekordzeit für Amtshilfe.«

»Oskar, das wird sich noch rausstellen, wer hier wem hilft«, antwortete der zivil gekleidete Zollfahnder. »Zigarettenschmuggel ist ja unsere Baustelle, und die Ermittlungsakten über euren ›Bettfedern-Fall‹ haben mir deine Mitarbeiter ja schon letzte Woche zukommen lassen.«

»Machen wirs halt wieder wie früher und arbeiten Hand in Hand«, meinte Lindt. »Zwei Karlsruher in Konstanz, die konnten doch gar nicht anders, die mussten ja zusammen schaffen.«

»Wilde Jahre, Oskar«, schwelgte Schwarz in Erinnerungen. »Wenn ich mich da noch an …«

»Ja, ja«, fiel ihm Lindt ins Wort. »Die Erinnerungen können wir nachher auffrischen und uns noch irgendwo gemütlich zusammensetzen. Jetzt zeig erst mal, was euer Suchhund so alles kann.«

»Falls du den mannscharfen Schäferhund mit Maulkorb erwartet hast, muss ich dich leider enttäuschen.« Schwarz öffnete die Heckklappe des Zoll-Transporters und präsentierte eine leere Hundebox.

»Linda mag nicht hinter Gitter, sie bringt lieber ein paar Spitzbuben dort hin«, tönte es von der seitlichen Schiebetür des Wagens, wo der Hundeführer gerade in einen dunkelgrünen Overall schlüpfte und anschließend seine Stiefel schnürte. »Sie hat einen extra Sicherheitsgurt«, lachte er und zeigte auf den Beifahrersitz, von dem aus ein hellbrauner Cockerspaniel aufmerksam beobachtete, wie sich sein Herrchen für das neue Spiel fertig machte.

»Erst letzte Woche war sie erfolgreich«, berichtete Schwarz und kraulte Lindas Locken am Hinterkopf. »Stichprobe am Rasthof Baden-Baden, polnischer Sattelschlepper, Ladung angeblich leere CD-Hüllen. Dicht an dicht standen die Paletten. Da hätte ein großer Hund keine Chance gehabt. Aber Linda konnte sich irgendwie durchquetschen. Nach zwei Minuten hats gekläfft.«

»Bestimmt ganz hinten?«

»Klar, wir mussten den Trailer fast komplett abladen lassen, bis wir hinkamen. Bei den letzten beiden Paletten hat sie Laut gegeben. Identische Verpackung und Beschriftung, aber proppenvoll mit Zigarettenstangen, dieselben wie bei euch.«

»Jin Ling, diese gelben Chinesenfluppen?«, interessierte sich Jan Sternberg. »Kopiert in der Ukraine?«

»Richtig, es tauchen immer mehr Markenfälschungen auf, hergestellt in den ehemaligen GUS-Staaten. Zudem noch voller Gift. Blei, Cadmium und sogar Pestizide. Die Werte liegen x-fach höher als bei den regulär produzierten Zigaretten.«

Lindt begann zu stopfen. »Pfeifentabak zum halben Preis hat mir noch keiner angeboten. Soll ich euer Lockenköpfchen mal schnuppern lassen?«

»Lass bloß deine Tabakdose zu, Oskar, und bleib bei der Suche weit weg. Kannst dir doch denken, wie das den Hund irritiert.«

Lindt schaute zu seinem Mitarbeiter. »Offene Camel-Packung in der Jackentasche?«

Sternberg wurde ein wenig rot. »Okay, Raucher bilden die Nachhut. Wir sichern nach hinten.«

Inzwischen war der Hundeführer bereit. »Welche Richtung?«

Lindt deutete nach Westen: »Da rüber. Dort hat ihn unser Zeuge gesehen, den Pilzsammler ohne Körbchen.«

Ficht nickte bestätigend. »Die nächste ist die Grabener Allee. Von dort aus habe ich ihn auch mal bemerkt.«

In großen Bögen durchkämmte Cockerspanieldame Linda nun den Wald. Sie kurvte um dicke Roteichen und grobborkige Kiefern, schlängelte sich zwischen jungen Buchenstämmchen hindurch und drang in dicht bewachsene Traubenkirsch-Dickichte ein.

»Erstaunlich, dass sich der Hund nicht ablenken lässt«, kommentierte Ficht die konzentrierte Suche. »Mein Beagle hätte wahrscheinlich gar nicht gewusst, ob er zuerst der Karnickelspur, dem Fuchsduft oder der Rehfährte folgen soll.«

»Alles eine Frage des Trainings«, entgegnete Friedbert Schwarz, der zusammen mit der Mannschaft der Karlsruher Kripo respektvoll Abstand hielt. »Hat mehr als zwei Jahre gedauert, bis Linda so weit war.«

»Wird aber trotzdem schwierig werden«, mutmaßte Jan. »Irgendwelche Behälter in der Erde, die müssen doch wasserdicht sein. Ob da überhaupt viel Geruch durchkommt?«

»Du meinst, die haben Tupperschüsseln im Boden vergraben?«, runzelte Wellmann die Stirn. »Vielleicht liegt auch einfach ein Plastiksack unter dem Laub?«

»Dann bin ich ja echt gespannt«, meinte der Kommissar und schlurfte durch das knöchelhohe braune Herbstlaub, »ob eine Hundenase unter diesen ganzen Blättern hier etwas findet.«

Wie eine kleine Prozession bewegte sich die Gruppe nun durch den Wald. Nicht zu dicht an Hund und Führer, aber doch so, dass die beiden immer in Sichtweite waren. Linda pendelte von links nach rechts und sortierte auf diese Weise die vielfältigen Duftpartikel des herbstlichen Waldbodens.

Ein gemächlicher Spaziergang, ideal, um Erinnerungen

an gemeinsam erlebte, aber längst vergangene Zeiten wieder aufzuwärmen.

»Weißt du noch …«, begann Friedbert Schwarz nochmals und ließ sich zusammen mit Oskar Lindt etwas hinter Sternberg und Wellmann zurückfallen. »Der Alte in dem kleinen Holzboot?«

»Natürlicher Tod, laut Wasserschutzpolizei, Infarkt beim Rudern. Irgend so ein Dorfarzt hatte schon den Totenschein ausgefüllt. Das kleine Loch im Hinterkopf …« Weiter kam Lindt jedoch nicht, denn Paul Wellmann dreht sich um und rief: »Oskar, der hat was!«

Dank der leuchtgelben Warnweste, die sich der Zoll-Hundeführer übergestreift hatte, konnte man sein Winken auch im dichten Unterholz gut ausmachen.

»Zigaretten?«, rief Jan Sternberg im Näherkommen, doch statt einer Antwort kam nur ein stummes Kopfschütteln. »Da, in dem Laubhaufen.«

»Der alte Schuh dort? Hat wieder einer seinen Dreck in den Wald …« Sternberg machte eine Bewegung, als ob er den weißen Turnschuh wegkicken wollte. »Halt«, rief der Hundeführer, und Jan blieb wie erstarrt stehen.

Kaum eine halbe Stunde später wimmelte der Hardtwald zwischen Grabener und Friedrichstaler Allee nur so von Polizisten. Mehrere Streifenwagenbesatzungen sperrten auf Lindts Anweisung großräumig ab.

»Bis zu den Alleen. Hier hat jetzt kein Spaziergänger was verloren. Vergesst die Fußpfade nicht.«

Ludwig Willms und seine Technikertruppe trafen ein und stiegen in ihre weiße Schutzkleidung. Ein weiterer Streifenwagen brachte die diensthabende Gerichtsmedizinerin. Drei Diensthundeführer der Karlsruher Polizei legten ihren belgischen Schäferhunden Brustgeschirre an und skizzierten auf einem Notizblock, wie sie die Flächensuche organisieren wollten. In spätestens zwei Stunden sollte eine Hundertschaft der Bereitschaftspolizei eintreffen.

»Jetzt darf ich aber«, wandte sich Oskar Lindt an seinen Kollegen vom Zoll und holte die Tabakdose wieder aus der Jackentasche.

»Deine Baustelle, Oskar, wir ziehen ab«, antwortete Friedbert Schwarz. »Nach Erdverstecken für die Schmuggelzigaretten können wir auch später noch suchen. Linda ist auf Tabak trainiert, nicht auf Leichen.«

Der Kommissar drückte ihm die Hand: »Vielen Dank erst mal, und den gemütlichen Hock, den holen wir demnächst nach.«

Lindt gesellte sich zu Paul Wellmann und Jan Sternberg, die in respektvollem Abstand beobachteten, wie die Kriminaltechniker mit einer Kehrschaufel den Laubhaufen in blaue Müllsäcke füllten.

»Im Labor nehmen wir die Blätter noch genauer unter die Lupe«, kommentierte Ludwig Willms die Arbeit seiner Mannschaft.

Nach und nach kamen Beine, Rumpf, Arme und Kopf zum Vorschein. Ein Mann in Bauchlage, Turnschuhe, Jeans, grauer Kapuzenpullover, dunkle Haare. Mehr war im Moment noch nicht zu erkennen.

Die Leiche lag in einer Erdkuhle hinter einem ausgehebelten Wurzelstock. »Wann hat der Sturm diesen Baum wohl umgeworfen?«, rätselte Jan Sternberg.

»Wir könnten mal beim Forst nachfragen«, überlegte Paul Wellmann. »Vielleicht wissen die noch, wann sie den Stamm weggeholt haben.«

»Schau doch mal da, wo gesägt wurde.« Jan Sternberg tastete über die Stirnfläche des Stubbens, als ob er die Jahresringe zählen wollte. »Fast kein Moos drauf, also kann es noch nicht allzu lange her sein.«

»Ist für uns aber nicht von Bedeutung«, tauchte Ludwig Willms hinter der emporstehenden Wurzel auf.

»Hat der Wind das Laub hergeweht?«

»Nein, Oskar, eindeutig nicht. Hinter so einem Wurzelstock fangen sich die Blätter zwar schon, aber nicht in dieser Menge. Der Haufen wurde aufgeschichtet.«

»Wie lange braucht man dafür?«

Willms machte eine ausholende Geste: »Ringsum liegt fast kein Laub mehr auf dem Boden. Das wurde zusammengescharrt und über der Leiche aufgehäuft. Wir haben jetzt drei große Säcke gefüllt. Mit den bloßen Händen benötigt man für so ’ne Menge vielleicht eine halbe Stunde.«

Zwischenzeitlich hatte sich die Gerichtsmedizinerin an dem Mann zu schaffen gemacht. »Von hinten nichts Besonderes. Bitte mal umdrehen.« Zwei Techniker packten an.

»Ooh«, entfuhr es der Ärztin und den Kripobeamten. Ein kleines kreisrundes Loch, umkränzt von den schwarzen Resten einer Blutkruste, zierte die Stirn oberhalb des rechten Auges.

»Schuss?«, wollte Lindt wissen.

»Ist anzunehmen.«

»Kein Ausschuss?«

Die Ärztin tastete den Kopf vorsichtig ringsum ab. »Nein, die Kugel muss noch irgendwo drinstecken.«

Lindt wandte sich an Ludwig Willms: »Ihr macht die Analyse?«

»Sowie uns Frau Doktor das Geschoss rausgepult hat.«

»Wir werden sehen«, verabschiedete sich die Medizinerin. »Ich rufe Sie an.« Sie streckte Lindt die Hand hin, doch der wich zurück. »Vielleicht erst die Handschuhe aus …?«

»Chef, wir haben da noch was«, meldete sich einer der Kriminaltechniker und inspizierte den Boden. Mit dem Handfeger entfernte er das restliche Laub neben der Erdkuhle und legte eine längliche Vertiefung frei. »Sieht aus wie eine kleine Rinne. Vielleicht eine Schleifspur, die wieder zugedeckt wurde.«

Jan Sternbergs Vorschlag kam prompt: »Ein Blasgerät, vom Gartenbauamt, damit pusten wir die Blätter weg.«

»Nicht nötig, Jan«, meldete sich Paul Wellmann. »Hier hinten ist die Spur nicht mehr zugedeckt. Man kann sie ganz deutlich sehen.« Mit gesenktem Kopf, die Augen fest auf den Boden geheftet, ging er zielstrebig weiter, fast 50 Schritte, dann winkte er: »Jetzt ist Schluss.«

»Vielleicht ist er dort erschossen worden, sucht alles genau ab«, wies Lindt die Techniker an und folgte dann ebenfalls der Spur im Waldboden, bis er bei Paul Wellmann angelangt war.

»Die Stecknadel im Laubhaufen«, sinnierte der Kommissar, musterte die gleichmäßige Blätterdecke und beobachtete die Kollegen der Spurensicherung, wie sie mit ihrer Arbeit begannen.

»Wir machen einen Zehnmeterkreis sauber und nehmen auch hier das ganze Laub mit«, entschied Ludwig Willms.

Schaufel für Schaufel verschwanden die herbstgefärbten Blätter der Roteichen und Rotbuchen, der Stieleichen, Hainbuchen und Traubenkirschen in den voluminösen Müllsäcken, nicht ohne zuvor genauestens durchsucht worden zu sein. Nach und nach entstand in dem lichten Waldbestand ein laubfreier Kreis.

»Fund!« Ludwig Willms ging auf die Knie und griff nach dem Handfeger. Vorsichtig säuberte er einen runden bräunlichen Gegenstand. »Kommt mal her!«

»Der Deckel von einem Abwasserrohr«, erkannte Jan Sternberg als Erster. »Kenn ich von meinem Hausbau.«

»Und was soll die Schnur da dran?«

»Zieh halt, vielleicht geht dann die Bombe los.«

Willms drehte und zog vorsichtig, bis sich der PVC-Deckel

abnehmen ließ. Die Öffnung eines Rohres aus demselben Kunststoffmaterial, senkrecht im Waldboden eingelassen, lag frei.

»Aha, da habt ihr euren Erdbunker – auch ohne Tabakhund gefunden.« Der KTU-Chef griff hinein und förderte ein längliches gelbes Paket zutage. Dreimal langte er noch zu, dann lagen insgesamt vier Stangen neben ihm.

»Schon wieder Jin Ling, diesmal nicht in der Matratze, sondern im Rohr.«

Willms wackelte, klopfte, rüttelte, schob … und zog das Kunststoffteil aus dem Boden. »So sieht also eine vergrabene Tupperschüssel aus. Die vier Stangen passten jedenfalls wunderbar rein.«

»Jetzt Moment mal«, runzelte Lindt die Stirn. »Wie müssen wir uns das alles denn vorstellen?«

Jan Sternberg war wieder der Schnellste: »Ganz einfach, Chef. Bettenverkäufer Guth wird zum Jin-Ling-Großhändler, aktiviert alte polnische Beziehungen, lässt sich die unversteuerten Zigaretten in den Matratzen liefern, packt sie abends um in Rucksack und Fahrradtaschen und beliefert dann die toten Briefkästen seiner Kleinhändler. Die wiederum bringen diese Fluppen unters Volk – Flohmarkt und so.«

»Ganz plausibel, deine Theorie. Dann wäre der Tote da drüben hinterm Wurzelstock also ein solcher Kleinhändler.«

»Könnte doch sein.«

»Jetzt müsst ihr nur noch rausfinden, wer wen wann und warum erschossen hat, dann ist die Frau Oberstaatsanwältin bestimmt wieder lieb zu euch«, flachste KTU-Chef Willms.

Lindts Gesichtsausdruck verdüsterte sich. »Du hast ja keine Ahnung, Ludwig, nett war die noch nie. Selbst dann nicht, wenn wir ihr einen Schuldigen mit Geständnis und lückenloser Beweiskette präsentiert haben.«

»Außerdem«, mischte sich Paul Wellmann ein, »haben

zwar beide einen Kopfschuss, aber die Waffen waren doch sehr verschieden.«

»Jäger haben meistens mehrere Gewehre«, kommentierte Jan Sternberg. »Die Schrotflinte fürs Grobe im Nahkampf, die präzise Kleinkaliberwaffe für den exakten Sniper-Schuss aus sicherer Deckung.«

Wellmann schaute sich stirnrunzelnd um. »Jetzt im November und ohne Laub gibts hier aber nicht viel Deckung.«

»Ist ja nur eine Theorie, Paul«, verteidigte sich Sternberg.

Lindt stieß eine mächtige Rauchwolke aus: »Eine, Jan, eine von mehreren möglichen. Am besten, wir warten mal ab, welche Fakten wir noch auf den Tisch bekommen. Gerichtsmedizin, Technik, Hundeführer, und gleich kommt sicher auch die Hundertschaft aus Bruchsal.« Ohne weitere Worte machte sich der Kommissar davon und wirbelte mit seinen Schuhen die bunten Herbstblätter vom Boden auf, so wie er es schon als Kind gerne getan hatte.

9

Es wurde sehr spät am Abend, bis Oskar Lindt die Wohnungstür in der Waldstadt aufschloss.

»Fix und fertig«, begrüßte er Carla, kickte die Schuhe in eine Ecke und warf seine Jacke achtlos auf die Flurkommode, anstatt sie über den Bügel zu hängen. »Noch ein Toter, gleich drüben im Hardtwald«, begann er, doch er kam nicht weit.

»Heute hast *du* nicht angerufen!«

»Mordsaufgebot am neuen Tatort, aber jetzt hätte ich eigentlich Hunger.«

»Auflauf steht im Backofen, ich halt ihn schon seit vier Stunden warm.«

Wortlos ging er zum Herd, nahm den ziemlich braunen Nudelauflauf aus dem Rohr, holte Teller, Glas und Besteck aus dem Schrank. Er aß am Küchentisch. Mit gesenktem Kopf schob er sich mechanisch eine Gabel nach der anderen in den Mund.

Carla wartete vor dem Fernseher.

Nach dem Essen setzte er sich zu ihr und legte stöhnend die Beine hoch. »Erst Kopfschuss, dann weggeschleppt, hinter einen Wurzelstock geworfen und mit Laub zugedeckt.«

»Hat das was mit dem anderen Fall zu tun?«

»Schon möglich. Zumindest sind auch hier Zigaretten im Spiel. Paul hat ein Erdversteck entdeckt. Vier Stangen waren drin.«

Carla fixierte die Mattscheibe. »Hört sich mal wieder nach viel Arbeit an. Dann frag ich halt eine Kollegin, ob sie mit mir ins Kino geht. Oder den gepflegten Rechtsanwalt Bock aus der Kanzlei nebenan.«

Oskar schwieg. Für derartige Spitzfindigkeiten hatte er jetzt absolut keinen Nerv. Was hätte er auch sagen sollen? Dass ihm die Oberstaatsanwältin im Nacken saß? Das wusste Carla bereits, aber es schien sie kaum zu berühren. »Wird schon nicht so schlimm werden.«

Seine Gedanken schweiften ab. Worum es in der Talkshow ging, registrierte er kaum. Mit dem Fernsehprogramm hatte er ohnehin Mühe, vor allem am späten Abend. Er spürte noch, wie seine Augenlider schwer wurden.

Das geht doch gar nicht. Fassungslos beobachtete er den kleinen Hund. Der Kopf war dreifarbig, schwarz-weiß-rot, so wie beim Beagle seines Nachbarn. In Windeseile buddelte er sich in die Erde. Die Vorderläufe scharrten, der Sandboden flog in wahren Fontänen durch die Gegend. Direkt neben der alten Kiefer grub er. Jetzt schaute nicht einmal mehr der

Schwanz aus dem Loch, nur die Erde spritzte noch heraus. Wonach suchte der Hund? Lindt wollte nachsehen, aber er konnte sich nicht bewegen. Die Eiche, an der er lehnte, schien ihn festzuhalten. Wie an einem Magnet haftete er an der rauen Rinde. Er blickte nach oben.

Die Zweige der Kiefer trugen herbstliches Gelb. Wieso Gelb? Ein leichter Wind kam auf, schüttelte die Krone und wehte sämtliche gelben Nadeln mit sich fort. Hoch in die Luft, eine riesige Wolke. Auf und davon wie ein Schwarm Stare. Seit wann verlieren Kiefern im Herbst die Nadeln?

Die Erde bewegte sich auf der anderen Seite des Baumes. Ein Hügel türmte sich auf. Wie ein Maulwurf tauchte der Hund aus dem Erdreich auf, schüttelte sich kurz und wühlte sich daneben wieder in die Erde. Immer schneller ging das jetzt. Fassungslos und bewegungsunfähig verfolgte Lindt das seltsame Treiben. Einbuddeln, auftauchen, rein, raus, kreuz und quer unter der Kiefer durch. Was suchte der Spaniel da? Wieso Spaniel, gerade war es doch noch ein Beagle gewesen. Lindt kniff die Augen zusammen. Der kahle Baum zitterte, wackelte, schwankte, neigte sich, direkt in seine Richtung. Nichts wie weg! Es ging nicht.

Die Kiefer kippte, nur ganz langsam, aber sie fiel und zielte geradewegs auf ihn. Die Eiche hielt ihn fest, sog ihn an, umklammerte ihn, schmerzhaft fühlte er die harte Borke durch das dünne Hemd. Wieso trug er keine Jacke?

Das kahle Geäst der umstürzenden Kiefer näherte sich ihm immer mehr. Der Fallwind rauschte und pfiff bedrohlich durch die unbenadelten Äste. Der Baum fiel mit rasender Geschwindigkeit und ging trotzdem nur in Zeitlupe zu Boden.

Er versuchte, seine Beine loszustrampeln, vergeblich. Der Kieferngipfel kam direkt auf ihn zu, die Wolke der gelben Nadeln wie ein wilder Bienenschwarm hinterher, schützend riss er die Arme hoch, ein Schlag auf die Schulter …

»Oskar!« Erschreckt schlug er die Augen auf. »Geh doch ins Bett, wenn dich das Programm nicht interessiert!«

Um halb neun am Morgen wachte Lindt aus einem narkoleptischen Erschöpfungsschlaf auf. Sein Schädel brummte, doch der Blick auf den Wecker ließ ihn in die Höhe schnellen. Lagebesprechung 9 Uhr! Warum hatte Carla ihn nicht geweckt? Ohne Dusche könnte es noch reichen.

»Wir warten nicht! Wellmann, fangen Sie an«, bellte Oberstaatsanwältin Lea Frey durch den Saal, als Lindt sich sichtbar zerknittert durch die Tür schob. »Ah, der Herr Hauptkommissar, fast pünktlich! Sturm draußen?«

Er verzichtete auf eine Erwiderung, fuhr sich mit der Hand über das ungekämmte Haar, setzte sich neben Paul Wellmann und begann: »Also, wer ist der Tote?«

Jan Sternberg antwortete: »Noch nicht identifiziert, keine Papiere, kein Handy, nichts. Die Gerichtsmedizin schätzt ihn auf Mitte 20, südländischer Typ, Balkan oder Osten. Bild wird gerade angefertigt, geht an die Medien.«

»Ein Illegaler?«

»Denkbar, aber irgendjemand wird ihn schon erkennen.«

»Abwarten, ob der sich dann bei uns meldet. Fingerabdrücke?«

»Bisher nicht registriert.«

»Gebiss?«

»Nur zweimal Amalgam, wird nicht reichen, um es in den Zahnarzt-Verteiler zu geben.«

»Todeszeitpunkt?«

Sternberg las im Bericht der Rechtsmedizin: »Moment, ich rechne mal zurück … ein … nein, zwei Tage vor dem Schrotschuss im Bettenlager.«

»Technik, habt ihr was?«

Willms stand auf und trat hinter Sternberg: »Die Gerichtsmedizin hat uns das Kügelchen rausgeklaubt. Jan, darf ich mal deinen Schädel benutzen?«

Ohne auf dessen Zustimmung zu warten, demonstrierte der KTU-Chef den Weg des Geschosses am gelfrisierten Kopf des jungen Kollegen. Er tippte mit dem Zeigefinger auf einen Punkt oberhalb von Sternbergs rechtem Auge: »Die Kugel trat an dieser Stelle durch das Stirnbein, dann verläuft der Schusskanal mit leichter Steigung quer durch das Gehirn bis hier, Endstation.« Willms drückte auf Jans Hinterkopf. »Am Scheitelbein war Schluss, da blieb das Blei im Knochen stecken, für einen Austritt der Kugel hats nicht mehr gereicht, Energie futsch.«

»Schwache Ladung?«, wollte Lindt wissen.

»Kleinkaliber, Oskar, .22 lfb, das klassische KK, eine dieser Matchpatronen mit Randzündung, wie sie auch die Sportschützen verwenden. Durchmesser 5,6 Millimeter, aber wenig Power. Reines Bleigeschoss, wird im Moment untersucht. Vermutlich können wir den Waffentyp identifizieren, vielleicht auch Marke und Modell. Jetzt ist der Schusswaffenerkennungsdienst dran.«

»Patronenhülse?«

»Fehlanzeige, nichts gefunden.«

»Aus welcher Entfernung wurde geschossen?«

»Die Haut rund um den Einschuss war bereits unter dem Mikroskop. Deutliche Verbrennungsrückstände von der Pulverladung, das bedeutet ziemlich kurze Entfernung, maximal drei Meter.«

»Also kein Heckenschütze.«

»Nein, Schuss aus nächster Nähe. Ach, Moment, hier kommt gerade …«, Willms blickte auf den Monitor seines Laptops. »… Die vorläufige Geschoss-Analyse: vermutlich ein kurzer Revolver, Typ ›Arminius HW 22‹, leichtes Teil, wiegt gerade mal ein Pfund. Dann brauchen wir auch nicht nach der Hülse zu suchen. Die bleibt nach dem Schuss in der Trommel.« Er drehte seinen Bildschirm ein wenig. »Hier könnt ihr die Kanone in Großaufnahme sehen.«

»Wie viele gibt es davon in Karlsruhe?«

»Wissen wir in einer halben Stunde, Chef«, antwortete Jan Sternberg.

»Gleich einsammeln und ab damit zum Vergleichsschießen.«

»Wenns 'ne illegale Knarre war?«

»Paul, wie stehts mit deinen Kontakten?«

Wellmann hob die Augenbrauen: »Da ist mir einer noch was schuldig.«

»Gut, hör dich mal um.«

»Noch eine Meldung.« Willms berührte mit dem Kugelschreiber seinen Bildschirm. »Fingerabdrücke auf den Zigarettenstangen von … na?« Er schaute in die Runde.

»Von Bettenmann Guth?«

»Treffer – versenkt, Jan! Aber so schwer wars ja auch nicht.«

Lindt überlegte: »Kommt der als Hardtwald-Schütze infrage? Habt ihr seine Leiche auf Schmauchspuren untersucht?«

Willms tippte eine kurze Nachricht. »Schon in Auftrag gegeben. Bei einem Revolver kommt einiges an Verbrennungsrückständen durch den Trommelspalt. Wenn die Rechtsmedizin diesen Guth nicht gleich mit der Wurzelbürste geschrubbt hat, dann findet sich noch was.«

Oberstaatsanwältin Frey hatte bisher schweigend zugehört. Jetzt erhob sie sich und griff nach ihrem Aktenkoffer. »Also, Lindt, die Technik hat gute und schnelle Arbeit geleistet. Jetzt wird es ja nicht mehr so schwer sein. Ich will Ergebnisse, und zwar bald. Ernsthaft ermitteln statt spazieren gehen!« Noch ehe der Kommissar etwas erwidern konnte, hatte sie die Klinke in der Hand. »Und den Bericht über Ihre Handgreiflichkeit erwarte ich bis heute Mittag.«

»Einfach weghören, Oskar«, klopfte ihm Ludwig Willms auf die Schulter, nachdem die Tür hinter ihr ins Schloss gefallen war.

Lindt presste die Lippen zusammen, schwieg und ballte die Faust. Nach ein paar Sekunden hatte er sich wieder gefangen. »Die Observationen?«

Paul schüttelte den Kopf. »Der Fahrer des Lieferwagens macht noch auf krank, und auch bei der Verkäuferin gibt es nichts Auffälliges.«

»Also abbrechen, wird zu teuer«, bestimmte der Kommissar. »Aber Ludwig, auch falls dieser Guth nicht geschossen hat, muss deine Truppe noch mal ran. Wohnhaus, Laden, Lager, alles auf den Kopf stellen, bis in den kleinsten Winkel.«

»Okay, vielleicht finden wir ja die Waffe.«

Lindt blätterte in einer grünen Laufmappe. »Die BePo-Hundertschaft aus Bruchsal und unsere Hundestaffel – bisher nichts Wesentliches.«

Willms widersprach ihm: »Gefunden haben die genug, unser halbes Labor steht voll mit irgendwelchem Zeug, aber wenn wir das alles untersuchen sollen, sind wir an Weihnachten noch dran.«

Der Kommissar brummte etwas Unverständliches und schlug die Mappe zu. »Welche Zusammenhänge sind denkbar? Tragt mal eure Ideen vor.«

Jan preschte vor: »Guth trifft sich mit dem Unbekannten am Erdbunker, sie geraten in Streit, und er knallt ihn ab.«

»Motiv?«

»Geld?«

»Möglich, und wer erschießt dann zwei Tage später den Guth? Ein Rächer?«

»Nein, wie hätte jemand vom Tod des Unbekannten erfahren sollen?«

Lindt stimmte zu. »Kaum möglich.«

»Der Bettenmann war selbst ziemlich klamm.« Wellmann suchte in den Unterlagen. »Hoch verschuldet, 290.000 vom Hauskauf, und das Girokonto mit 13.000 in den Miesen. Kein Wunder, dass die Frau abhaut.«

»Dann ist der Schmuggel in den Matratzen wohl doch nicht so lukrativ«, mutmaßte Jan.

»Mengenmäßig ohnehin ein kleiner Fisch«, erwiderte Lindt, »hat mir der Kollege vom Zoll direkt bestätigt. Das richtig große Geld fließt erst mit ganzen Containerladungen.«

»Gleich 10 Uhr.« Paul Wellmann griff nach der Fernbedienung des Fernsehgeräts. Tatsächlich brachte die Tagesschau einen 15–Sekunden–Bericht mit den Bildern der beiden Ermordeten und forderte die Bevölkerung zur Mithilfe auf. RTL titelte sogar ›Hinrichtung: Kopfschuss im Hardtwald‹ und interviewte den Pressesprecher der Karlsruher Polizei übers Telefon.

»Ihr wisst, was zu tun ist«, beendete Lindt die Besprechung und zog sich in sein Büro zurück.

Ein kleiner Fisch, ging es Lindt nochmals durch den Kopf, als er wieder zurückgelehnt hinter seinem Schreibtisch saß. Dieser Matratzenmann war keine große Nummer. Ein kleines Rädchen im großen Getriebe der Zigarettenmafia? Oder wirtschaftete er ganz auf eigene Rechnung? War er den Bossen deshalb ein Dorn im Auge? Aber schießt man so jemandem gleich eine Ladung Schrot ins Gesicht? Obwohl – zu den Mafiosi könnte es passen.

Lindt nahm die Pfeife aus dem Mund, schloss die Augen, legte die Beine hoch und stellte die Rückenlehne schräg. Früher hatte er immer mit geschlossenen Augen geraucht, aber seit er einmal dabei weggenickt war und die Glut aus der fallenden Pfeife sich schmerzhaft in seinen Oberschenkel gebrannt hatte, ließ er das lieber.

Die Berichte von Technik und Gerichtsmedizin dauerten noch – also, was dann?

Sein Kopf fiel ihm auf die Brust. Er schreckte hoch. Nein, nachdenken, nicht einschlafen! Wieder fielen ihm die Augen zu.

Raus?

Raus!

Lindt stand auf. Ein wenig Bewegung an der frischen Luft würde ihm sicher helfen.

Fahrrad? Zu Fuß? Aber wohin?

Die Linie Fünf kam ihm gerade recht. Er stieg ein und am Hauptfriedhof wieder aus.

Keine Ahnung, was ihn hierher führte. November, der Toten-Monat? Wann war er in Rüppurr gewesen? Letzte Woche? Und jetzt schon wieder auf einem Friedhof?

Langsamer als sonst ging er zwischen den Gräberreihen hindurch. Dreimal in seiner Dienstzeit hatte er hier exhumieren lassen. Jedes Mal berechtigt, wie sich herausstellte. Obwohl die Aktionen bereits Jahre zurücklagen, kannte er die Stellen noch genau.

Nein, nicht daran vorbei. Lindt bog in einen kleinen Seitenweg. Vor einem unbehauenen Sandstein blieb er stehen. Der alte Kopp, sein Lehrmeister und Vorgänger als Leiter der Mordkommission. Kaum 70 geworden, beim Angeln einfach umgefallen. Wie hoch war noch gleich die statistische Lebenserwartung im Polizeiberuf?

›Friedrich Kopp‹ und zwei Jahreszahlen, mehr stand nicht auf dem schlichten roten Stein.

Als junger Kommissar hatte es Lindt bei ihm nicht leicht gehabt. Sein Jähzorn war damals im ganzen Präsidium gefürchtet, und wehe dem, der seinen Anweisungen nicht sofort folgte. Aber fachlich war der alte Kopp anerkannt erstklassig. Nicht einmal der Oberstaatsanwalt wagte Widerspruch zu erheben. Und der Erfolg gab ihm recht.

Endlose Verhöre waren Lindt aus dieser Zeit noch in Erinnerung. Stunde um Stunde immer wieder dieselben Fragen. ›Weichkochen‹, war die Methode, und das Vernehmungszimmer wurde nur ›Küche‹ genannt.

›Oskar, Küchendienst!‹ Wenn Friedrich Kopp ihm das zurief, wusste er, was bevorstand. Zu zweit nahmen sie den Verdächtigen ins Gebet, oder besser gesagt, in die Zange. Einer links, einer rechts. Neonleuchten, fensterloser Raum. Kopp nebelte mit einer billigen Zigarre, Lindt mit seiner Pfeife. Stundenlang, bis zur völligen Erschöpfung. Anfangs war auch Lindt immer vollkommen fertig, schweißgebadet, richtig geplättet.

Die Methode war zwar brutal, aber sie funktionierte. Kopp hörte erst auf, wenn er sich völlig sicher war. Entweder hatten sie ein Geständnis, oder der Verdächtige verwickelte sich so in Widersprüche, dass es für eine längere U-Haft reichte. Ziemlich selten ließen sie auch einen laufen. Aber nur, wenn Kopp wirklich hundertprozentig von seiner Unschuld überzeugt war.

»Chefkoch«, sagte Lindt ziemlich laut in Richtung Grabstein, »was sollen wir machen? Zwei Tote, ein Haufen Zigaretten und gar keiner, der so richtig verdächtig wäre. Niemand, den wir durch die Mangel drehen könnten.«

Unbeweglich stand der massige Kommissar und starrte auf den Stein, als erwarte er eine Antwort. ›Friedrich Kopp, 1913 – 1983‹.

»Der einzige Verdächtige hat ein Alibi, und zwar ein wasserdichtes.«

Ein tief gezacktes Blatt segelte von einer der dicken Roteichen und blieb oben auf dem rauen Grabstein liegen.

Lindt seufzte. »Den unterm Laub haben wir schon gefunden.«

Das Handy schreckte ihn auf.

»Chef, wir wissen jetzt, wer der Unbekannte ist. Nico

Stupic, Student aus Bosnien, Elektrotechnik, siebtes Semester. Ein Hausmeister aus dem Wohnheim hat angerufen. Paul ist unterwegs. Soll er Sie abholen?«

»Hauptfriedhof, Haupteingang.«

Im Klosterweg, kurz vor dem Hans-Dickmann-Kolleg, einem der vielen Karlsruher Studentenwohnheime, klingelte Lindts Handy erneut. Es war die Nummer der Technik.

»Ludwig, was Neues?«

»Der Guth war vielleicht doch ein halbwegs guter Mann. Zwar ein Schmuggler, aber kein Mörder. Zumindest gab es keine Schmauchspuren.«

»Schade, das hätt schön zusammengepasst.«

»Immerhin konnten wir schon fünf Revolver vom gesuchten Fabrikat auftreiben. Das Vergleichsschießen wird gerade durchgeführt. Vielleicht haben wir ja dabei Glück.«

»Hmm, abwarten«, brummte Lindt und legte auf.

»Kann mir nicht vorstellen, dass der Mörder seine Waffe freiwillig rausrückt«, sprach er Wellmann an. »Oder was meinst du?«

»Die war sicher nicht registriert. Aber mein Schwarzmarkt-Informant hatte auch keinen heißen Tipp für uns.«

»Wie kennt der sich mit Zigaretten aus?«

»Leider gar nicht, nur mit Waffen, aber da hört er wirklich das Gras wachsen.«

»Schrotflinte?«

»Auch Fehlanzeige, Oskar. Kein Handel in der letzten Zeit.«

Zwischenzeitlich waren die beiden Hauptkommissare ausgestiegen. Der Hausmeister erwartete sie schon. »Kennen Sie das ›Hadiko‹?«

Lindt schüttelte den Kopf. »Nur von außen.«

»Fünf Wohnblocks, zusammen fast 1.000 Zimmer.« Der Mann ging voran und brachte sie in den zweiten Stock des ersten Hauses. »13 bis 15 Leute auf jedem Flur. Küche und Bad gemeinschaftlich.« Er schloss eine Zimmertür auf.

Der Kommissar spähte nur kurz in die enge Bude, nahm sein Handy und gab der Kriminaltechnik die Zimmernummer durch.

»Zuerst in die Küche«, bestimmte Lindt dann. »Gibts viele Raucher hier?«

»Ich gehöre nicht mehr dazu, seit fünf Jahren hab ich keine mehr angerührt«, antwortete der Hausmeister, »aber von den Studenten paffen einige.«

»Dann werden sie wohl nicht arg gesprächig sein, die Zimmernachbarn unseres Toten.«

Sie klopften an allen Türen des Flurs. »Kriminalpolizei, wir brauchen Ihre Mithilfe, bitte kommen Sie kurz in die Küche.«

»Wer von Ihnen raucht Jin Ling?«

Lindts Vermutung sollte sich bestätigen. Allgemeines Achselzucken: »Was soll das für 'ne Marke sein?«, »Nie gehört«, »Keine Ahnung«.

Mit derart kargen Auskünften war Lindt natürlich nicht zufrieden. Er öffnete die Schranktür unter der Spüle und zog den Mülleimer hervor. »Paul, halt mal ein Tütchen auf.« Der Kommissar streifte sich einen Latexhandschuh über, wühlte im Abfall.

Er hob die Beweismitteltüte empor. »Müssen wir DNA-Spuren sichern, oder sagt uns jemand freiwillig, wer diese Kippen hier geraucht hat?«

Zuerst betretene Stille. Dann: »Hier rauchen viele, auch welche, die zu Besuch kommen.«

Lindts Augen wurden schmal: »Also mal ganz konkret. Ihr Mitbewohner Nico Stupic ist tot. Wir haben ihn gestern gefunden. Unter einem Laubhaufen, Kopfschuss, gleich da drüben im Hardtwald, keine 15 Minuten mit dem Rad.« Er machte eine kurze Pause.

»Wir müssen Folgendes wissen: Hat er hier Zigaretten verkauft? Egal welche Marken, diese gelben chinesischen oder andere.«

Einige Studenten schauten zu Boden, andere versuchten, möglichst gelangweilt dreinzublicken. Keiner gab Auskunft.

»Für den, der gekauft hat, geht es meistens glimpflich ab«, verkündete Paul Wellmann. »Höchstens ein kleines Bußgeld.«

»Kann ich gehen?«, fragte einer aus der Runde. »Zahnarzttermin.«

»Dann kommt einer von unseren Männern mit und wirft noch kurz einen Blick in Ihr Zimmer.«

Der Student wurde blass. »Haben Sie einen Durchsuchungsbeschluss?«, würgte er hervor.

»Dauert eine Stunde. Wartet Ihr Zahnarzt so lange?«

Die Meute begann zu murren: »Wollen Sie uns festhalten?« »Das dürfen Sie gar nicht!« »Freiheitsberaubung, das lassen wir uns nicht gefallen!«

»Seien Sie unbesorgt, wir dürfen. Aber mit etwas mehr Kooperation ginge alles viel schneller.«

Zwei Studentinnen, die neben der Tür standen, versuchten, sich zu verdrücken.

»Leider nicht!« Lindt stellte sich ihnen in den Weg. »Alle bleiben hier, und die Handys werden ausgeschaltet.«

Zwei große muskelbepackte Kerle, sicherlich durchtrainierte Sportstudenten, bauten sich drohend vor dem Kommissar auf. »Machen Sie Platz!«

»Moment.« Lindt horchte, öffnete die Tür einen Spalt. »Ludwig, wir brauchen euch kurz hier.«

Vier Techniker drängten sich nacheinander in die mittlerweile randvolle Gemeinschaftsküche. Die beiden Sportler wichen zögernd zurück.

»Noch mal ganz langsam, laut, klar und deutlich«, erhob Lindt seine Stimme, »damit jeder mitkommt. Entweder Sie machen jetzt den Mund auf, oder wir bitten zum Einzelgespräch ins Präsidium und durchsuchen hier alle Zimmer. Verstanden?«

»Wir rauchen doch gar nicht«, sagte eines der beiden Mädchen. »Bitte, wir möchten raus.«

»Aber Sie wissen was.«

Beide blickten zu Boden.

»Paul, nimm sie mit nach draußen.«

Wellmann schlängelte sich durch die Tür und schob die zwei dabei vor sich her.

»Also müssen wir jeden einzeln befragen«, begann Lindt wieder.

»Scheiße, die kriegens ja doch raus«, sagte einer im Hintergrund. »Wir sollten besser gleich sagen, was wir wissen.«

Die Stimme des Kommissars wurde ganz sachlich: »Also, bei Nico Stupic gabs die Stange zum halben Preis. Stimmts?«

Verschiedene Köpfe nickten.

»Nur hier auf dem Flur oder in allen Häusern?«

»Auch drüben an der Uni«, kam leise von links. »Viele wussten davon. Er hatte immer ein paar Stangen in seiner Sporttasche.«

»Elektrotechnik und Sporttasche, ganz schön auffällig.«

»Da achtet keiner drauf.«

»Wer kannte ihn genauer?«

Die Studenten schauten sich an. »Eigentlich jeder und keiner.«

»Wie?«

»Jeder kannte ihn, hier auf dem Flur sowieso, aber näheren Kontakt hatte eigentlich niemand zu ihm.«

»Partys?«

»Bei den Hausfesten war er immer dabei, unterhielt sich

auch mit jedem – fabelhaftes Deutsch –, aber alles eher oberflächlich.«

»Freundin?«

Zwei Studentinnen kicherten. Lindt wandte sich in ihre Richtung. »Na? Waren Sie mit ihm zusammen?«

»Nöö«, kam gedehnt zurück.

»Nur manchmal …«, kommentierte einer der breiten Sportstudenten grinsend.

»Wenn er nicht da war«, begann ein langer Blonder mit randloser Brille, »dann haben wir schon über ihn gesprochen. Keiner wurde so richtig schlau aus ihm. Wir dachten halt, er möchte so schnell wie möglich fertig werden, um dann endlich Geld zu verdienen.«

Ein anderer stimmte zu: »Sehr ehrgeizig, aber finanziell ziemlich klamm. Das mit den Zigaretten hat er bestimmt nur gemacht, um sein Studium zu finanzieren.«

»Ach so, Sie meinen, Schmuggelzigaretten zu verticken, ist ein Job wie Taxifahren oder Kellnern?«

»Er hatte es echt nötig. Keine Unterstützung, woher auch. Im Gegenteil, wenn er was übrig hatte, ging die Kohle zu seinen Geschwistern in die Heimat. Davon hat er öfter mal erzählt und auch Bilder gezeigt. Beide Eltern tot. Schlimm, wie die da hausen müssen. Wir hatten echt Mitleid.«

»Deswegen haben sie ihm was abgekauft?«

Mehrere nickten.

Lindt blieb skeptisch: »Werden wir überprüfen.« Er rieb sich am Ohr: »Bekam er Besuch? Traf er sich mit jemandem? Was machte er am Wochenende? Sport vielleicht?«

»Viele von uns sind Samstag und Sonntag weg, da kriegt man kaum was mit.«

Lindt gab Ludwig Willms ein Zeichen. »Schaut euch in seinem Zimmer um. PC und so.«

»Nur das eine Zimmer?«

Der Kommissar verschränkte die Arme, dann musterte er

eingehend die Gesichter der Studenten. Er fing ihre Blicke ein, von links nach rechts und von rechts nach links. »Nur das eine, Ludwig«, sagte er schließlich.

10

»Zwei Tote, und wir wissen fast nichts«, fasste Lindt zusammen, als er nach der Aktion im Hans-Dickmann-Kolleg neben Paul Wellmann im Citroën saß und Richtung Präsidium zurückfuhr.

»Immerhin kennen wir jetzt den Weg der Jin Lings.«

»In der Ukraine gemacht, von Ameisen nach Polen gebracht, dort in Matratzen gesteckt, im Karlsruher ›Traumland‹ ausgepackt, im Hardtwald versteckt und schließlich an der Uni verkauft. Das wissen wir, aber was hilft es uns?«

»Zeig mir mal deine Tabakdose, Oskar.«

»Wieso?«

»Jetzt mach schon. Wirst du gleich sehen.«

Lindt kramte in seiner Jackentasche und hielt Wellmann die Dose hin.

»Lesen kannst du ja selbst, Oskar. Da stehts doch drauf: Rauchen kann tödlich sein!«

»Blöder Witz«, schmollte Lindt.

»Wieso, stimmt doch genau. Zweimal Schuss, zweimal Kopf. Schrot – tot, Kugel – tot!«

»Der Spruch könnte auch von Jan sein. Und, bringt er uns weiter? Nein! Wir wissen jetzt nur mit Sicherheit, wer wen *nicht* erschossen hat.«

»Ist doch schon mal was. Den Rest werden wir auch noch rausfinden.«

»Ich möchte nur wissen, wo du deinen Optimismus hernimmst. Wenn ich an die Eiserne Lea denke, wirds mir schon wieder ganz übel.«

»Warten wir halt auf die Technik oder den Zufall.«

»Soll ich ihr das so sagen?«

»Versuchs doch mal, dann explodiert sie noch schneller«, flachste Wellmann.

»Nicht mal der alte Kopp konnte mir einen Tipp geben.«

»Deswegen musste ich dich am Hauptfriedhof abholen.«

»›Ab in die Küche, Oskar‹, hat er immer zu mir gesagt. Würde ich sogar machen, aber wir haben ja gar keinen zum Weichkochen.«

»Ach, jetzt verstehe ich, worauf du hinauswillst. Kochen geht nicht, also essen!«

»So habe ich das ehrlich nicht gemeint«, seufzte Lindt. »Aber wenn der Vorschlag schon ausnahmsweise mal von dir kommt, meinetwegen. Wohin?«

»Ist doch klar: Mafia – Italia.«

Lindt drückte die Kurzwahl für Jan Sternbergs Handy: »Lagebesprechung mit Mafiatorte.«

»Okay, Chef, Pizza ist gut. Wann?«

»Jetzt. Wir sind gleich da.«

»Gorgonzola«, bestellte Lindt.

»Wie immer?«

»Mit reichlich …«, freute sich der Kommissar.

»Wie Carla das nur aushält«, schüttelte Wellmann den Kopf. »Schimmelkäse – Pizza mit einer Knoblauchmenge, dass man eine ganze Armee Vampire verscheuchen könnte.«

»Einmal in der Woche toleriert sie es.«

»Ich werd sie fragen«, meinte Wellmann. »Wahrscheinlich schickt sie dich zur Nacht aufs Sofa.«

»Vielleicht vertreibts ja die Eiserne Lea«, lenkte Lindt ab.

»Okay, für mich dasselbe«, bestellte Paul. »Damit es sicher wirkt.«

»Machen Sie gleich drei. Einer kommt noch.«

»Damit der Gestank morgen die Scheiben in unserem Büro rausdrückt?«

»Und die Lea gleich mit!«

Zeitgleich mit der Pizza traf auch Jan Sternberg ein. »Uuh«, verzog er das Gesicht. »Schön, dass ihr schon an mich gedacht habt, aber …«

»Oskar will die Oberstaatsanwältin verscheuchen.«

»Also gut, Chef, Ihnen zuliebe. Ach, wie war das noch, wer bestellt, der zahlt?«

»Wo hat er das nur gelernt?«, brummte der Kommissar. »Na gut, ausnahmsweise, und den Roten gibts auch noch dazu. Eine Flasche zu dritt können wir wohl verkraften.« Er füllte auch Sternbergs Glas: »Zum Wohl! Wir wissen, dass wir nichts wissen!«

»Das ist aber nicht besonders viel«, ertönte eine kräftige Frauenstimme hinter Lindts Rücken. »Darf ich?« Ohne die Antwort abzuwarten, nahm Inka Valentin Platz.

»Ich komme mal wieder ungelegen?«

»Wie immer«, gab Lindt resigniert zurück.

»Nur dem Geruch nach«, deutete sie auf die Pizzas. »Müssen deine Mitarbeiter auch was für die Gesundheit tun?«

»Putzt die Adern«, grinste Jan Sternberg. »Für bessere Hirndurchblutung.«

»Gegen aufdringliche Schreiberlinge wirkt es anscheinend nicht«, stellte der Kommissar fest.

»Nö, gar nicht. Ich nehm auch eine.« Inka hob die Hand und winkte dem Kellner.

»Wenn ihr noch mehr werdet, muss ich erst Knoblauch nachbestellen.«

»Jetzt sind wir sicher komplett«, antwortete Lindt. »Oder riecht es schon bis raus auf die Straße?«

»Irgendwas hat mich jedenfalls hier reingezogen«, sagte Inka.

»Rein zufällig, oder hast du uns gesehen?«

»Ein alter Citroën, der unmöglich parkt, das hat mir gereicht.«

»Sollten wir diesen Spürsinn nicht in unsere Ermittlungen integrieren, Oskar?«, meinte Paul Wellmann.

»Mir genügt schon, wenn sie ab und zu positiv über unsere Arbeit schreibt.«

»Leichte Verletzung statt blutiges Nasenbein, war das nicht nett von mir?«

Der Kommissar schenkte auch Inkas Glas voll. »Vino rosso, blutrot. Danke, dein Artikel hat uns gutgetan. Jetzt haben wir nur noch diese aggressive Staatsanwältin zu fürchten.«

»Ach, die Lea?«

»Kennst du sie etwa?«

Die kräftige Journalistin lächelte versonnen. »Ich wohne ja erst seit Kurzem in Karlsruhe, aber anscheinend gibt es hier genügend alte Bekannte.«

»Nicht nur unseren Chef?«, wollte Jan wissen.

»Nach meinem Jurastudium hatte ich ein paar Monate mit ihr das Vergnügen, im Referendariat bei der Staatsanwaltschaft Rottweil.«

»War sie früher auch schon so furchtbar? Bei uns heißt sie nur die ›Eiserne Lea‹.«

»Viel Feind, viel Ehr. Damals sprach sie gerne von ihren ›Kollegenfeinden‹. Wie sie in Strafprozessen mit den Angeklagten und deren Verteidigern umsprang, hatte einen echt hohen Unterhaltungswert. Da kommt keine heutige Gerichtsshow im Fernsehen mit.«

»Sie schlägt eine scharfe Klinge, leider auch gegen uns«, sagte Oskar Lindt.

»Mich hat sie eigentlich nicht schlecht behandelt.

Nein, falsch, das trifft es nicht. Ignoriert passt eher, einfach nicht beachtet. Aber die anderen Staatsanwälte, die haben sie richtiggehend gehasst. Männer waren schon vor 20 Jahren ihre Lieblingsfeinde. Deswegen hat sie auch keinen abbekommen.«

»Ein Dummer ist ihr wohl doch über den Weg gelaufen. Sie war immerhin 16 Jahre verheiratet.«

»Oje, der Arme. Kann mir direkt vorstellen, was er alles erleiden musste.«

Lindt schnitt nachdenklich an seiner Pizza herum. »Machst du nicht auch Gerichtsreportagen?«

»Muss erst mal sondieren, welche Kollegen hier in Karlsruhe tätig sind.«

»Jede Menge, bei diesen vielen Gerichten. Aber die meisten schreiben über das, was am BGH und am Verfassungsgericht abgeht. Alles wissenschaftlich hochgestochen und farblos.«

»Ach so, darauf willst du hinaus.«

»Gleich kapiert?«

Inka lächelte, und die weiß geblondeten Stacheln ihrer Frisur schienen sich kampflustig zu erheben: »Ich denk mal drüber nach. Könnte interessant werden.«

Sternberg und Wellmann schauten sich an. »Was …?«

»Kommt ihr nicht drauf?«

Kopfschütteln.

»Am Landgericht gibt es doch jede Menge interessanter Verhandlungen.«

»Über den Mord an einem Bettenverkäufer? Nur fehlt uns noch der Angeklagte.«

»Vielleicht fehlen uns ja nur Energie und gute Ideen.«

»Wenn die ganze Kraft für den Kampf mit der ›Eisernen‹ draufgeht.«

»Exakt, Paul, und deswegen …«

»Ach, du meinst …«

»Morgen um zehn hat sie zum Beispiel einen Prozess

wegen Betrugs und Konkursverschleppung. Ein Malermeister, etwas zu gutgläubig, falsche Geschäftspartner, hat sich eben übernommen. 20 Mann stehen auf der Straße. Fünf Millionen sind futsch.«

»Oberstaatsanwältin Frey vertritt die Anklage? Na, dann möchte ich nicht in der Haut dieses Handwerkers stecken.«

»Genau, den wird sie gnadenlos fressen, scharf gewürzt, mit Haut und Haaren, samt seinem Anwalt.«

»Oskar, was ist los?« Carla sah ihn an. »Du stinkst, aber woher kommt deine gute Laune?«

Lindt drückte seiner Frau einen Kuss auf die Stirn. »Hab eine alte Bekannte getroffen.«

Carlas Augen verengten sich: »Eine was …?«

»Reg dich ab, war lange vor deiner Zeit.«

»Bitte? Wie sprichst du denn mit mir? Hast du getrunken?«

»Kaum, nur ein Fläschchen Roten beim Italiener.«

Carla wurde lauter: »Du warst essen? Mit einer Frau?«

»Auch …«

Flammen schossen aus ihrem Blick: »Was heißt ›auch‹?«

»Mit Paul, Jan und Inka.«

»Inka also. Eine neue Kollegin?«

»Keine Kollegin und nicht neu, sondern alt. Nein, alt ist sie nicht, eher jünger.«

»Jünger! Dann brauchst du mich wohl nicht mehr!« Wütend knallte sie die Wohnzimmertür hinter sich zu.

Lindt zog die Cordjacke aus, hängte sie sauber über einen Bügel und bückte sich, um die Schuhe aufzubinden, da flog die Tür wieder auf. Carla stob aus dem Wohnzimmer, schubste ihn grob zur Seite, fuhr in ihre Schuhe und riss den Mantel vom Haken.

»Die Kinder aus dem Haus, und er sucht sich eine Jüngere.

Schämst du dich nicht?«, fauchte sie ihn an. »Vielleicht finde ich auch einen. Jünger und schlanker!« Krachend fiel die Wohnungstür ins Schloss.

Lindt schlief fest und traumlos. Gegen fünf schreckte er hoch. Tastete nach dem Kopfkissen neben sich. Leer! Er fuhr in die Höhe, machte Licht. Carlas Bettseite war unberührt.

Au! Sein Kopf. Von der zweiten Flasche hatte er zu viel abbekommen. Jan und Paul waren so schlau gewesen, sich Wasser zu bestellen. Aber Inka konnte anscheinend einiges vertragen.

Er tappte auf den Flur. Carlas Mantel hing wieder an der Garderobe. Lindt öffnete vorsichtig die Wohnzimmertür. Nichts. Das Zimmer der Töchter, er drückte die Klinke. Abgeschlossen, der Schlüssel steckte von innen.

Langsam drehte er sich um, blieb unschlüssig stehen. Schließlich warf er sich den Morgenmantel über und ging nach unten zum Briefkasten. Mit der Zeitung in der Hand stapfte er die Treppen wieder hoch. Die Wohnungstür – er schrak zusammen – kein Schlüssel! Glück gehabt – nur angelehnt!

Nach zwei Aspirin nahm er sich die Zeitung vor. Von hinten, wie immer. Zuerst die Anzeigen mit dem schwarzen Rand, dann die Lokalseiten. Karlsruhe und Umgebung: Der Polizeibericht enthielt heute nur einen Brand und zwei Verkehrsunfälle. Ob Inka ihre Zusage wahr machte? Dann müsste der Artikel morgen erscheinen. Vorausgesetzt, die Zeitung hatte Interesse.

Die Sportseiten ließ er stets aus. Wirtschaft, Südwestumschau, Politik, fertig. Oder? Nein, Moment, er blätterte zurück.

Suchte das Bild von dem brennenden Reihenhaus. Das wird doch nicht …? Er überflog den Text: Gestern Abend, Neureut, Kirchfeld, Löscharbeiten waren bei Redaktionsschluss noch im Gang, keine Verletzten, Ursache unbekannt.

Lindt wollte Gewissheit und rief die Zentrale an. Tatsächlich das Haus von Johann Guth. Technischer Defekt? Bei einem so neuen Haus? Kaum. Brandstiftung?

Hinfahren! Ging nicht, Paul hatte ihn gestern heimgebracht und den Dienstwagen mitgenommen. Anrufen? Er schaute zur Uhr. Erst halb sechs. Zu früh. Also Taxi? Oder eine Streife? Das Revier Waldstadt könnte bestimmt ein Fahrzeug schicken. Nein, er wollte keine blöden Fragen riskieren. Mit dem eigenen Auto? Vielleicht brauchte Carla den Wagen. Fragen wollte er sie jetzt auf keinen Fall. Besser warten, bis ihr Zorn verraucht war. Oder Frühstück machen und versuchen, alles zu erklären?

Nein, erst am Abend. Also zu Fuß! Genau, warum nicht? Seinem Kopf würde die frische Nachtluft bestimmt guttun. Dusche? Nachher im Präsidium oder gar nicht, falls die Eiserne vor ihrem Gerichtstermin noch ins Büro käme. Brandgeruch mit Knoblauchdunst müsste auf jeden Fall wirken.

Lindt zog sich an, griff nach einem alten Anorak, steckte die Taschenlampe ein und verließ das Haus.

Bis zur Theodor-Heuss-Allee gab es Straßenlaternen, danach wurde es immer dunkler. Erstaunlicherweise gewöhnten sich seine Augen schnell an das minimale Restlicht, und auf den breiteren Waldwegen brauchte er die Lampe kaum. Ab und zu leuchtete sogar der halbe Mond durch die entlaubten Baumkronen.

Lindt ging gemächlich, trotzdem wurde ihm warm. Er zog den Reißverschluss seiner Jacke ganz herunter. Die kleine Stablampe klapperte gegen seine Dienstpistole. Er nahm die Maglite aus der Anoraktasche und steckte auch sie hinter den Gürtel.

Nächtliche Waldspaziergänge hatte er bislang nur selten gemacht. Eigentlich schade, dachte er, der dunkle Wald mit seinem eigenen, ganz besonderen Zauber. Die Geräusche der Stadt verloren sich, je weiter er ging. An ihre Stelle traten mehr und mehr geheimnisvolle Laute. Ein dumpfes ›Hu-Huh‹. Sicher eine Eule. Ab und zu Knarren, Stöhnen, Ächzen. Rieben sich zwei Bäume aneinander?

Von Zeit zu Zeit blieb Oskar Lindt stehen, um zu lauschen. Direkt unheimlich, schauerte es ihn. Er nahm die Lampe wieder in die Hand. Rechts knackte es im Unterholz. Noch mal, ein Tier? Das Geräusch kam näher, langsam zwar, aber direkt auf ihn zu. Rascheln, Schlurfen, Knacksen, er drückte auf den Knopf. Die Strahlen wurden von zwei Augen reflektiert. Grau-weißer Kopf, schwarze Streifen. Der Dachs störte sich nicht am Licht und schnüffelte weiter geräuschvoll im Bodenlaub nach Fressbarem.

Auch der Kommissar ging weiter. Es war nach sechs. Ab und zu begegnete ihm jetzt bereits ein Radfahrer. Lindt ließ dann seine Leuchte kurz aufblitzen. Mit gleichmäßigen Schritten wanderte er vorwärts, genoss die Stimmung, betrachtete, wie sich die kahlen dunklen Baumkronen gegen den Nachthimmel abhoben. Ideal, um nachzudenken.

Über Inka und die gemeinsame Zeit bis zum Streit wegen dieses blöden Artikels. Zugegeben, seine Methoden waren damals schon sehr im Grenzbereich der Legalität gewesen. Vielleicht hatte er auch zu viel davon erzählt. Inkas Empörung floss aufs Papier und ergab einen Enthüllungsbericht, der ihm mächtigen Ärger einbrachte. ›Sie haben Dienstgeheimnisse preisgegeben und das Ansehen der Polizei beschädigt!‹ Klappe halten wäre besser gewesen. Heute würde er ganz anders vorgehen. Oder? Vielleicht auch nicht. Kreative Ermittlung brauchte gelegentlich schon Umwege zum Erfolg.

Seine Personalakte füllte sich damals mit mehreren unschönen Seiten. Zudem hatte man ihm nahegelegt, sich bald um eine Versetzung aus Konstanz zu bewerben … Als Rache rief er einige Zeitungsredakteure an. Inka bekam dort keine Aufträge mehr.

Warum war sie jetzt nach Karlsruhe gekommen? Plante sie doch noch eine späte Retourkutsche?

Lindt grübelte darüber, während er auf der Rintheimer Querallee weiterging. Die Dunkelheit hüllte ihn ein, schirmte ihn ab und bewahrte seine Gedanken vor dem Abgleiten.

›Faire Zusammenarbeit‹, ›Kein Auge um Auge‹, hatte sie gesagt. Konnte er es wirklich glauben? Sein Bauch sagte ja, sein Kopf zögerte.

Der Preis waren ein paar exklusive Informationen der aktuellen Fälle. Keine Interna, das war klar, andererseits hatte er so eine unbürokratische Möglichkeit, Presseberichte zu steuern. Das konnte sehr nützlich sein, gerade wenn die Öffentlichkeit immer kritischer wurde. Mit der Pressestelle würde er schon klarkommen. ›Ermittlungstaktische Gründe‹, dieses Argument zog immer, um gelegentliche Eigenmächtigkeiten zu rechtfertigen.

Je weiter er ging, desto sicherer wurde er, dass es richtig war, auf die Stimme aus seinem Bauch zu hören. Die Zeit hatte Inkas Wunden geheilt, und auch er selbst spürte keinen Groll mehr wegen dieser alten Sache. Auch, wenn er damals eigentlich gerne am Bodensee geblieben wäre … Zusammen mit ihr?

Ob sich auch Carlas Ärger gelegt hatte? Er griff nach dem Handy. 6:50 zeigte das Display. Anrufen und erklären? Er steckte das kleine Telefon wieder weg. Zu früh. Zeit lassen. Besser jetzt noch nicht.

Eine weitere Viertelstunde spazierte er in Gedanken, dann sah er die ersten Lichter der Kirchfeldsiedlung. Wenige Minuten später erreichte er das ausgebrannte Reihenhaus.

Der Dachstuhl stand noch, die Nachbarhäuser schienen unbeschädigt, aber anstelle der Fenster klafften nur schwarze Löcher, und dunkle Rußschatten lagen über der Putzfassade.

Ein Fahrzeug der Freiwilligen Feuerwehr Neureut war mit fünf Mann als Brandwache zurückgeblieben.

Lindt wies sich aus. »Die Ursache?« Achselzucken bei der Feuerwehr. »Wahrscheinlich hats im Keller angefangen. Die Nachbarn haben was von Stichflammen erzählt.«

»Gas?«

»Dann wär die Bude bestimmt zusammengekracht.«

»Waren Sie drin?«

Die Männer verneinten. »Wir nicht, nur die Kollegen von der Berufsfeuerwehr. Zum Glück war niemand daheim. Aber wenn Sie von der Kripo sind, dann wissen Sie ja selbst, wem das Haus gehört hat.«

»Spricht sich rum, so was.«

»Klar, hier kennt doch jeder jeden, und wenn einer totg'schossen wird, weiß man das sowieso.«

Lindt nahm sein Handy, um Paul Wellmann zu informieren.

»Im Haus vom Guth hats gebrannt.«

»Habs mitbekommen, die Sirenen waren ja nicht zu überhören«, antwortete der. »Aber gestern Abend wollte ich nicht mehr bei dir anrufen.«

Lindt zögerte kurz. »Warst du hier?«

»Klar, sind ja nur fünf Minuten. Soll ich dich daheim abholen?«

»Bin schon an der Brandstelle.«

»Ohne Auto?«

»Zu Fuß!«

»Dann ist der rote Italiener wohl wieder draußen.«

Lindt legte auf. An alle Einzelheiten des Pizzeria-Abends konnte er sich nicht mehr erinnern.

»Hab ich mich danebenbenommen?«, fragte er, als Paul eingetroffen war.

»Gestern? Nicht direkt.«

»Was soll das heißen?«

»Na, die alten Zeiten halt.«

»Inka? Hab ich ihr zu viel erzählt?«

»Mach dir keine Sorgen, wir waren ja dabei.« Wellmann betrachtete das ausgebrannte Haus. »Aber nicht, dass bei dir ein altes Feuer wieder aufflammt.«

»Hats den Anschein gemacht?«

»Auf mich nicht, aber bei deiner Frau bin ich mir nicht so sicher.«

»Carla? Wieso? Woher weißt du …?«

Paul schwieg.

Ungeduldig packte Lindt ihn an den Schultern: »Hat sie dich angerufen?«

Wellmann schüttelte den Kopf. »Wo war deine Frau denn gestern Abend? Bei dir zu Hause ja wohl nicht.«

»Bei euch?«

»Oskar, wie lange kennen wir beide uns schon?«

»Fast 30 Jahre.«

»Und unsere Frauen?«

»Grad so lange.«

»Eben. Deswegen kam sie als Erstes zu uns. Keine Viertelstunde, nachdem ich daheim war. Weil du was von einem gemeinsamen Abend mit einer alten Bekannten gefaselt hast.«

Lindt fuhr sich mit dem Taschentuch über die Stirn. »Hab ich das?«

»Daran wirst du dich ja wohl noch erinnern.«

»Vielleicht …?«

»Zum Glück hast du ihr auch gesagt, dass Jan und ich mit dabei waren.«

»So ganz genau weiß ich das nicht mehr.«

Wellmann hatte jetzt Lindt an den Schultern gefasst und sah ihm geradewegs in die Augen. »Oskar, hier können wir nichts ausrichten, bevor die Brandermittler da waren. Deswegen fahre ich dich jetzt schleunigst wieder nach Hause. Unterwegs halten wir beim Bäcker, und dann frühstückst du gemeinsam mit Carla.«

»Wenn du meinst …«

»Und ob ich das meine. Blöd genug, dass du heute früh einfach so weggegangen bist.«

»Aber ich musste doch …«

»Hats was gebracht? Nein! Oskar, du bist ganz schön durcheinander.«

Wellmann schob seinen Kollegen zur Beifahrertür des Citroën, bugsierte ihn hinein, steuerte den nächsten Bäckerladen an, holte ein paar Brötchen heraus und drückte Lindt die Tüte in die Hand.

Kurz darauf bremste er in der Waldstadt. »So, hopp, raus jetzt. Lass dir Zeit.«

»Zu spät.«

»Wieso?«

»Siehst du unser Garagentor?«

»Geschlossen. Was soll damit sein?«

»Der Griff ist schräg.«

Wellmann sprang aus dem Wagen, öffnete das Tor einen Spalt, warf einen Blick in die Garage, und …

Seufzend ließ er sich wieder auf den Fahrersitz plumpsen. »Tja, Oskar, sie ist weg. Die erste Chance hast du verpasst.«

»Dann lass uns arbeiten.«

»Büro?«

Lindt bestätigte, Wellmann gab Gas.

Nach 100 Metern: »Halt, Paul. Fahr ran.« Er öffnete die Tür und schnappte sich die Bäckertüte. »Ich komme dann später nach. Duschen und umziehen. Danke!«

»Mach wieder zu. Ich weiß was Besseres. Wir beide frühstücken jetzt erst mal gemeinsam. Und zwar bei dir oben.«

11

Es wurde später Vormittag, als Lindt und Wellmann endlich im Präsidium ankamen.

»Jan, war sie da?«

»Wer? Die Eiserne? Ja, schon um acht.«

»Habs doch gespürt. Was wollte sie?«

»Soll ich wörtlich zitieren?«

»Bitte!«

»Entschuldigung, aber sie sagte: ›Diesen trägen Lindt flottmachen‹.«

»War sie enttäuscht?«

»Etwas. Unser Chef ist schon flott, hab ich gesagt. Seit dem frühen Morgen. Brand im Haus des Opfers.«

»Wie hat sie reagiert?«

»Gezischt, wie eine Schlange. Ich konnt nichts verstehen. Und weg war sie.«

»Na, wenigstens eine gute Nachricht.«

»Wieso, was …?« Dann stockte Sternberg, denn Paul Wellmann warf ihm einen warnenden Blick zu.

Lindt wandte sich um und schloss nachdrücklich die Tür seines Büros hinter sich. Gegen elf kroch er aus seinem Loch hervor, gehüllt in dichte Rauchschwaden, goss sich wortlos einen großen Milchkaffee ein und verschwand wieder.

Es war halb eins, als sich die weiß gestrichene Holztür zum zweiten Mal öffnete. Das Gesicht des Kommissars war immer noch angespannt. »Bin zum Essen weg.«

Im Hinausgehen warf er Wellmann einen schnellen Blick zu: »Mit Carla, wenn es dich beruhigt.«

Um zwei kehrte Oskar Lindt zurück. Paul schaute ihn prüfend an.

»Geht wieder.« Die Tür zum Chefbüro klappte zu.
»Lass ihn«, sagte Wellmann zu Jan. »Dauert noch.«

Gegen halb vier trat Ludwig Willms ins Büro der Mordkommission. »Heute Nachmittag wollten wir ohnehin das Haus von Guth auf den Kopf stellen. Jetzt wurden unsere weißen Overalls halt etwas rußig.« Er reichte Wellmann eine Mappe. »Vorläufig. Die Einzelheiten kommen später.«

»Spuren von Öffnungswerkzeug am Schloss der Haustür«, las Paul laut.

Willms nickte. »War voller Ruß, aber nach dem Reinigen haben wir die typischen Kratzer festgestellt.«

»Können die auch von einem Schlüsseldienst stammen?«

»Theoretisch schon, waren aber ziemlich frisch.«

»Weitere Spuren?«

»Brandbeschleuniger konnten wir in allen Stockwerken nachweisen. Wahrscheinlich Benzin. Wird noch untersucht. Der Spürhund hat gleich angeschlagen.«

Lindt war aus seinem Büro getreten und lauschte Willms' knappem Bericht.

»Also wollte jemand Spuren vernichten.«

»Denke ich auch. Wer nur einsteigt, um etwas zu suchen, der bringt nicht gleich zwei Kanister Sprit mit.«

»So viel?«

»Mindestens 20 Liter, eher mehr.«

»Hattet Ihr beim ersten Mal schon nach Fingerabdrücken und DNA-fähigem Material gesucht?«

Willms schüttelte den Kopf: »Wir sollten uns nur mal kurz umschauen.«

»Das wird sie uns um die Ohren hauen, die Frau Oberstaatsanwältin. Grober Ermittlungsfehler, Lindt! Aber auf einmal mehr oder weniger kommts jetzt auch nicht mehr an.«

»Vielleicht ist sie ja bald abgelenkt …«

Willms verstand Sternbergs Bemerkung nicht. »Wieso?«

»Abwarten und Zeitung lesen. Morgen.«

Lindt wurde hellhörig. »Wisst ihr was Neues?«

Paul Wellmann berichtete: »Hat gerade angerufen. Sie konnte die Story loswerden.«

»Wieso sagt sie das dir und nicht mir?«

»Wolltest du nicht ungestört sein? Dein Telefon war jedenfalls umgestellt.«

»Ja, ja, hast ja recht. Jetzt lasst uns lieber mal überlegen, warum jemand alle Spuren verwischen will.«

»Entweder zur Vorsicht«, meinte Jan Sternberg, »oder weil er registriert ist.«

»Dann wäre es ein alter Bekannter.«

»Richtig, Paul, aber leider gibt es in unserer Datenbank viele Tausend alte Bekannte«, gab Lindt zu bedenken.

»Woher hätte er wissen sollen, dass wir die Spuren nicht längst gesichert haben?«, warf Willms ein.

»Weil noch keiner an seine Tür geklopft hat.«

»Im Bettenladen sind wir schon durch. Jede Menge Abdrücke, aber keinerlei Übereinstimmung.«

»Also wusste unser Unbekannter, dass er nur in Guths Haus Spuren hinterlassen hat.«

»Auch im Studentenwohnheim gabs nichts.«

»PC?«

»Überwiegend Uni-Stoff. Alle E-Mails unverdächtig.«

»In Geschäftsbeziehung standen Stupic und Guth auf jeden Fall, so viel wissen wir«, sinnierte Lindt. »Aber sie haben vermieden, sich zu treffen.«

»Deshalb Erdbunker. System toter Briefkasten.«

»Sicherlich gibt es noch mehr solcher Verstecke, aber bestimmt im halben Hardtwald verstreut, da können wir lange suchen.«

»Hundestaffel und BePo hatten jedenfalls kein Glück«,

berichtete Willms. »Was die aufgesammelt haben, alles purer Müll, keine einzige verwertbare Spur.«

»Wenn wir es aber tatsächlich mit der Zigarettenmafia zu tun haben, und die Kopfschüsse sprechen dafür«, meldete sich Paul Wellmann, »dann muss es ja im Moment ein Vakuum geben. Groß- und Einzelhandel ausgefallen, Kunden werden nicht bedient. Kaufen die jetzt alle zum regulären Preis?«

»Nicht so schnell, Paul. An die echte Mafia glaube ich eigentlich nicht, dafür war die Menge einfach zu gering. Außerdem ist nur ein Einzelhändler ausgefallen. Die anderen müssen jetzt schauen, wo sie neue Stangen herbekommen, denn ihre Kunden warten.«

»Richtig, Jan, und am anderen Ende der Kette warten auch welche. Nämlich die, die im Osten eingebunden sind. Schwarzdreher, Ameisen, Matratzenpacker, Transporteure. Alle gehen leer aus, wenn ein Glied in der Kette reißt.«

»Vielleicht haben die ja für einen solchen Fall vorgesorgt, und es existieren noch weitere Abnehmer in unserer Nähe?«

»Ein Glück«, meinte KTU-Chef Willms, »dass es in Karlsruhe nur eine einzige ›Traumland‹-Filiale gibt. Sonst würdet ihr uns schon wieder losschicken.«

»Gar keine schlechte Idee, Ludwig. Wir rufen jetzt beim LKA an, und die machen dann Kissenschlacht in allen Bettenläden zwischen Frankfurt und dem Bodensee.«

»Wenn die Verteilung tatsächlich über diese Schiene lief«, entgegnete Lindt. »Vielleicht gibt es ja ein ganz anderes Netzwerk. Großfamilie Guth etwa oder Bekannte aus seiner Berliner Zeit.«

»Mit seiner Frau haben die Nordlicht-Kollegen schon gesprochen. Die wusste von nichts. Sämtliche Brüder und Cousins wurden ebenfalls durchleuchtet. Keiner von denen hat was auf dem Kerbholz.«

»Auch keine Drogen?«

»Weiße Weste.«

»Haben sich eben noch nicht erwischen lassen«, brummte Lindt halblaut.

»Hast du etwa Vorurteile gegen Migranten?«

»Das nennt man Statistik, Ludwig. Bekommt die Technik diese Mitteilungen nicht?«

»Wir können durchaus lesen, auch wenn du uns das nicht zutraust, Oskar. Aber die Kriminalitätsrate ist dort besonders hoch, wo die Leute keine Arbeit haben.«

»Also im Norden und im Osten«, kommentierte Jan Sternberg.

Das war zu viel für Paul Wellmann: »Macht mir mal den Norden nicht so schlecht, da liegen schließlich meine Wurzeln.«

»Ja, im Moor«, frotzelte Jan.

»Oskar, ruf ihn zur Ordnung.«

»Wieso? Weil er sonst noch fragt, warum du nicht dortgeblieben bist?«

»Jetzt fängst du auch noch an. Da sag ich nur ›vino rosso‹.«

»Keine Dienstgeheimnisse, Paul.«

Willms ging zur Tür: »Die Luft in eurem Büro war auch schon mal besser. Ich verzieh mich lieber wieder in mein muffiges Labor.«

»Genau, und da machst du uns mal eine schöne Auswertung der Handydaten von Guth und Stupic.«

»Wenn du mir die Handys bringst, gerne.«

»Wieso? Keine gefunden?«

»Nein, bei beiden nicht. Und Verträge auf die Namen Stupic und Guth existieren genauso wenig.«

»Also hat der Mörder die Geräte. Oder gibt es heutzutage noch Menschen ohne Handy?«

»Kriminelle bestimmt nicht«, entschied Jan Sternberg. »Die nutzen Prepaid-Karten mit falschen Namen. Wenn eine

Nummer auffliegt, wandert die SIM-Card in den Schredder, und die nächste ist dran.«

»Also kommen wir auf dieser Schiene auch nicht weiter«, wurde Lindt wieder sachlich. »Was dann?«

Er beantwortete sich die Frage gleich selbst: »Du, Jan, nimmst dir den Guth noch mal vor. Brüder, Schwestern, Onkels, Tanten, Berlin, Polen. Lass ein paar Anfragen durchs Netz. Paul und ich gehen Klinken putzen im Kirchfeld.«

»Einer muss was gesehen haben. Der Feuerwehrmann heute Morgen hat es doch gesagt: ›Hier kennt jeder jeden‹«, überlegte Lindt, als sich die beiden Kommissare wieder dem ausgebrannten Haus von Johann Guth näherten.

Wellmann stimmte ihm zu: »Wenn einer seine Spuren verwischen will, dann war er vorher auch da, und in so einer Reihenhaussiedlung sehen die Leute von nebenan immer, wer zu Besuch kommt. Ob Haustür oder Garten – die ›Aktion wachsamer Nachbar‹ behält alles im Auge.«

Lindt parkte den Citroën vor der Brandruine und drehte sich schwerfällig nach hinten, um einen dicken Ordner von der Rückbank zu holen.

Er blätterte ein paar Seiten durch: »Die Kollegen vom Posten Neureut waren wirklich fleißig. 25 Zeugenaussagen.«

»Die hören hier echt das Gras wachsen.«

»Du meinst, sie wissen schon, wer es war, bevor überhaupt was passiert ist?«

»So ähnlich. Die kennen ihre Pappenheimer.«

»Lächerlich, wenn wir jetzt noch mal dieselben Fragen stellen.«

Wellmann hob die Hände. »Hast du eine bessere Idee?«

Lindt begann, in seinen Jackentaschen herumzukramen. »Mist, zwei Pfeifen hab ich dabei, aber keinen Tabak. Mach mal das Handschuhfach auf, manchmal liegt da noch Reserve.«

Wellmann sah nach, schüttelte den Kopf. »Nichts. Dann müssen wir wohl wieder umkehren, wenn deine Inspiration fehlt.«

»Heute kann ich keine Scherze vertragen, Paul. Aber warte, neulich hab ich doch erst Nachschub geholt. Wo sind denn die drei Dosen … ach, genau, im …« Lindt stieß die Tür auf.

»Achtung!« Ein Schrei von hinten. Der Schreck fuhr dem Kommissar durch Mark und Bein. Zwei Jungs auf Fahrrädern konnten gerade noch ausweichen. Empört stiegen sie ab und beschwerten sich lautstark: »Kannst du nicht aufpassen?«

»Entschuldigung«, stotterte Lindt. »Ich, ich …«

»Mann, das war aber knapp.« Die beiden Kleinen musterten entrüstet den rundlichen Kommissar, der sich mühsam an der geöffneten Wagentür festhielt.

»Tut mir echt leid … ganz in Gedanken.«

»Man muss achtgeben auf Kinder. Hier ist eine Spielstraße.«

»Kommt nicht wieder vor, ehrlich.«

»Das sagst du nur so. Wir könnten dich anzeigen bei der Polizei.« Der größere der beiden drohte mit dem Finger. »Die kommt jetzt ganz oft hierher. Weil der da«, er zeigte auf das ausgebrannte Haus, »der da ist umgebracht worden.«

»Wieso?«, wollte Paul Wellmann wissen, der ebenfalls ausgestiegen war.

»Lest ihr keine Zeitung? Der war doch ein Verbrecher … sagt mein Papa.«

»Und jetzt hats da auch noch gebrannt.«

»Aber wir waren das nicht«, stellte der Kleinere sachlich fest. »Ganz bestimmt nicht, ehrlich.«

»Wer behauptet denn so was?«

Die beiden schwiegen.

»Habt ihr denn ein Feuerzeug?«

Sie schüttelten energisch die Köpfe.

»Papa hats ihm weggenommen.«

Der Große gab dem Kleinen einen Schubs. »Sei doch still.«

»Ach«, sagte Paul Wellmann, »dann wart ihr das? Im Sommer dort hinten am Wald?«

Die zwei Kerls schauten sich an. »Woher weißt du das denn?«

»Zeitung?«

»Ist aber nicht viel passiert, nur ein bisschen Gras und ein paar kleine Bäume, und dann kam gleich die Feuerwehr.«

»Mit fünf Wagen«, strahlte der Kleine.

»Und die Polizei hat euch mitgenommen?«

»Wir waren schon weg, aber der Tobi hat gepetzt, und dann kam der Kurt zu uns nach Hause.«

»Wer ist denn der Kurt?«

»Der ist von *unserer* Polizei, dort drüben bei der Badnerlandhalle.«

»Und in der Schule war er auch schon. Damit wir aufpassen.«

»Falls einer die Tür aufmacht, so wie du!«

»Mit dem Feuerzeug zu zündeln, ist sehr gefährlich«, sagte Lindt. »Ihr wisst ja jetzt, was dabei passieren kann.« Er deutete mit der Hand auf die Brandstelle.

»Das dort?« Entsetzt rissen die Jungs ihre Augen auf. »Das waren wir ganz bestimmt nicht. Großes Ehrenwort.«

»Wer dann?«

»Keine Ahnung … wieso fragst du das?«

»Vielleicht habt ihr ja jemanden gesehen, der aus dem Haus kam, bevor das Feuer losging.«

»Seid ihr auch von der Polizei?«

Die Kommissare nickten synchron: »Hmm – hmm.«

»Aber ihr habt ja gar kein Blaulicht.«

Wellmann bückte sich, griff hinter den Sitz, zog die Magnetleuchte heraus und setzte sie aufs Dach.

»Glaubt ihr uns jetzt?«

»Einschalten!«

Lindt drückte den orangefarbenen Knopf, und das Signal flammte auf. »Reicht das?«

Die beiden Jungs strahlten.

»Also, wen habt ihr gesehen?«

Keine Antwort.

»Raus mit der Sprache!«

Stille.

»Ein Mann?«

»Wir müssen jetzt heim.« Die beiden stiegen auf.

»Sollen wir eure Eltern fragen, ob ihr gestern Abend zu Hause wart?«

»Frag doch«, gab der Ältere trotzig zurück.

»Mach ich, in welchem Haus wohnt ihr denn?«

»Das musst du schon selbst rausfinden.« Schneller, als die Kommissare reagieren konnten, strampelten die beiden davon und verschwanden um die nächste Ecke.

Lindt hopste in den Wagen. »Komm, die kriegen wir noch.«

Wellmann schüttelte den Kopf: »Oskar, willst du zwei Kinder verfolgen?« Er nahm lächelnd sein Handy, suchte kurz im Speicher und drückte die Ruftaste.

»Ja, Paul hier. Ist der Kurt noch da?«

Nach kurzer Pause meldete sich der Gesuchte.

»Diese beiden kleinen Brandstifter vom Kirchfeld, kannst du mir sagen, wo die wohnen? … Nein, diesmal waren die es nicht … Aber wir glauben, dass sie was wissen … Ach so … Ja, wenn du Zeit hast …

Er kommt gleich. Bei ihm sind die beiden vielleicht gesprächiger. Uns will er allerdings nicht dabeihaben.«

»Na dann«, fügte sich Lindt, ging um den Citroën herum und begann, im Kofferraum herumzusuchen. »Wusste ich es doch.« Er griff tief in einen seiner Gummistiefel, zog eine

Plastiktüte heraus, langte hinein und brachte eine viereckige Blechdose ›Navy Flake‹ zum Vorschein.

Mit seinem Taschenmesser fuhr er unter den Rand, unterbrach ›plopp‹ das Vakuum und öffnete den Deckel. Zufrieden begann er, die oberste Lage des Presstabaks zu zerkrümeln und in den Kopf seiner dunkelbraunen gebogenen Pfeife zu füllen.

Wellmann schaute ihm zu. »Der Hauptkommissar nimmt sein wichtigstes Ermittlungswerkzeug in Betrieb, also steht der Aufklärung des Falles nichts mehr im Wege.«

»Veräppeln kann ich mich selbst«, brummte Lindt.

»Gestern Abend dachte ich schon, du willst auf Rotwein als Hilfsmittel umsteigen.«

»Versuch beendet. Kein Ermittlungserfolg eingetreten.«

»Bist du wieder klar mit Carla?«

»Na ja … einigermaßen.«

Wellmann unterließ weitere Fragen, lehnte sich neben Lindt an den Wagen und betrachtete das ausgebrannte Haus.

»Wer kann zu dieser Tür reingehen, ohne aufzufallen?«

»Wann wurde der Brand denn gemeldet?«

»Muss wohl halb zehn gewesen sein«, überlegte Wellmann. »Carla war kaum eine Viertelstunde bei uns, da rückte auch schon die Feuerwehr aus.«

»Fährst du immer hinterher?«

»Ach, ich war der Meinung, es wäre besser, wenn die beiden Frauen allein …«

»Eine günstige Gelegenheit, sich zu verdrücken.«

»Sie hatte sich ja schon etwas beruhigt.«

Lindts Pfeife war ausgegangen. »Noch zu feucht, der frische Tabak.« Er riss ein Streichholz an, suchte Windschutz hinter der offenen Fahrertür, stopfte nach und musterte wieder den Eingangsbereich.

»Hatte unsere Technik eigentlich den Strom abgestellt?«

»Das war Jan, als wir das erste Mal hier waren.«

»Dann war auch die Außenleuchte tot.«

»Ohne Strom funktioniert der beste Bewegungsmelder nicht.«

»Also lag die Haustür im Dunkeln.«

»Die Hecke der Nachbarn macht zusätzlich noch Schatten.«

»Wie lange braucht ein Profi für ein normales Schloss?«

»Zwanzig Sekunden.«

»So schnell?«

»Sagt Ludwig.«

»Ob die Jungs wirklich um diese Zeit noch unterwegs waren?«

Ein Streifenwagen bog um die Ecke und hielt neben Lindts Citroën.

»Jetzt bin ich aber echt gespannt, ob er sie aufgetrieben hat.«

Der Beamte ließ die Scheibe runter.

»Keiner daheim, haben sich bestimmt irgendwo verkrümelt. Die Nachbarin wusste was von einem Elternabend gestern. Vater und Mutter mussten hin, jeder in eine andere Klasse. Da gibts wohl auch Probleme.«

»Und heute sind die Eltern schon wieder weg?«

»Arbeiten noch.«

»Das können die beiden Rabauken ja schön ausnutzen.«

»Bestimmt, so wie ich sie kenne. Gegend unsicher machen. Die haben es faustdick hinter den Ohren. Das mit dem Waldbrand wisst ihr ja schon.«

»Hast du Zeit, ein wenig rumzufahren? Vielleicht kannst du sie doch noch aufgabeln. Irgendwas müssen die gesehen haben.«

Die beiden Kommissare blickten dem Streifenwagen nach.

»Du hattest recht, Paul, der kennt sich wirklich aus.«

Während sie warteten, konstruierten Lindt und Wellmann verschiedene Theorien, wieso ein Unbekannter in das Haus von Johann Guth eingestiegen sein könnte.

»Erst sucht er was, und dann legt er Feuer.«

»Verbrannte Erde.«

»Mit oder ohne Beute?«

»Welche Beute? Die Zigaretten waren doch im Laden.«

»Geld?«

»Vielleicht hat Guth die Lieferungen nicht bezahlt.«

»Inkassobüro macht Hausbesuch.«

»Mehrmals.«

»Und hinterlässt dabei seine Fingerabdrücke.«

»Also doch Spuren vernichten.«

»Warum wird er dann aber erschossen? Ein Toter kann ja erst recht nichts mehr bezahlen.«

»Hat eben mit seinem Leben bezahlt.«

Lindt schüttelte den Kopf: »Ergibt alles keinen rechten Sinn.«

In diesem Moment kam der Streifenwagen wieder angefahren.

»Bekommen wir eine Belohnung?«, tönte es von der Rückbank. »Der Kurt hat gesagt, wir sind wichtige Zeugen.«

Die beiden Jungs kletterten aus dem Wagen, stemmten ihre Hände in die Seiten und sahen die Kommissare erwartungsvoll an.

»So, so, eine Belohnung wollt ihr haben …«

»Sonst sagen wir nicht, was wir gesehen haben.«

»Also ist euch doch was aufgefallen.«

»Vielleicht …«

Lindt griff in seine Hosentasche, holte die Geldbörse hervor und nahm zwei Fünfeuroscheine heraus. »Jetzt aber raus mit der Sprache.«

»Erst die Kohle.«

»Ihr glaubt mir wohl nicht.«

Die Jungs machten trotzige Gesichter: »Wir kennen dich ja gar nicht.«

»Gib Kurt die Scheine«, raunte Wellmann seinem Kollegen zu.

»Okay«, sagte Lindt. »Ihr traut mir nicht, und ich traue euch nicht, also bekommt erst mal Kurt das Geld, und wenn ihr wirklich was Wichtiges gesehen habt, gibt er es euch. Einverstanden?«

Die beiden stimmten zu, und als der Uniformierte die Scheine in der Hand hielt, ergriff der Ältere das Wort: »Ein Mann mit einem Bus.«

»Der war hier? Bevor es gebrannt hat?«

»Auch vorher schon mal.«

»Der gleiche Mann?«

»Der gleiche Bus.«

»Und der Mann ging zu dem Haus dort?«

Die zwei bejahten.

»Wie sah er aus?«

»Orange, der war orange.«

»Der Mann?«

»Mensch, kapierst du das denn nicht? Der Bus natürlich!«

Lindt schnaufte tief durch.

»Stand was drauf?«, fragte Paul Wellmann.

»Sag mal, die Busse kennt doch jeder! Steht immer ›Stadtwerke‹ drauf.«

»Ach, so einer.«

Lindt fragte weiter: »Und der Mann, was wollte der hier?«

»Bestimmt was reparieren. Bei uns war auch schon mal einer. Wegen dem Wasser, sagt Papa.«

»Hatte er eine Werkzeugtasche?«

»Haben wir nicht so genau gesehen.«

»Wieso das denn?«

Die beiden drucksten herum. »Ist … ist doch egal, oder? Wir mussten halt schnell weiter.«

»Also wieder mal was angestellt.« Kurt blickte den Jungs tief in die Augen. »Das bin ich ja schon gewöhnt von euch.«

»Nur ein kleiner …«

»Psst.« Der Ältere stieß den Jüngeren an.

»Ein kleiner was?«

»Ein Kratzer? Am Bus?«, fragte Lindt.

Schuldbewusst schauten die zwei zu Boden. »Der stand auch halb auf dem Gehweg.«

»Und da dürfen Autos nicht parken, hat Kurt gesagt.«

»Stimmt genau«, pflichtete der Uniformierte den Kindern bei. »Autos gehören auf die Straße. Der Gehweg ist für euch bestimmt.«

»Hmm«, überlegte Oskar Lindt, »das mit dem Kratzer hab ich jetzt schon wieder vergessen, aber wie hat denn nun der Mann ausgesehen? Der trug doch bestimmt so 'nen Arbeitsanzug?«

»Und beim zweiten Mal hatte er noch eine ganz große Tasche dabei«, berichtete der Ältere. »Aber da hat er uns nicht gesehen, weils schon dunkel war.«

»Wann war denn das?«

»Na gestern, und später ist dann die Feuerwehr gekommen.«

»Als der Mann noch da war?«

»Weiß nicht, wir sind lieber schnell heim.«

»Kurt, gib ihnen die Scheine«, sagte Lindt. »Habt ihr euch wirklich verdient.«

Die beiden Jungs strahlten. »Dürfen wir jetzt …?«

Der Kommissar überlegte: »Wann kommen denn eure Eltern nach Hause?«

»Wieso? Es war echt nur ein ganz kleiner Kratzer.«

»Keine Angst, doch nicht deswegen. Nein, wir brauchen

euch noch. Überlegt schon mal, wie der Mann ausgesehen hat.«

»Phantombild?«, stieß der Ältere hervor. »Hab ich im Fernsehen gesehen.«

Lindt strich ihnen über die Köpfe. »Und wenn ihr euch anstrengt, gibts noch mal eine Belohnung.«

Drei Stunden später wechselten im Karlsruher Polizeipräsidium einige weitere Euroscheine die Besitzer, und zwei stolze Jungs bestiegen gemeinsam mit ihrem Vater wieder den Streifenwagen, um von Kurt, von ›ihrem‹ Polizisten, nach Hause gefahren zu werden.

12

»Da haben wir ihn jetzt, den großen Unbekannten.« Am nächsten Morgen betrachtete Lindt das Ergebnis des Polizeicomputers. »Die beiden Rabauken haben zwar gut aufgepasst, aber dieses Phantombild wird uns nicht weiterbringen – Mütze, Brille, Bart.«

»Gut getarnt«, stimmte ihm Paul Wellmann zu. »Viel konnten sie von seinem Gesicht wohl nicht sehen.«

»Und dann der Trick mit dem Stadtwerke-Bulli, echt genial. Da denkt nicht mal der wachsamste Nachbar was Böses.«

»Strom abstellen, Wasser, Gas, klar«, überlegte Jan Sternberg, »aber das passiert doch alles tagsüber. Also ich würd mich schon wundern, wenn plötzlich abends um neun so ein Wagen vor einem Haus steht, dessen Besitzer gerade umgebracht worden ist.«

»Anscheinend ist er aber nur den Kindern aufgefallen. Schade, dass wir das Kennzeichen nicht haben.«

»Fehlt denn ein Fahrzeug bei den Stadtwerken?«

Sternberg schüttelte den Kopf: »Hab schon angerufen. Die vermissen keines.«

»Und wenn der Täter nun tatsächlich dort arbeitet und den Dienstwagen eben mal privat genutzt hat?«

»Manche Mitarbeiter nehmen ihre Busse mit nach Hause, zum Beispiel, wenn sie Bereitschaftsdienst haben.«

»Also prüfen wir jetzt die Alibis aller männlichen Mitarbeiter der Stadtwerke?«

»Quatsch«, sagte Lindt, »das sind natürlich zu viele, aber allen, die vorgestern Abend Bereitschaft hatten, könnt ihr mal auf den Zahn fühlen.«

»Vielleicht gibt es auch Kameras«, überlegte Jan Sternberg, »um Betriebshof und Garagen zu überwachen.«

»Gute Idee, kümmert euch bitte drum.«

»Machen wir, Oskar«, bestätigte Paul Wellmann. »Und wo finden wir dich?«

»Du willst wissen, ob ich auch was arbeite oder mich wieder auf irgendwelchen Friedhöfen rumtreibe?«

»Entschuldigung, so war das nicht gemeint.«

»Wie sagte doch die liebe Frau Oberstaatsanwältin: ›Ermitteln, statt spazieren gehen.‹ Und wisst ihr, was ich sage? Ermitteln *beim* Spazierengehen. Die kann mich mal.« Mit diesen Worten deutete Oskar Lindt auf die aktuelle Ausgabe der Badischen Neuesten Nachrichten, nahm seine Jacke vom Haken und verschwand.

»Inkas Bericht …« Wellmann schob Jan die Zeitung hin. »Ich habs zu Hause schon gelesen. Volle Breitseite gegen die Eiserne. Ich wette, die hat gerade eine Audienz bei Wolf, ihrem Obersten.«

»Bankrotter Handwerker verlässt Gerichtssaal unter Tränen«. Sternberg las die Überschrift laut.

»Vor allem der Kommentar daneben hats in sich.« Paul

tippte mit dem Finger auf die Spalte links oben. »Entgleisungen einer Staatsanwältin.«

»Gnadenlose Abrechnung ... Oberstaatsanwältin Frey stellt insolventen Malermeister auf eine Stufe mit Schwerverbrechern ... erst die Pleite, dann die verbale Hinrichtung ... geschüttelt von Weinkrämpfen ... Angeklagter bricht zitternd zusammen ... selbst der Verteidiger braucht psychologische Betreuung ... Richter ruft Anklagevertreterin mehrfach zur Ordnung.«

Kopfschüttelnd las Jan den Zeitungsartikel mehrmals. »Unglaublich, dieses Weib hat einfach kein Benehmen.«

»Hoffentlich kriegt sie jetzt endlich mal einen Schuss vor den Bug. Du weißt ja, wie sie sich selbst uns gegenüber immer wieder verhält.«

»Echt Klasse, was die Inka da geschrieben hat. Unseren Chef wirds freuen.«

»Hoffentlich nicht zu sehr ...«

Zum Glück musste Wellmann diesen Satz nicht näher erklären, denn die Tür ging auf und Staatsanwalt Conradi kam herein: »Hier gibts doch den besten Kaffee weit und breit.«

»Dicke Luft?«, fragte Paul Wellmann und wies auf die geöffnete Zeitung, während er die für den Kurzen reservierte Tasse füllte.

»Wenn Sie das dort schon gelesen haben, können Sie sich ja denken, was bei uns los ist.«

»Laut?«

»Besser, man geht dem Gewitter aus dem Weg.«

Sternberg feixte: »Der Blitz kann auch Unbeteiligte treffen ...«

Der Staatsanwalt verzog das Gesicht. »Gut, wenn man außer Haus zu tun hat. Ach, wo ist denn ...?«

»Ermittlungen«, antwortete Paul Wellmann schnell.

»Zu Fuß wahrscheinlich?«

Paul zog die Schultern hoch und griff nach dem Telefon: »Wenn Sie ihn anrufen möchten …«

Conradi wehrte ab: »Vielleicht feiert er gerade.«

»Mit zwei Thüringern?«

»Jan!«

Sternberg hielt sich die Hand vor den Mund.

»Hat einfach seine Zunge nicht im Zaum, der junge Kollege hier«, zwinkerte der Kurze.

Lindt dagegen dachte keineswegs an Bratwürste, eher schon an Inka und was ihr Artikel bewirken könnte. Deutlich schneller als sonst schritt er aus. Ohne die geringste Ahnung wohin, ging er erst die Karlstraße hinunter bis zur Ebertstraße, dort spontan nach rechts, hinüber zur Europahalle. Einzelne Sonnenstrahlen schafften es erstaunlicherweise, das Novembergrau zu durchbrechen, und als er durch die Günther-Klotz-Anlage der Alb entlangschlenderte, fand sich sogar eine halbwegs trockene Bank.

Längst nicht mehr so schnell und hell schäumend wie weiter oben im Schwarzwald, sondern eher gemächlich, aber dennoch geheimnisvoll strudelnd, glitt das dunkle Flüsschen auf seiner letzten Strecke in Richtung Rhein.

Lindt entspannte sich, dehnte und reckte sich, schaute den kleinen flachen Wellen nach, betrachtete ein Entenpärchen, erinnerte sich an den gestrigen Abend und an Carla, mit der er sich ausgesprochen hatte.

Er sinnierte über sein Berufsleben, über die paar Jahre, die er noch arbeiten musste, über seine sympathischen Mitarbeiter, aber auch über die weniger netten Kollegen, die ihm seine Erfolge neideten und sich über die Freiheiten aufregten, die er sich nahm.

Was bleibt von einem langen Polizistenleben? Wird man von mir auch einmal so sprechen, wie von meinem Lehrmeister, dem alten Kopp? Bin ich jetzt schon der ›alte‹ Lindt?

Wirklich alt fühlte er sich als Mittfünfziger noch lange nicht und heute, nach Inkas öffentlichem Rundumschlag gegen die Eiserne, schon überhaupt nicht mehr. Eher frisch und voller Tatkraft, auch wenn er noch keine Ahnung hatte, ob die hagere Oberstaatsanwältin Konsequenzen aus ihrem Verhalten zu erwarten hatte. Trotzdem beflügelte ihn die Hoffnung darauf. Er spürte den Fluss neuer Energie, so kraftvoll wie das Wasser vor ihm, das die Augen des Kommissars magisch in seinen Bann zog.

Ein kleines Schiffchen aus gelbem Papier kam näher, schaukelte heran. Eigentlich hätte es viel schneller vorbeiziehen müssen, aber die Strömung schien keinen Einfluss darauf zu haben. Direkt vor dem Kommissar hielt es an, immer noch schaukelnd, kam aber nicht mehr vorwärts. Im Innern bewegte sich etwas. Lindt kniff die Augen zusammen. Die Spitze in der Mitte wuchs und wuchs, klappte auf, faltete sich auseinander, kippte zur Seite und eine neue Papierspitze kam hervor. Langsam, ganz vorsichtig, so, als entfalte sich eine Blüte, stülpte sich gelbes Papier empor, bog sich auf, legte sich nach außen und wuchs und wuchs und wuchs.

Völlig trocken schien das Schiff, aber es wurde groß und größer, faltete und klappte, bis es schließlich an das gegenüberliegende Ufer reichte und die Alb voll bedeckte.

Er wollte sich die Augen reiben, aber seine Arme und Hände gehorchten nicht. Unfähig, sich zu rühren, saß er auf der Bank und begriff nicht, was vor seinen Augen passierte.

Fassungslos bemerkte er, wie das gelbe Riesenboot plötzlich stark schwankte. Etwas war von der anderen Flussseite her darauf gehüpft. Erst konnte er es nicht recht erkennen, nur eine Bewegung, dann sah er es plötzlich ganz klar. Wuscheliges Fell, ein Tier, ja, wieder der Spaniel – Beagle, ebendieser Hund aus dem Hardtwald. Was machte der denn hier? Natürlich – buddeln. Ein Loch in Windeseile. Schon spritzte der Sand. Nein, diesmal war es Wasser. Ein Loch in der Mitte des Schiffs! Schwarzes Nass strömte heraus, ein Strudel quoll nach oben, sog den Hund hinein, zog das Papier heran, von allen Seiten gleichzeitig, faltete das Boot zu einem Trichter, gurgelte in die Tiefe, riss alles mit hinunter …

Ein Schauer überlief ihn. Lindt riss die Augen auf. Nichts, nur das dunkle, rätselhafte Wasser der Alb.

Er griff in seine Gesäßtasche und begann zu schreiben.

Erst nach einer Stunde konnte Oskar Lindt aufstehen. Ganz unsicher auf den Beinen stolperte er vorwärts.

Ein leuchtender Fleck im Ufergebüsch stach ihm ins Auge. Türkisfarben, Lindt blieb stehen, kniff die Augen zusammen, um schärfer zu sehen. Tatsächlich, ein Eisvogel. Konnte das sein? Mitten in der Großstadt? Träumte er schon wieder?

Nein, der Vogel war Wirklichkeit. Glitzernd wie ein Edelstein leuchtete das blau-grüne Federkleid in einem der verirrten Sonnenstrahlen.

Zack, kopfüber, mit dem überdimensional langen Schnabel voran, stürzte sich der Kleine in das dunkle Wasser. Nur ein paar Sekunden später schoss er wieder hoch, fußte auf einem anderen Zweig und schluckte.

Der Kommissar beneidete den erfolgreichen Fischer. Einmal zustoßen und mit Beute zurückkehren. So einfach wünschte er sich seine Arbeit auch. Vielleicht sollte er es ebenso machen? Einen Ansitzplatz suchen, aufmerksam warten, das Dunkel beobachten und dann gezielt zuschlagen.

Plopp, war der Eisvogel wieder untergetaucht. Ein paar Meter flussabwärts kam er wieder nach oben. Dieses Mal anscheinend ohne Erfolg. Na also, warum soll es dir besser gehen, dachte Lindt, da hob der Vogel den Kopf. Zwei Sekunden Auge in Auge, dann stob er davon.

Lindt kehrte der Alb den Rücken zu, blieb nochmals stehen, drehte sich um, schaute zurück, schüttelte den Kopf. Irgendetwas Leuchtendes trieb auf dem Wasser vorbei, doch er war schon zu weit weg, um es genau zu erkennen.

Kräftiger schritt er jetzt aus, verließ die Grünanlage und stieg am Kühlen Krug in eine Bahn der Linie 5, die ihm vor die Füße rollte. Leise stöhnend ließ er sich auf einen der harten Holzsitze fallen.

Eigentlich hatte er gedacht, sein Leben wieder fest im Griff zu haben, aber was sollte dann abermals so ein merkwürdiger Traum? Noch dazu am helllichten Tag. Und so plötzlich. Wieso war er überhaupt eingenickt?

Einige Minuten vergingen, ohne dass er überlegte, wohin er eigentlich fuhr. Er registrierte nicht einmal, dass er am Polizeipräsidium vorübergefahren war. Erst die Pyramide am Marktplatz holte ihn in die Wirklichkeit zurück. Außerdem knurrte sein Magen.

Ein Brötchen mit Spießbraten und frisch geriebenem Meerrettich half ihm fürs Erste. In einer Nische des Schnellrestaurants lehnte Lindt an der Wand und nahm sich Zeit. Er kaute und schaute, er schluckte und guckte, er beobachtete die vorüberfahrenden Bahnen und die vorbeieilenden Menschen auf der Kaiserstraße. Wie die Alb, sinnierte er, auch ein Fluss, nur einer, der gleichzeitig in verschiedene Richtungen fließt.

Die Vier Richtung Waldstadt, dahinter ein Transporter der Verkehrsbetriebe. Orangefarben, der Kleinbus. Ob die zwei Jungs wirklich ›Stadtwerke‹ gelesen hatten? Oder könnte jeder beliebige Kastenwagen mit dieser Lackierung infrage kommen?

Andererseits hatte er mit Kindern als Zeugen fast nur gute

Erfahrungen gemacht. Vor allem an Details erinnerten sie sich meist besser als die Erwachsenen.

Lindt wischte sich mit einer Papierserviette über den Mund, holte noch eine Apfelschorle und musste sich eingestehen, dass es keine einzige wirklich heiße Spur gab. Niemand, den sein Verhalten so richtig verdächtig machte. Keiner, den er weichkochen konnte. DNA-Spuren? Fehlanzeige. Fingerabdrücke? Nichts. Suchaktion im Hardtwald? Nur Müll.

Jetzt zogen sich sogar die einzelnen Sonnenstrahlen wieder hinter das Novembergrau zurück.

Wo konnte er nur den Hebel ansetzen? Provozieren, eine Falle stellen, Treibjagd machen – wenn er einen Verdächtigen im Visier hatte, gab es genügend Möglichkeiten, ihn aus der Reserve zu locken. Aber in diesem Fall? Zwei Tote und ein großer Unbekannter. Oder war alles ganz anders? Eine Verkettung unglaublicher Zufälle? Gab es vielleicht zwei verschiedene Mörder? War die Zigarettengeschichte gar nicht der Grund für die Schüsse?

Der Kommissar beobachtete immer noch die vorbeiflanierenden Leute. Jeder von ihnen konnte es gewesen sein. Wie viele hatten wohl ein kleines schmutziges Geheimnis, ein krummes Ding gedreht, eine ›Leiche im Keller‹? Lügen, betrügen, verdrehen, täuschen, tarnen – alles an der Tagesordnung, Hauptsache, nicht erwischen lassen.

Doch Lindt sah keine Möglichkeit, irgendwo anzupacken. Musste wieder einmal der Zufall helfen? Gab es denn nicht ein kleines, nur ein winzig kleines Indiz, irgendeine Spur, die auf eine bestimmte Person hindeutete?

Wieder fuhr ein Kastenwagen der Verkehrsbetriebe vorüber. Ob der auch zwei Kanister Sprit dabeihatte, um damit ein Haus in ein Flammenmeer zu verwandeln?

Aah, das Benzin!, fuhr es dem Kommissar durch den Kopf. Er nahm sein Handy aus der Tasche.

»Jan, könnt ihr noch die Videobänder der umliegenden Tankstellen sichten? Wenn wir Glück haben, sehen wir den Feuerteufel beim Kanisterfüllen.«

Der Einfall gab Lindt wieder Hoffnung, etwas Hoffnung, wenn er es genau überlegte, nur einen leichten Schimmer im trüben Herbst, aber er klammerte sich daran. Er hielt sich an diesem Gedanken fest, so wie am Mundstück seiner Pfeife, das er nun zwischen die Zähne klemmte und aus dem er im Weitergehen ein paar duftende Wolken sog.

Zurück ins Präsidium? Eine gute Viertelstunde zu Fuß. Er entschied sich anders: ›Wandertag heute‹, und in der Erwartung, dass ihm das pulsierende Leben der Stadt weitere Einfälle bescheren würde, nahm er Kurs auf die Oststadt.

Ein Radfahrer bremste hinter ihm. »Oskar, bist dus?« Überrascht drehte Lindt sich um.

»Tatsächlich, und immer noch den gleichen Tabak in der Pfeif'.«

Der Kommissar drückte sichtlich gerührt dem weißhaarigen Alten die Hand: »Mensch, Alwin, gibts dich auch noch?«

»Jeden Tag lieber, auch wenn bei mir nimmer so viele Tag' kommen wie bei dir, Oskar.«

»Ach, sag das nicht. Du wirst bestimmt 100, so wie du aussiehst.«

»82 hab ich schon g'schafft.«

»Und immer noch mit dem Fahrrad unterwegs. Das hält dich fit.«

»'S Rad und mein Garten, den hab ich nämlich auch noch.«

Bewundernd musterte Lindt den schlanken Achtziger von oben bis unten. »Immer noch kein Fleisch?«

»Nix, nix. Ich weiß gar net mehr, wie eine Metzgerei von innen aussieht. Und ich bin sicher, das hat mir 's Leben gerettet, auch wenn du es mir nie hast glauben wollen.«

»Lass mich mal nachdenken. Wie lang ist das denn her? Unsere Kinder waren damals noch ziemlich klein.«

»Über 20 Jahr'! Viermal haben die an meinem Darm rumg'schnitten. Ein paar Monate wollten sie mir noch geben.«

»Und seither?«

»Mein Seitenausgang ist natürlich geblieben, den konnten sie nicht mehr zurückverlegen, aber sonst – alles prima. Der Doktor staunt jedes Mal. Ich ess Eier, Käs', Milch, auch Fisch, aber hauptsächlich das Gemüse und Obst aus meinem Schrebergarten.«

Nachdenklich nickte Lindt. »Du warst kaum im Ruhestand.«

»Ein halbes Jahr.«

»Das Leben komplett umgestellt.«

»Am ersten Juni wars, da kam ich aus dem Klinikum heim.«

»Das Auto gegen den Garten getauscht.«

»Ich habs net vermisst. Mit dem Rad komm ich in der Stadt grad so schnell vorwärts, und 20 Kilo hab ich auch verloren.«

Der Kommissar blickte an sich hinunter: »Tät mir auch gut.«

»Die Wurstbude hinter der Hauptpost hat dich damals stark angezogen.«

»Lass uns lieber von was anderem reden.«

»Vielleicht über die alten Zeiten mit dem Kopp und seiner Küche«, lachte Alwin Stadler. »Die fehlen mir net. Auch da hab ich mich umg'stellt. Deswegen besuch ich euch auch nie im Präsidium.«

»So wie der Kopp, der jeden zweiten Tag gekommen ist.«

»Der konnts halt net lassen. Schwarzes Loch, Absprung verpasst.«

»Der Paul und ich, wir sind auch schon im Endspurt. Ich hoff, wir schaffen die paar Jahre noch ohne Schaden.«

»Darfst net alles so an dich ranlassen. Es gibt auch ein Leben jenseits von Mord und Totschlag.«

»Sie wollen mich zu einer Psychologin schicken.«

»Ist heut doch normal. Früher hätt man halt g'sagt: ›Stell dich net so an.‹«

»Nachts krieg ich manchmal Besuch.«

»Ungelöste Fäll'?«

»Auch die anderen. Seit einiger Zeit schreib ichs auf.« Er zog das schmale Heft aus seiner Hosentasche. »Ich glaub, es hilft. Zumindest ein bisschen.«

»In der Zeitung hab ich von eurem aktuellen Fall gelesen. Kommt ihr vorwärts?«

»Also doch noch. Einmal Bulle, immer Bulle?«

»Keine Sorge, ich hab genug Abstand zu früher, aber es interessiert mich schon, was so geht. Schließlich seid ihr jetzt die Alten.«

»Sei vorsichtig, sonst mach ich dich zum Under-Cover-Ermittler.«

»Willst mich einschleusen ins Zigarettenschmuggler-Milieu? Dafür bin ich echt zu alt, aber besuchen kannst du mich mal. Meistens findst du mich in der Laube, und mein Apfelmost ist nicht zu verachten …«

Lindts Handy klingelte.

»So was hab ich allerdings nicht.« Schwungvoll bestieg Alwin das Fahrrad, natürlich ein Herrenrad. Kopfschüttelnd schaute der Kommissar ihm nach, während er das Mobiltelefon ans Ohr drückte.

»Oskar, Du solltest zu mir ins Labor kommen«, meldete sich Ludwig Willms.

13

»Alles Müll, was die BePo da im Hardtwald aufgesammelt hat.« Willms stand neben einem Stapel blauer Plastiksäcke. »Nur das da …«

»Paketband«, stellte Lindt fest und griff nach dem braunen Fetzen.

»Halt, nicht.« Willms, der Handschuhe trug, wendete das Teil zwischen den Fingern. »Siehst du?«

Der Kommissar kniff die Augen zusammen. »Dreck.«

»Dachten wir zuerst auch, aber es sind Hautpartikel und etwas Blut.«

»DNA gesichert?«

»Das schon, der Abgleich läuft noch. Aber auf der Vorderseite war noch ein unvollständiger Fingerabdruck.«

»Bekannt?«

»Nur ein halber Finger, Übereinstimmung bei 78 Prozent.«

»Jetzt machs nicht so spannend.«

Willms griff nach der Computermaus. ›Klick – klick‹. Auf dem Monitor erschien ein Foto.

»Der? Kenn ich nicht.«

»Fällt auch nicht in deine Abteilung, Oskar.« Er scrollte nach unten. »Die Kollegen von der Wirtschaft haben ihn im Visier.«

»Wegen?«

»Mussten ihn wieder laufen lassen, heißer Tipp, aber nicht genügend Beweise.«

Lindt rückte näher an den Bildschirm. »Wer ist der Kerl?«

»Klaus-Dieter Jordan, Jahrgang 48, noble Adresse in Durlach, Geschäftsführer der KARMAG.«

»Die bankrotte Maschinenfabrik im Killisfeld?«

»Genau die. Karlsruher Maschinenbaugesellschaft. Alteingesessenes Unternehmen, 120 Jahre alt.«

»Und pleite. Über 200 Entlassungen. Kommt doch dauernd in der Zeitung.«

»Es gibt natürlich viele Möglichkeiten, wie dieses Stück Paketband in den Hardtwald gekommen sein kann … Du kannst diesen Jordan ja mal fragen.«

Lindt schloss seine Augen und rieb sich die Schläfen. »Genau das stell ich mir grad vor. So jemand muss uns doch für verrückt halten, wenn wir ihn wegen eines abgerissenen Stücks Plastikband belästigen. Der hat mit seiner Firma jetzt bestimmt ganz andere Sorgen.«

»Wir können auch warten, ob der DNA-Abgleich was ergibt«, meinte Ludwig Willms.

»Wie lange?«

»Morgen früh.«

Nachdenklich verließ der Kommissar das Labor. Ob dieser Jordan wirklich etwas auf dem Kerbholz …?

Er klopfte bei den Kollegen von der Abteilung für Wirtschaftskriminalität.

»Oskar, das ist ein ganz gerissener Hund.« Karl-Friedrich Birk schob ihm einen Stuhl hin. »Der Tipp kam aus der Belegschaft. Die behaupten, dass ihre Maschinen schon seit mehreren Jahren zu Dumpingpreisen verkauft werden. Meistens in den Osten, Russland, Weißrussland, Ukraine.«

»Also nicht kostendeckend?«

Birk schüttelte den Kopf. »Vermutlich konnte das jemand aus der Buchhaltung nicht länger mit ansehen und hat mit dem Betriebsrat gesprochen.«

»Aber wieso sollte ein Fabrikant sein eigenes Unternehmen in den Ruin treiben? Ergibt doch keinen Sinn.«

»Halt, halt, Jordan war nur der Geschäftsführer. Die Firma gehörte seiner Frau, aber er hatte alle Vollmachten.«

»Konnte schalten und walten, wie er wollte?«

»Richtig – und die werte Gattin ist seit über sechs Monaten in einem Pflegeheim untergebracht.«

»Krank?«

»Psychiatrie, angeblich wegen starker Depressionen. Soll mehrmals versucht haben, sich selbst ins Jenseits zu befördern.«

»Ist da was aktenkundig?«

»Nur die Zwangseinweisung. Jordan und der Arzt spielen im selben Golfklub …«

»Jetzt wirds aber echt interessant. Wisst ihr noch mehr?«

Birk nahm einen prall gefüllten Aktenordner aus dem Regal.

»Leider konnten wir ihm bis jetzt nichts beweisen …«

Lindt blieb in der Tür zu Wellmanns und Sternbergs Büro stehen. »Zeit für einen Hausbesuch. Paul, kannst du mitkommen?«

»Wohin?«

»Wir müssen da mal jemandem auf den Zahn fühlen.«

Zuerst steuerten die beiden Kommissare über die Ottostraße das Gewerbegebiet Killisfeld an. ›KARMAG‹, übergroße goldfarbene Lettern auf flaschengrünem Grund.

»Den Schriftzug kenne ich schon seit meiner Schulzeit. In dieser Firma zu arbeiten, galt seit jeher als etwas Besonderes. Mein Großvater war stolz darauf. 35 Jahre hat er hier als Schlosser geschuftet.« Lindt betrachtete das weitläufige Fabrikareal. Da und dort spendeten ein paar Neonröhren an den Backsteinwänden schwaches Licht. Die sonst hell erleuchteten Oberlichter der Hallen aber waren dunkel, grau und trüb. Kein Mensch zu sehen, nicht das leiseste Geräusch zu hören, das auf die einstmals blühende Maschinenbautätigkeit hätte hindeuten können.

Wellmann rüttelte an dem massiven Metallgittertor neben der verlassenen Pförtnerkabine. »Hier ist keiner mehr, alles ausgestorben. Muss für die Arbeiter ein Schock gewesen sein.«

»Ich kenne allein fünf Familienväter, die jetzt auf der Straße sitzen.«

Kurze Zeit später hielt der dunkelrote Citroën vor einer Gründerzeitvilla am Turmberg des Stadtteils Durlach. Eine verputzte Mauer umgab das Anwesen, ein schwarzes schmiedeeisernes Tor verschloss die Einfahrt. Lindt drückte auf den messingfarbenen Klingelknopf und schielte in das Bullauge der Kamera, die den Bereich überwachte.

»Ja, bitte?«, ertönte eine Frauenstimme aus der Sprechanlage.

Der Kommissar hielt seinen grünen Dienstausweis vor die Linse. »Kriminalpolizei Karlsruhe, wir hätten gerne Herrn Jordan gesprochen.«

»Haben Sie einen Termin?«

»Wir kommen immer unangemeldet.«

»Tut mir leid, Herr Jordan ist unterwegs.« ›Klick‹.

Lindt drückte nochmals den goldenen Knopf. Die Sprechanlage rauschte wieder.

»Was gibts denn noch? Er ist nicht da.«

»Könnten wir denn mit Ihnen sprechen?«

Die Stimme zögerte. »Ich bin die Haushälterin. Herr Jordan hat mich angewiesen, niemanden einzulassen.«

Lindt bemühte sich um maximale Freundlichkeit in seiner Stimme: »Nur eine kurze Auskunft, bitte. Vielleicht könnten Sie zur Haustür kommen?«

Nach drei Sekunden summte der Öffner und gab das schmale Seitentor frei. Die beiden Beamten gingen auf dem Granitpflaster der Auffahrt bis zum Haus, wo sie von einer dunkel gekleideten Frau mit weißer Schürze erwartet wurden.

»Die ist gar nicht so alt, wie sie aussieht«, raunte Paul Wellmann seinem Kollegen zu, als sie näher kamen.

»Ende 30 vielleicht, das kommt von der strengen Frisur und dem schwarzen Kleid«, gab Oskar leise zurück.

»Seit Ihre Kollegen vor einiger Zeit hier so eingedrungen sind, darf ich niemanden mehr …«

»Keine Sorge«, beruhigte Lindt. »Wir möchten nichts durchsuchen, nur etwas fragen.«

»Bitte?« Die Gesichtszüge der Frau wirkten angespannt. »Herr Jordan ist auf Geschäftsreise.«

»Schade, wir müssten ihn dringend sprechen. Wie ist er denn zu erreichen?«

»Das kann ich Ihnen leider nicht sagen.«

»Würden Sie ihn vielleicht für uns anrufen?«

Ein Flackern erschien kurz in ihren Augen: »Herr Jordan möchte nicht gestört werden.«

»Haben Sie denn keine Handynummer von ihm?«, fragte Lindt erstaunt. »So für den Notfall vielleicht, wenn mal was mit dem Haus …?

Die Frau verschränkte ihre Arme vor der Brust: »Geht leider nicht.«

»Sie wissen also, wo er ist? Es wäre nur eine kurze Frage.«

Ihre Augen begannen feucht zu glänzen: »Normalerweise informiert er mich, aber …« Sie stockte.

»Dieses Mal nicht?«

Sie schüttelte den Kopf.

»Handy ausgeschaltet?«

Schulterzucken.

»Schon lange weg?«

»Ein paar Tage …« Die Stimme zitterte leicht.

»Er hat sich doch bestimmt von Ihnen verabschiedet.«

Erneutes stummes Kopfschütteln.

Der Kommissar räusperte sich. »Die Insolvenz der Firma ist ja allgemein bekannt. Darf ich fragen, ob auch Sie noch Gehalt zu erwarten haben?«

Die Haushälterin zuckte unmerklich zusammen und griff nach der Türklinke, um sich festzuhalten. »Das ... das ... darüber möchte ich nicht sprechen«, brachte sie mühsam hervor.

Lindt entschloss sich, aufs Ganze zu gehen: »Er hat sich abgesetzt, stimmts?«

»Wieso fragen Sie das?« Sie kniff die Augen kurz zusammen und schob ihre Hand in die Schürzentasche.

»Schweiz?«, fragte Paul Wellmann. »Oder noch weiter weg?«

»Bitte, gehen Sie jetzt.«

Die Kommissare wechselten einen Blick, dann schüttelte Lindt den Kopf. »Wollen Sie uns nicht sagen, was Sie wissen?«

Ruckartig machte die Angestellte kehrt und versuchte, die Haustür hinter sich zu schließen. Paul Wellmann war schneller und schob seinen Fuß in den Spalt.

»Es ist wirklich wichtig.«

Mit einem weißen Taschentuch betupfte sich die Haushälterin die Augen, dann gab sie den Widerstand auf. »Kommen Sie.«

Die beiden Kriminalisten folgten ihr und gelangten durch eine zweite Tür in eine hohe ausladende Halle, zweifellos der Empfangsraum des herrschaftlichen Anwesens. Weit oben drang durch eine kunstvolle Dachverglasung das Tageslicht herein. Eine breite Eichenholztreppe führte in die oberen Stockwerke. An den Wänden zeugten aufwendig gerahmte Ölporträts von früheren Generationen der Fabrikantenfamilie.

Die Frau blieb vor einer mit dickem dunkelbraunem Leder bezogenen Sitzgruppe stehen. »Bitte.« Nochmals tupfte sie ihre Augen trocken, schnäuzte sich leise und setzte sich vorsichtig auf die Armlehne eines Sessels.

»Erzählen Sie«, sagte Lindt, ebenfalls sehr leise, und musterte die Haushälterin aufmerksam. Echt unpassend, die strenge Kleidung, fand er. Eher die Generation für Jeans und T-Shirt.

»Ich weiß es wirklich nicht«, begann sie. »Sonst …«

»… sagt Herr Jordan Ihnen immer, wohin er reist?«, vollendete der Kommissar ihren Satz.

»Ja, und …«

»… manchmal haben Sie ihn begleitet?«

Die Frau krümmte sich, rutschte in den Sessel und hielt sich ihr Tuch vors Gesicht.

»Seit Frau Jordan im Heim ist?«

»Davor war ich in der Firma.«

»Seine rechte Hand?«

Sie nickte stumm.

»Auch mehr?«

»Seit drei Jahren«, brach es aus ihr heraus. »Wir wollten zusammen …«

»Weggehen? Wohin?«

»Florida.«

»Haus am Strand?«

»Unser Traum …«

Lindt hatte ins Schwarze getroffen.

»Wusste seine Frau davon?«

»Ich bin mir nicht sicher, vielleicht hat sie es geahnt …«

»Wovon wollten Sie leben? Die Fabrik gehörte ihm doch gar nicht.«

»Klaus-Dieter hatte vorgesorgt.«

»Geld aus der Firma gezogen?«

Sie hob wieder die Schultern. »Darum hab ich mich nicht gekümmert.«

»Wollte er sich von seiner Frau trennen?«

»Sie ist ja im Heim.«

»Das Unternehmen verkaufen?«

»Weiß nicht, die Geschäfte gingen in letzter Zeit immer schlechter.«

Inzwischen war aus der steifen Haushälterin ein zusammengesunkenes Häufchen Elend geworden.

»Und jetzt ist er weg, ohne Ihnen etwas zu sagen.«

»Ganz überraschend. Kein Wort, nicht mal ein Zettel.«

»Handy?«

»Tausendmal schon hab ichs versucht.«

Sie konnte die Tränen nicht mehr zurückhalten.

»Hat er Kleidung mitgenommen? Schuhe? Einen Koffer vielleicht?«

»Nur seine Aktenmappe – ›Unsere Zukunft‹ hat er mal dazu gesagt. Ohne die ging er nie aus dem Haus, und eine gepackte Reisetasche hatte er immer im Wagen.« Ihre Augen leuchteten kurz auf. »Manchmal war er sehr spontan.«

»Sie hätten ihn als vermisst melden können.«

»Ich meinte doch …«

»Kannten Sie den Inhalt der Aktentasche?«

»Hab ihn nie danach gefragt.«

»Und reingeschaut?«

Sie zögerte. »Einmal wollte ich, aber sie war zu.«

»Abgeschlossen?«

»Hmm – hmm.«

Lindt schlug sein ledergebundenes Notizbuch auf. »Was für einen Wagen fuhr er denn?«

»Der schwarze fehlt in der Garage, ein Geländewagen, Porsche, glaube ich.«

»Haben Sie zufällig die Nummer im Kopf?«

»›KD‹ für Klaus-Dieter.«

»Also ›KA – KD‹?«

Sie bejahte.

»Die Zahlen?«

»Weiß nicht.«

»Egal, das finden wir heraus, und ein Bild von ihm haben wir schon in unseren Akten.«

»Sie wollen ihn suchen lassen?«

»Das wäre doch auch in Ihrem Interesse. Oder?«

Die Frau zögerte, dann ging sie zur Garderobe und kam mit einem Foto zurück. »Hab ich immer in meiner Handtasche, seit wir zusammen dort waren.«

Die Kommissare musterten die Aufnahme. »Die Palmen, Florida?«, fragte Lindt.

»Da wollten wir zusammen …«

»Tolles Haus«, meinte Paul Wellmann und schaute auf die Rückseite. »Key West, ist das die Adresse? Haben Sie schon bei Nachbarn angerufen?«

»Ich kenne dort noch niemanden.«

Lindt erhob sich, gab der Frau seine Karte und hielt ihr den Notizblock hin. »Würden Sie uns Ihre persönliche Handynummer aufschreiben?«

›Anke Petri‹, notierte sie, dahinter mehrere Zahlen und gab den Block zurück. »Oder wissen Sie etwas über ihn?«

Der Kommissar stutzte: »Woran dachten Sie?«

»Sie sind ja aus einem bestimmten Grund gekommen.«

»Keine Sorge, wir wollten nur eine Auskunft. Herr Jordan hätte uns vielleicht weiterhelfen können.«

Sie betrachtete nochmals Lindts Visitenkarte. »Ihr Name, Moment, den habe ich doch vor Kurzem in der Zeitung …«

»Machen Sie sich keine Gedanken, es wäre nur eine kurze Frage gewesen.«

»Willst du den echt zur Fahndung rausgeben, Oskar?«, fragte Paul Wellmann, als sie wieder zum Präsidium zurückfuhren. »Wegen eines halben Fingerabdrucks auf einem Plastikfetzen?«

»Und ob ich das will. Ohne Grund ist der sicher nicht verschwunden, so Hals über Kopf und ohne seine ›rechte Hand‹! Jan muss sofort den Computer füttern, und die liebe Anke werden wir auch durchleuchten.«

Sternberg machte sich umgehend an die Arbeit.

»Die Flughäfen haben Priorität«, wies ihn Lindt an. »Parkhäuser abfahren, Passagierlisten checken, und zwar nicht nur die Verbindungen nach Amerika – alle Abflüge in den letzten Tagen.«

»Soll ich auch nach Frankreich …?«

»Ja, ebenso Schweiz und Luxemburg. Wer weiß, von wo der geflogen ist.«

»Wenn er überhaupt geflogen ist«, gab Paul Wellmann zu bedenken. »Wenn er seinen Geschäftskontakten gefolgt ist, könnte er genauso gut in den Osten abgehauen sein.«

»Hast recht, wir machen die Fahndung komplett international.« Er gab Jan Sternberg das Bild.

»Traumhaus unter Palmen, toll, wäre ganz mein Geschmack.«

»Adresse steht hinten, aber an eine Dienstreise nach Florida brauchst du nicht zu denken.«

»Kommt noch, Chef«, witzelte Sternberg und bearbeitete die Tastatur seines PCs.

Oskar Lindt verzog sich in sein Büro. Erst fasste er die neuen Erkenntnisse zusammen, dann kontaktierte er Ludwig Willms – ›DNA-Ergebnisse müssten bald kommen‹ –, und endlich zündete er sich eine Pfeife an, um den dicken Aktenordner über die insolvente KARMAG intensiv durchzusehen.

Selbst die Zeitungsartikel vom Niedergang der Maschinenfabrik waren penibel abgeheftet – dramatische Berichte über das Schicksal verschiedener Mitarbeiter.

Über Tausende von Überstunden – nicht vergütet.

Über Gehaltszahlungen – seit Monaten ausstehend.

Über Beiträge zur Sozialversicherung – nicht abgeführt.

Über Gelder der betrieblichen Altersversorgung – spurlos verschwunden.

Über Familienväter, die jetzt schlagartig auf der Straße standen, wenig Aussicht auf neue Stellen hatten und nicht wussten, wie sie die Raten für die ohnehin knapp kalkulierte Finanzierung ihrer Eigenheime aufbringen sollten.

Über dramatische Szenen bei einer Betriebsversammlung, die Jordan eiligst und unter Geleitschutz des Werksschutzes verlassen hatte, um nicht verprügelt zu werden.

Am meisten zu denken gab dem Kommissar aber das Protokoll über die Vernehmung dreier Betriebsräte, die dem Geschäftsführer vorwarfen, gezielt Geld aus der Firma gezogen und so den Bankrott absichtlich herbeigeführt zu haben.

Wochenlang war die Abteilung für Wirtschaftsstrafsachen unter der Leitung von Hauptkommissar Karl-Friedrich Birk den Anschuldigungen nachgegangen, doch in dieser Hinsicht war die Buchhaltung der KARMAG sauber, nahezu klinisch rein. Deshalb hatten sie Jordan auch nicht festhalten können.

›Ob die Maschinen tatsächlich seit Jahren viel zu billig verkauft worden sind, ist strittig. Dieser Sachverhalt kann nicht näher aufgehellt werden‹, stand als Schlusssatz unter dem Bericht der Staatsanwaltschaft.

Die Indizien reichten nicht für eine Untersuchungshaft – nichts Neues für Lindt. Seine Erfolgsbilanz war zwar deutlich höher als die der Kollegen von der Wirtschaft, aber einige Male hätte auch er ohne den berühmten Kommissar Zufall ergebnislos abschließen müssen.

Paul Wellmann schaute zur Tür herein. »Oskar, wir verbeißen uns zu sehr in diesen untergetauchten Fabrikanten.

Eigentlich haben wir doch zwei tote Zigarettenschmuggler. Oder denkst du, der Jordan hatte seine Finger auch dabei mit drin?«

Lindt ließ sich nicht beirren: »Ostkontakte, Paul – und sein Fingerabdruck.«

»Nur weil dein Großvater sein ganzes Leben lang in dieser Fabrik geschuftet hat.« Wellmann wandte sich zum Gehen.

»Paul«, rief Lindt ihm nach, »du weißt doch, was wir suchen.«

»Ja, ja, schon recht. Die Wahrheit natürlich, wie immer.«

14

»Die Wahrheit«, sagte der Kommissar am Abend zu Carla, »ist sie das, was das Auge sieht?« Er stand am Küchentresen und putzte mit einem kleinen scharfen Schälmesserchen frische Champignons.

Seine Frau schaute ihn irritiert an. »Sprichst du mit mir oder mit den Pilzen?«

»Das kannst du dir aussuchen«, murmelte er gedankenverloren und schnippelte in Zeitlupe weiter.

»Wenn du in dem Tempo weitermachst, bekommen wir heute ein Mitternachtsmenü«, schüttelte sie den Kopf und schob ihm zwei Knoblauchzehen und eine Zwiebel hin.

»Nein, jetzt denk doch mal nach.« Er griff in die Schüssel mit den noch ungeputzten Pilzen und hielt ihr ein besonders großes Exemplar unter die Nase. »Was unterscheidet zum Beispiel diesen tollen Champignon von einem Knollenblätterpilz?«

»Wieso fragst du das denn? Traust du mir nicht mehr?« Carla runzelte empört die Stirn: »Denkst du etwa, ich wollte dich …? Die sind ganz frisch vom Markt, aus Biozucht natürlich.«

»Von da, wo du sie immer kaufst, das weiß ich doch. Aber überleg trotzdem mal. Nur rein theoretisch: Zwei ganz ähnliche Pilze, der eine superlecker, der andere wäre unser letzter, und der Unterschied ist eben genau das, was unser Auge nicht sieht, nämlich … na?«

»Ja«, sagte sie zögernd, »die Knolle halt.«

»Genau! Und wo ist die Knolle? Kannst du sie entdecken?«

»Nein, die ist abgeschnitt…« Carla verstummte.

»Eben!«

Ihre Empörung kam wieder: »Ich glaube, du spinnst, Oskar. Wieso sollte genau dieser Biobauer, bei dem ich jede Woche einkaufe, uns so was unterschmuggeln? Was sollte der für einen Grund dafür haben?«

Lindt lächelte: »Jetzt fängst du auch schon an, die offensichtlichen Dinge zu hinterfragen. Natürlich haben wir hier nur Eins-a-Zuchtpilze! Ist doch sonnenklar! Oder?«

Sie schüttelte nur den Kopf, nahm Knoblauch und Zwiebel wieder zu sich, begann zu schälen und zu hacken.

In bestem Olivenöl knusprig gebraten und dann mit heißer Pasta vermischt, gehörten Pilze bisher zu den absoluten Favoriten in der Küche von Carla und Oskar. An diesem Abend schoben sie sich aber gleichzeitig und gegenseitig die ersten Gabeln voll in den Mund …

Schwer verdaulich, diese Champignons – das Gericht lag vor allem Oskar schwer im Magen. Erst konnte er nicht in den Schlaf finden, dann träumte er völlig wirr:

Zwei weiße Elefanten, ein großer und ein kleiner, schwebten durch die Luft. Sie segelten völlig mühelos mit riesigen flatternden Ohren. Direkt über ihm. Auf und ab. Mal näher unten – er sah langes zotteliges Fell –, mal weiter oben, in einem dunkelgrauen, unfreundlichen Herbsthimmel. Plötzlich waren sie verschwunden, gelandet. Oben auf einem dicken Baum? Weg, einfach so! Er sah sie nicht mehr, aber der Baum wuchs und wuchs. Eine Kiefer? Nein, dieses Mal eher eine knorrige alte Eiche. Direkt vor ihm schob sie sich Meter für Meter aus der Erde. Erst langsam, dann immer schneller. Mit weit zurückgebogenem Kopf sah er ihr nach. So lange, bis sie mit ihrer breiten Krone oben am bleifarbenen Himmel anstieß. Das gab eine richtige Erschütterung. Der Boden bebte unter seinen Füßen.

Er blickte nach unten, dann wieder hinauf, doch zu spät. Die Elefanten fielen herunter, rasend schnell, direkt in seine Richtung. Im Fallen drehten sie sich. Jetzt ragten die Beine nach oben, zwei weiße runde Rücken mit wuscheligem Zottelfell – seit wann haben Elefanten ein solches Fell?

Sie kamen geradewegs auf ihn zu. Er konnte sich nicht rühren, stand fest verwurzelt. Seine Beine versanken wie in Treibsand. Tief und immer tiefer. Die Elefanten würden ihn erdrücken, zerquetschen.

Plötzlich waren es keine Elefanten mehr, sondern weiße Pilze, ein ganzer Korb voll mit riesigen Champignons, die auf ihn herunterprasselten. Kurz vor dem Aufprall schreckte er schweißgebadet hoch.

Geistesgegenwärtig nahm er das dünne Schulheft vom Nachttisch. Der Schein des Dreiviertelmondes reichte zum Schreiben.

»Sie hatten Knollen, grüne, unten, alle!«, erzählte er später Carla am Frühstückstisch.

Lindt trug das schmale Schulheft ständig bei sich. In der rechten Gesäßtasche seiner schwarzen Jeans steckte die Geldbörse, links das Heft. Für dienstliche Notizen nutzte er den kleinen Spiralblock irgendwo zwischen Tabakdose und Pfeifen in einer der ausgebeulten Taschen seiner Cordjacke.

Dort riss er auch oft ein Blatt heraus, um einen Auftrag darauf zu notieren.

Das Traumheft dagegen durfte nicht verändert werden. Keine Seite sollte fehlen. Alles, was er einmal mit bewusst sorgfältiger Schrift hineingeschrieben hatte, besaß für ihn einen ganz besonderen Wert.

Häufig kam er schon ganz früh ins Präsidium, um die morgendliche Stille zu nutzen. An diesem Tag war er allerdings eher spät dran.

Erst lange nach dem Albtraum hatte er wieder Ruhe gefunden, und Carla ließ ihn schlafen. Ihr war es recht, dass er nicht wie sonst schon in aller Herrgottsfrühe durch die Wohnung geisterte.

Vielsagend schaute Jan Sternberg zur großen Wanduhr, als der Erste Hauptkommissar das Büro betrat. Lindt ignorierte den Blick, brummte nur: »Was Neues?«, und bevor Sternberg antworten konnte, setzte er nach: »Aber keine Pilze und keine Elefanten, bitte!«

»Keine was?«

»Ach, vergiss es!«

»Es gibt wirklich Neuigkeiten, Chef.« Sternberg hielt ihm eine Meldung hin. »Nichts mit Tieren oder Pflanzen, aber in der Natur hat sich das trotzdem abgespielt.«

Aufmerksam las der Kommissar die Meldung der französischen Gendarmerie und fixierte dann seine beiden Mitarbeiter: »Können wir das Wrack kriegen?«

»Wieso denn das, Oskar? Misstraust du unseren Kollegen?«

»Natürlich, die kennen doch die Zusammenhänge gar nicht. Diese Karre muss hierher, nach Karlsruhe, in unsere Fahrzeughalle. Ich möchte sie sehen, und Ludwig soll sie untersuchen. Jan, dein Französisch ist am besten, ruf bitte in Colmar an.«

»Und wie soll ich das begründen?«

»Na, wie wohl? Beweismittel in einem Tötungsdelikt!«

»Wie … wieso … ich war der Meinung …«

»Sei doch nicht so begriffsstutzig. Suizid, Unfall, Totschlag, Mord – was wissen wir denn schon? Bis jetzt noch herzlich wenig. Also los, ans Telefon! Einen Abschleppwagen kannst du auch gleich bestellen –am besten fährst du gleich mit.«

»Von einem Porsche träum ich ja schon lange, aber nicht von einem ausgebrannten«, moserte Sternberg halblaut, während er die ›0033‹ für Frankreich eintippte.

Lindt zog sich mit der Meldung in sein Büro zurück. Schon nach ein paar Minuten stand er mit frisch entzündeter Pfeife wieder neben seinem jungen Mitarbeiter. »Wir fahren zusammen, Jan. Diese Unfallstelle möchte ich unbedingt sehen. Und gib der Staatsanwaltschaft Bescheid, dass wir in die Vogesen unterwegs sind. Die sollen bitte ein Fax schicken.« Der Kommissar legte Paul Wellmann die Meldung auf den Schreibtisch und wandte sich ungeduldig zu Sternberg: »Jan, können wir?«

Die A 5 war voll wie immer. Kurz nach Rastatt stockte der Verkehr. ›Baustelle bei Baden-Baden, fünf Kilometer zäh fließend‹, meldete SWR 4. Lindt wurde nervös. Er war nicht gerne unpünktlich.

»Kein Grund zur Eile, Chef. Die haben die Ruhe weg und warten auf jeden Fall mit der Bergung, bis wir da sind.«

»Waren sie genervt?«

»Überhaupt nicht. Superfreundlich. Als ich ›Tötungsdelikt‹ sagte, ›un délit de homicide‹, war die Sache klar.«

»Heißt das wirklich so auf Französisch?«

»Keine Ahnung, das hat die Übersetzungsmaschine im Internet ausgespuckt.«

»Dann waren die Gendarmen in Colmar entweder beeindruckt oder sehr, sehr höflich«, lächelte Lindt.

»Ich glaube eher, die freuen sich über etwas grenzüberschreitende Abwechslung. Alles lief völlig unbürokratisch.«

Sternberg hatte erst vor ein paar Tagen die aktuellste Navigationssoftware auf sein Smartphone geladen und nutzte die Zeit im Stau, um die genaue Adresse der Gendarmeriestation einzugeben.

»Das Navi zeigt die Strecke über Straßburg an.«

»Ich wollte eigentlich bei Breisach rüber, aber bitte, wenn dein Gerät das so sagt, dann fahren wir halt Kehl – Europabrücke, auch wenn ich daran keine gute Erinnerung habe. Geschlagene zwei Stunden mussten wir mal auf die Abfertigung warten. Sonntags, Hochsommer, in der prallen Sonne, damals gab es noch keine Klimaanlagen, und unsere drei Töchter waren klein …«

»Das Gequengel kann ich mir lebhaft vorstellen, aber heute leben wir schließlich im Zeitalter der offenen Grenzen.«

»In unserem Fall wäre eine Kontrolle vielleicht besser gewesen …«

Tatsächlich erreichten sie auf der französischen Rheinseite zügig, problemlos und dank GPS auf den Meter genau ihr Ziel.

»Oh, zwei deutsche Kommissare im französischen Wagen«, wurden sie von einem lachenden älteren ›Adjudant-Chef‹ begrüßt. Er breitete eine Landkarte auf der Motorhaube von Lindts Citroën aus und tippte mit seinem Kugelschreiber auf eine schmale Straße tief drin in den Vogesen.

»Hier oben ist die Unfallstelle, kurz vor dem Col de la Schlucht.« Er malte einen blauen Kringel. »Fast wie im Hochgebirge, sehr schwierig zu bergen. Wir brauchen einen starken Traktor mit großer Seilwinde. Der Wagen liegt über hundert Meter weit unten.«

Lindt öffnete einladend die Beifahrertür. »Bringen Sie uns hin?«

Der Gendarm lächelte: »Ich stehe ganz zu Ihrer Verfügung«, und nahm neben dem Kommissar Platz. Sternberg machte es sich auf der breiten Rückbank bequem.

»Wirklich nett, dass wir uns auf Deutsch unterhalten können«, bedankte sich Lindt. »Mein Französisch ist – na, wie soll ich sagen – eben so lala.«

»Pas de problème, wir Älteren sprechen alle noch gut Deutsch, nur bei den jungen Kollegen hapert es. Außerdem hat meine Schwester in den Schwarzwald rüber geheiratet, da bin ich einigermaßen in Übung.«

Die Strecke stieg langsam, aber beständig an. Nach Soultzeren kamen sie durch dunkle Tannenwälder, und die Straße schraubte sich in scharfen Serpentinen bergan. Sternberg wurde der Platz auf dem Rücksitz zunehmend unangenehm. Er ließ die Scheibe ein Stück herunter. Lindt schielte in den Rückspiegel. »Frische Luft? Sollen wir mal anhalten?«

Jan schüttelte nur stumm den Kopf, doch der Gendarm schmunzelte: »Wenn es schnell gehen muss, nehmen wir diese Kurven auch auf drei Rädern.«

»Da will ich dann lieber nicht dabei sein«, kam es gequält von hinten. »Mir reicht das Geschaukel auch so schon.«

»Dauert nicht mehr lange, da vorne tauchen bereits die Felsen auf.«

Tatsächlich erreichten sie wenige Minuten später ihr Ziel. Zwei Peugeots der Gendarmerie blockierten die talseitige Straßenhälfte, ein Abschleppwagen stand bereit, ebenso ein Feuerwehrfahrzeug. Ein riesiger gelber Forsttraktor rangierte gerade in Richtung Abgrund. Kurz hinter seinem massiven Heckschild ging es jäh in die Tiefe.

Jan Sternberg musste tief durchatmen, bevor er die französischen Kollegen begrüßen konnte.

Zwei durchtrainierte Beamte der ›Gendarmerie de Montagne‹, einer Spezialtruppe für Bergrettung, begannen zu grinsen, als sie sein bleiches Gesicht sahen: »Oh, les courbes.«

Sternberg war es peinlich, aber auf der sofaähnlichen Rückbank von Lindts Citroën XM einen Vogesenpass abzureiten, hatte ihn trotz der gemächlichen Fahrweise seines Chefs sichtbar mitgenommen.

»Pas de montagnes à Karlsruhe«, lächelte Lindt. »Kurven haben wir auch, aber keine solch steilen Berge.« Er zeigte über die Kante. »Schau mal dort runter, Jan.«

Sternberg war eigentlich schwindelfrei, aber ein flauer Magen und dann noch der Blick in die Tiefe – er war froh, sich am dicken Metall des Traktors festhalten zu können, als er in den Abgrund lugte. Das Autowrack suchte er allerdings vergeblich.

»Der kann doch nicht so einfach …«, entfuhr es ihm entsetzt, als er sah, wie der Fahrer des Schleppers scheinbar mühelos durch das lose Geröll und über die Felsvorsprünge nach unten turnte. Er ging ohne die geringste Sicherung und zog mit einer Hand das Ende des Stahlseils hinter sich her, das sich neben Sternberg nach und nach von der Traktorwinde abrollte.

»Wollten Sie auch da runter?«, fragte der ältere Gendarm, und während Sternberg ebenso spontan wie energisch den Kopf schüttelte, kam von Oskar Lindt: »Selbstverständlich, sonst wäre unser weiter Weg ja ganz umsonst gewesen.«

Fassungslos schaute Jan seinen Chef an, doch der öffnete völlig ungerührt die Heckklappe seines Wagens, schlüpfte in Windeseile in ein paar stabile Trekkingstiefel, holte eine kleine Digitalkamera aus dem Handschuhfach hervor und wollte von seinem französischen Kollegen wissen: »Dort vorne, der Fußweg?«

»Oui, da geht es am besten.« Einige 100 Meter zurück auf der Straße, dann kam der Einstieg zu einem schmalen Pfad.

»Das ist ja wohl eher ein Wildwechsel! Haben Sie den von oben gesehen?« fragte Sternberg verblüfft.

Lindt drehte sich um und kniff ein Auge zu. »Auf dem Rückweg kannst du vorne sitzen.«

Am Hang entlang schlängelten sie sich auf dem kaum fußbreiten Weg zwischen niedrigem Gesträuch, kleinen Bäumchen und nacktem Stein.

Plötzlich blieb der Gendarm stehen und blickte nach oben. Tatsächlich, nur noch wenige Meter trennten die Kriminalisten von dem ausgeglühten Wrack eines ehemals 100.000 Euro teuren Porsche Cayenne. Das Heck war um den Rest einer Fichte gebogen, die ebenfalls Feuer gefangen hatte und zu einem schwarzen Gerippe verkohlt war. Nur dem unbewachsenen Geröllfeld ringsum war zu verdanken, dass sich das Feuer nicht weiter ausgebreitet hatte.

»Bitte Abstand halten, wir wissen nicht, wie lange der Baum noch hält«, warnte der Gendarm. Lindt hob bestätigend die Hand und begann, vorsichtig durch den Schotter nach oben zu steigen.

»Schwarz ist er ja immer noch«, kommentierte Sternberg den Rest des voluminösen Geländewagens und folgte seinem Chef mit deutlichem Abstand, hinter ihm der französische Kollege. Das Gelände war zwar steil, aber nicht ganz so gefährlich, wie es von oben gewirkt hatte. Bei jedem Schritt prüften die beiden erst, ob sie einen sicheren Stand hatten, und setzten dann den nächsten Fuß nach vorne. In einem Bogen gelangten sie so schließlich zur Oberseite des Wagens, wo der Traktorfahrer mit seinem dicken Stahlseil schon ungeduldig wartete.

»Ein paar Minuten noch, quelques minutes, s'il vous plaît«, bat ihn Lindt.

»Wie kam die Meldung eigentlich so schnell zu uns?«, rätselte Sternberg.

Der französische Polizist wies auf die Front des Cayenne.

»Voilà, siehst du, was dort fehlt? Genau, das Nummernschild. Die Kollegen von der Gendarmerie de Montagne haben es gefunden. Kurz unter der Straße, dort, wo der Wagen vermutlich zum ersten Mal aufgeschlagen ist.«

Lindt sah sich um, kniff die Augen zusammen und blickte nach oben. Weder die Straße noch die Einsatzfahrzeuge konnte er ausmachen. Selbst von dem riesigen Traktor war nicht mehr als das Rot des Krans und das Gelb des Kabinendachs zu erkennen. Wie eine lange schmale Zunge zog sich das Geröllfeld den Hang herunter – ringsum alles dicht bewachsen.

»Reiner Zufall, dass er überhaupt gefunden wurde«, fing der Gendarm den Blick des Kommissars auf und deutete auf die andere Talseite. »Ein Jäger hat von dort drüben mit seinem Fernglas den Hang nach Rotwild abgesucht.«

»Wie lange brennt so ein Baum wohl?«, überlegte Sternberg.

Der Gendarm lächelte: »Nachts kann der hier oben eine ganze Stunde brennen, ohne dass es irgendeinem auffällt.«

Der Kommissar näherte sich langsam der Fahrertür. Die schmalen schwarzen Überreste dessen, was vermutlich einmal ein Mensch gewesen war, hingen tief zwischen den ausgeglühten Drähten der Sitzkonstruktion. Die Niederschläge der vergangenen Tage hatten die verkohlte Leiche in einen schmierigen länglichen Klumpen verwandelt.

Vom Wagen war nur noch das Metall übrig. Dunkles Blech, verkohlter Stahl, abgeplatzter Lack. Textilteile und Kunststoff waren fast rückstandsfrei verbrannt. Die ganze Karosse ein einziges blechernes Skelett, Knochen ohne Fleisch, keine Muskeln, keine Sehnen, Nerven oder Adern. Selbst das Gummi der Reifen fehlte. Nur noch ein paar Drahtlagen hingen brüchig über den verformten Alufelgen.

Wortlos reichte Lindt seinem Mitarbeiter die Kamera, während er selbst die Kletterpartie zur Umrundung des Wracks fortsetzte.

›– KD 5000‹, konnte er mit viel Mühe vom hinteren Nummernschild ablesen. Zwar ohne Lack, aber die erhaben geprägten Ziffern waren noch deutlich zu erkennen. Was hatte ihn gerade hier hergeführt? Oben hinter dem Pass begann Lothringen. Wollte er sich absetzen oder irgendwo verstecken? Lindt kannte die Hochvogesen von ausgedehnten Wanderungen früherer Zeiten. Kleine Berghöfe abseits jeder Zivilisation, auch eine versteckte Jagdhütte wäre denkbar.

Der Kommissar schreckte auf. Ungeduldig klirrte der Traktorfahrer mit einer Kette und rief dem Gendarmen einen unverständlichen Dialektsatz zu.

»Hast du alles, Jan?«

»35 Fotos, Chef. Reicht das?«

Lindt nickte und gab das Handzeichen zum Beginn der Bergung: »Doucement, s'il vous plaît«, worauf der junge Mann nur lachte und auf die felsige Strecke zeigte, über die sich das Stahlseil seiner Maschine spannte.

»Er tut sein Möglichstes«, kommentierte der Gendarm, »aber ob von diesem Wagen noch viel übrig ist, bis er ihn oben auf der Straße hat, kann er nicht versprechen.«

Geschmeidig wie eine Katze schlüpfte der Traktorfahrer unter die Front des verkohlten Wracks, schlang zwei kurze Ketten links und rechts um die Vorderachse und hängte die Teile am Stahlseil ein. »Attention!« Mit einer energischen Handbewegung scheuchte er die drei Polizisten aus dem Gefahrenbereich, stellte sich einige Meter oberhalb des Wagens auf und betätigte die funkgesteuerte Fernbedienung seiner Maschine.

Ruckartig bewegte sich der Wagen. Mit durchdringendem Quietschen scheuerte das Metall an der verkohlten Fichte und versetzte die Baumleiche in Schwingungen.

»Vorsicht!«, schrie Sternberg auf, doch es war nicht zu verhindern. Mit einem lauten Knall brach die obere Hälfte des verbrannten Baumes und krachte direkt auf den Blechhaufen darunter. Der Traktorfahrer zuckte nur unbeteiligt die Achseln. ›War nicht zu verhindern‹, sollte das wohl heißen.

Mehr und mehr schob sich die Front des Cayenne nach oben. Meter für Meter, mal ruckartig, mal widerstandslos bewegte sich das Wrack durch das Geröll. Kreischen, Poltern und Krachen gingen den Beobachtern durch Mark und Bein, wenn die Bodenplatte des Porsche über scharfe Kanten gezogen wurde. Immer wieder lösten sich Steine und polterten zu Tal. Ein paar katzenkopfgroße Brocken sausten so dicht an Lindt vorbei, dass er sich schnellstens zur Seite in Sicherheit brachte.

»Eigentlich hätte die Spurensicherung sich das alles vor Ort anschauen müssen«, runzelte der Kommissar die Stirn, lächelte dabei aber gleichzeitig, weil er an den Kommentar von KTU-Chef Willms denken musste. »Ludwig wird uns was erzählen! Gut, dass er nichts von unserem Ausflug weiß. Ich kann ihn fast schon hören: ›Ein grober Ermittlungsfehler! Noch nicht mal Anfänger verhalten sich so dilettantisch!‹«

Sternberg zwinkerte seinem Chef zu: »Wir bringen ihm ja was mit von unserem Ausflug. Ein kohlschwarzes Präsent aus den Vogesen, da kann er sich dran verkünsteln.«

Glücklicherweise blieben die menschlichen Reste tief im ausgeglühten Gestell des Fahrersitzes hängen, während sich das Autowrack Meter für Meter der Bergstraße näherte. Der Traktorfahrer gab sich die größte Mühe und bediente die Funksteuerung seiner Seilwinde mit einer Feinfühligkeit, die man dem muskulösen jungen Mann gar nicht zugetraut hätte. Ab und zu stoppte er ganz und legte das Stahlseil seitlich an einem Baumstumpf oder Felsbrocken vorbei. Auch der schwarze Blechhaufen nahm dann diesen Weg und umrundete so die Hindernisse beinahe schon elegant.

Die beiden Karlsruher Kriminalisten und der Gendarm kletterten mit genügend Abstand nebenher und passten auf, ob sich irgendwelche Teile vom Überrest des einstmaligen Geländewagens lösten. Der Hang hatte von oben fürchterlich steil gewirkt, doch zu ihrem Erstaunen fanden sie jetzt beim Aufstieg recht problemlos sichere Tritte zwischen den Steinen, um mit der vorsichtig hochgeschleppten Fracht Schritt zu halten.

Noch größer war ihre Verblüffung darüber, dass der Maschinenführer nicht etwa in sein Fahrzeug stieg, als er den Porsche bis zum Heck seines Traktors gezogen hatte, sondern sein schweres Gefährt einfach per Funksteuerung so lange vorfahren ließ, bis er den Schrotthaufen ganz auf der Fahrbahn hatte.

»Tolle Maschine«, entfuhr es Sternberg, der die Mühe des Hochkletterns vor lauter Begeisterung für die Technik schon fast vergessen hatte.

Etwas kurzatmig stimmte Oskar Lindt zu: »Und erst der Mann, ein echter Künstler – noch alles dran am Wagen – Respekt!«

Im Nu hob der Ladekran des Abschleppwagens den Cayenne auf die Pritsche, und zwei Gendarmen zogen eine stabile weiße Plane darüber. »Nicht, dass der Fahrer unterwegs aussteigt«, spöttelte der ältere französische Kollege.

Augenzwinkernd entgegnete Lindt: »Wir fahren ja hinterher, den hätten wir schon wieder eingefangen.«

»Deine Vorliebe für große bequeme französische Wagen ist ja nichts Neues«, kommentierte Ludwig Willms trocken, der noch nicht wusste, was ihn erwartete, als sie sich in der polizeilichen Fahrzeughalle trafen, »aber dass du jetzt selbst zum EU-Importeur wirst …«

»Tja, wir sind immer für eine Überraschung gut«, schmunzelte Lindt, kletterte auf die Ladefläche des Abschleppers und zog an der weißen Plane. »Diesmal ein deutsches Modell mit nur geringen Gebrauchsspuren.«

»Sogar mit Chauffeur«, knurrte Willms und fuhr empört fort: »Da hätten wir doch vor Ort …«

»… die Spuren sichern sollen? Sei bloß froh, dass wir für dich bereits die Drecksarbeit erledigt haben. Lebensgefährliche Bergung aus einem wahnsinnig steilen Hochgebirgshang! Steinschlag, abbrechende Bäume, das haben wir alles auf uns genommen«, grinste Jan Sternberg. »Ein Monstertraktor, der sonst die dicksten Baumstämme schleppt, hat ihn ganz sanft hochgeholt.«

»Ist noch alles dran, Ludwig«, schaltete sich Oskar Lindt wieder ein und betrachtete den verkohlten Fahrer. »Der Jordan, jede Wette.«

Willms fasste sich ans Kinn: »Dann werden wir halt mal etwas von der schwarzen Kruste abkratzen und ein paar DNA-Pröbchen nehmen.«

»Bis wann?«, die unvermeidliche Frage.

»Bis gestern, wie immer!«, kam die Antwort mit der Schärfe des Skalpells, das der KTU-Chef in der Hand hielt und damit unmissverständlich in die Richtung der beiden Mordermittler wedelte. »Jetzt macht bloß, dass ihr wegkommt!«

Im Büro wurden sie bereits erwartet. Paul Wellmann und Tilmann Conradi saßen am kleinen runden Besprechungstisch und hielten sich an den Henkeln ihrer Kaffeebecher fest.

»Mein Fax scheint in Frankreich ja gewirkt zu haben«, lächelte der Staatsanwalt.

Lindt stutzte: »Soll das heißen, dass Sie jetzt wieder …?«

Der Kurze konnte sich entgegen seiner sonst eher zurückhaltenden Art ein breites Grinsen nicht verkneifen: »Muss was Ernstes sein. Vier Wochen krank. Vorerst.«

»Wer? Die Eiserne?« Jan Sternberg, direkt wie immer.

»Ah ja, die Audienz beim großen Wolf. Hat sie wohl nicht gut vertragen.«

»Es war tatsächlich recht laut in unserer sonst so stillen Behörde«, lächelte Conradi.

»Sicherlich nicht das erste Mal«, vermutete Lindt.

»Nein, aber das allein hätte meiner lieben Kollegin wahrscheinlich nicht viel ausgemacht. Dagegen ist sie ziemlich immun.«

»Was dann?«, fragte Sternberg ungeduldig. »Wird die Schreckschraube endlich versetzt?«

»Jan, bitte!« Lindt warf ihm einen strengen Blick zu.

»Versetzung wäre wohl eher eine Strafe für jede Dienststelle, die sie aufnehmen müsste«, brummte Paul Wellmann.

»Nein, nein«, erklärte Conradi. »Es ist … ja, wie soll ich sagen … ein Malheur passiert.«

Gespannt richteten sich die Augen der drei Mordermittler auf den Kurzen.

»Niemand weiß, wie eine bestimmte Personalakte für kurze Zeit aus dem Büro unseres Leitenden Oberstaatsanwaltes verschwinden konnte. Niemand weiß, wie sie zum Kopierer gelangt ist. Niemand weiß, wie dort dummerweise 30 kopierte Seiten liegen bleiben konnten. Aber jeder in unserer Behörde weiß nun, welche Verweise, Aktenvermerke und Ermahnungen eine nette freundliche Oberstaatsanwältin in ihrem langen dienstlichen Leben schon erhalten hat.«

Dröhnendes Lachen ließ die Fensterscheiben der Mordkommission erzittern.

»Genial«, keuchte Jan Sternberg, als er sich wieder gefangen hatte. »Unfassbar, Mobbing auf höchstem Niveau.«

»Ein echter Skandal«, kommentierte Paul Wellmann.

Nur Oskar Lindt blieb stumm. Es hatte ihm vollständig die Sprache verschlagen. »Endlich erhört,«, murmelte er schließlich, »mein Nachtgebet«, und schüttelte ungläubig den Kopf.

»Niemand weiß …«, sinnierte der Staatsanwalt. »Was für ein Glück, dass ich zur fraglichen Zeit mehrere Verhandlungen hatte.«

»Und deshalb …«, begann Paul Wellmann.

»Und deshalb«, fuhr der Kurze fort, »hat der Herr Leitende Oberstaatsanwalt Wolf mich gebeten, verschiedene laufende Verfahren von der leider auf unbestimmte Zeit erkrankten Kollegin zu übernehmen. Also, meine Herren, frisch ans Werk!«

»Nichts lieber als das«, stöhnte Lindt und schloss die Augen.

»Wir haben aber noch was Neues, Oskar. Schau mal hier.« Paul deutete auf seinen Monitor. Er klickte auf den Startbutton des Media-Players. »Ich war auch nicht untätig, solange ihr euch in den Vogesen erholt habt.«

Gespannt verfolgten Staatsanwalt Conradi und die drei Kriminalbeamten die Videosequenz.

»Ist das etwa …?«

»Genau, die Überwachungskamera der Tankstelle an der Willy-Brandt-Allee.«

Ein Kleinbus kam ins Bild. »Stadtwerke«, erkannte Jan Sternberg die weiße Aufschrift auf der Seite des Fahrzeugs. »Der Feuerteufel, wir haben ihn!« Ein Mann stieg aus, öffnete die Schiebetür, nahm zwei Kanister heraus und begann, sie zu füllen.

»Mist«, entfuhr es Oskar Lindt. »Mütze, Brille, Bart. Perfekt getarnt. Die Kinder hatten recht.«

»Und die Nummernschilder sind gestohlen, leider.«

»Ziemlich alt, dieser VW-Bulli«, stellte Jan Sternberg fest. »Bestimmt aus den Achtzigern. T3 heißt der Typ, ich hatte mal einen als Camper. Der letzte mit Heckmotor.«

Paul Wellmann gab ihm recht: »Hab ich auch erkannt und bei den Stadtwerken angerufen. Die meisten dieser Kisten sind längst verkauft oder verschrottet. Einer vom Fuhrpark hat aber versprochen, sich das Video anzusehen. Vielleicht erkennt er irgendein Detail am Wagen.«

»Hoffentlich mündet diese Spur nicht auch wieder in einer Sackgasse«, sagte Lindt deprimiert. »Wir müssen endlich mal vorwärtskommen.«

»Sehen Sie es doch positiv«, entgegnete Conradi. »Wenigstens kennen wir jetzt Größe und Gestalt des Fahrers.«

Der Kommissar verzog nur mutlos die Mundwinkel.

»Auch die beiden Strolche vom Kirchfeld kommen morgen, gleich nach der Schule, um sich das Band anzusehen«, berichtete Wellmann. »Kurt holt sie ab. Mit dem Streifenwagen natürlich, und er geht extra in die Klasse, um zu sagen, dass für eine wichtige Zeugenaussage gebraucht werden.«

»Dann machen auch wir morgen weiter«, lehnte sich Lindt zurück. »Das muss ich alles erst einmal verdauen.«

»Und, habt ihr die Wahrheit endlich herausgefunden?«, erkundigte sich Carla beim Abendessen.

»Du meinst die Wahrheit über Pilze und Elefanten?«

»Gestern hast du noch in unserem Essen danach gesucht.«

»Diese Wahrheit scheucht uns ganz schön in der Gegend herum. In der Kaiserallee tötet sie mit Schrot, im Hardtwald mit Kleinkaliber und in den Vogesen mit Feuer.«

»Hängt das wirklich alles zusammen?«

Oskar lud sich noch eine Portion Endiviensalat auf den Teller und stocherte mit der Gabel darin herum. »Keine Ahnung, Carla. Ehrlich gesagt habe ich bis jetzt keinen blassen Schimmer, wie das alles miteinander verwoben sein könnte.«

»Ihr habt drei Tote, und mir kommt es so vor, als wärt ihr jedes Mal von einem zum nächsten gestolpert.«

Oskar blickte von seinem Teller auf. »Planlos, willst du sagen?«

»Auf jeden Fall kommt ihr nicht vorwärts. Ihr lauft nur den Leichen hinterher.«

Lindt kaute eine Weile nachdenklich seinen Salat. »Ja, du hast recht. Und das zu erkennen, ist genauso bitter wie unser Salat hier.«

»Aber gesund. Regt die Galle an.«

»Die Pilze gestern lagen mir echt schwer im Magen.«

»Deswegen gibt es heute die Endivien. Bessere Verdauung – leichterer Schlaf. Nicht, dass du heute Nacht auch wieder so rumfuchtelst.«

»Hab ich dich etwa aufgeweckt?«

»Wenn du den Schlag auf meine Schulter meinst, dann schon.«

»Tut mir wirklich leid, aber die Elefanten …« Mehr sagte er nicht. Carlas Blick genügte. Zum Glück wusste sie nicht alles, was er in den letzten Wochen sonst noch geträumt hatte. Er tastete nach dem Heft in seiner Gesäßtasche. Ob er dessen Inhalt einmal vor dieser Psychologin ausbreiten musste? Er erinnerte sich an das, was Ludwig Willms gesagt hatte: ›Es hilft, darüber zu reden. Tu es, Oskar.‹ Unterhielten sich die beiden über ihn, während sie auf den nächsten Marathon trainierten?

15

Ob die Bitterstoffe des Salats wirklich für seine traumlose Nacht verantwortlich waren? Auf jeden Fall fühlte sich Oskar Lindt am nächsten Morgen richtig ausgeruht, erfrischt und fit für den Tag. Als er den bequemen Dienstwagen im Hof des Präsidiums parkte, bemerkte er das schwarze Mountainbike. Sein erster Weg führte ihn daher ins Labor der kriminaltechnischen Untersuchungsstelle.

»Kommst du jetzt jeden Tag mit dem Rad?«, fragte er seinen Kollegen erstaunt. »Selbst bei diesem Wetter?«

Ludwig Willms hatte gerade frisch geduscht und schlüpfte in seinen blütenweißen Arbeitsmantel: »Oskar, was sind schon 20 Kilometer am Morgen? Grad recht, um wach zu werden, und das bisschen Nieselregen stört nicht im Geringsten.«

»Lauter Gesundheitsfanatiker um mich herum«, stöhnte der Kommissar, verzichtete aber lieber darauf, über bittere Endivien und pensionierte Fleisch verzichtende Kollegen zu reden.

»Bist du gekommen, um mit mir einen Trainingsplan zur Verbesserung deiner körperlichen Fitness zu erarbeiten?«

»Kannst du mir auch Ergebnisse deiner DNA-Analyse anbieten?«

»Sollen im Lauf des Vormittags eintreffen«, antwortete Willms, während er seinen Computer einschaltete. »Aber vielleicht hat die Gerichtsmedizin schon eine Mail geschickt – tatsächlich – Frau Doktor mag es wohl gruselig. Oder würdest du gerne nachts an irgendwelchen Leichen rumschneiden?«

Lindt schüttelte sich. »Wenn sie dazu noch verkohlt sind? Nein, danke. Nicht wirklich.«

Gemeinsam lasen sie den Bericht der Ärztin: »Abquetschung des Rückenmarks durch Bruch des HWK 2.«

»Halswirbelkörper, der zweite von oben«, meinte Willms erklären zu müssen.

»Danke für die Nachhilfe, Ludwig, aber dieses Kürzel kenne ich mittlerweile. Auf Deutsch – Genick gebrochen. Multiple Frakturen der Schädelbasis, der Extremitäten und des Beckens.«

Lindt überlegte. »Klar, an einem solch extrem steilen Hang

helfen die Airbags auch nicht mehr. Die Karre muss sich ja mehrfach überschlagen haben.«

»Ohne Gurt wäre er wohl gleich rausgeflogen. Genaue Todesursache nicht mehr feststellbar. Neben den Frakturen und den Verbrennungen können auch abdominelle Verletzungen vorgelegen haben. Typisch bei solch massiver Gewalteinwirkung sind beispielsweise Rupturen von Leber, Milz oder Aorta.«

»Bauchschlagader?«, fragte Lindt.

Willms nickte. »Wenn die abreißt, ist sowieso alles zu spät.«

»Aber was soll denn das hier bedeuten?« Oskar Lindt las vom Monitor ab: »Spuren von Brandbeschleuniger in den Geweberesten.«

»Hab ich auch gefunden. Überall, im ganzen Wrack.«

»Und wie erklärst du dir das?«

»Ganz einfach, Oskar. Irgendwann hats den Tank zerrissen.«

Lindt rieb sich am Ohr: »Und dabei gelangt der Sprit auch in den Innenraum?«

»Da bin ich mir ziemlich sicher.«

»Was heißt ›ziemlich‹?«

»Du und dein Misstrauen. Denkst du wirklich, jemand hat diesen Jordan mit Benzin übergossen und dann in den Abgrund geschickt?«

»Wäre zumindest nicht das erste Mal, und wenn ich an das Tankstellenvideo von gestern denke …«

Willms schob Lindt sein Telefon hin. »Am besten rufst du gleich bei Porsche an. Bitte einen Cayenne, es darf auch ein gebrauchter sein. Wir sollten den Unfall nachstellen.«

»Genau, wir lassen die Karre dann einfach denselben Hang runter.« Lindt rollte mit den Augen. »Ludwig, Ludwig, solche Ideen hat normalerweise nur unser Jan.« Er wandte sich zum Gehen, blieb in der Tür aber nochmals stehen. »So viele Knochenbrüche, obwohl ihn der Gurt im Sitz gehalten hat? Ich bleibe misstrauisch.«

»Was meint ihr?« Lindt schaute seine beiden Mitarbeiter an, nachdem er sie über den aktuellen Sachstand informiert hatte.

»Theorie eins«, antwortete Paul Wellmann. »Jordan will sich absetzen, rast nervös durch die Nacht und verunglückt auf diesem Vogesenpass.«

»Denkbar«, sagte Lindt. »Sehr kurvig dort oben. Er könnte echt den Abflug gemacht haben.«

»Theorie zwei«, fuhr Jan Sternberg fort. »Jordan wird auf diese Weise ermordet.«

Wellmann runzelte die Stirn: »Wieso ermordet? Wer hätte ein Motiv? Etwa die aufgebrachten Arbeiter aus seiner Fabrik?«

Auch Lindt hielt nicht viel von Sternbergs Gedanken: »Von einem toten Geschäftsführer bekommt niemand das ausstehende Gehalt.«

»Vielleicht gibt es Hintergründe, die wir noch gar nicht kennen?«

»Möglich ist natürlich vieles, Jan. Wir fischen immer im Trüben. Bis auf den Grund des Baches sehen wir selten, aber trotzdem bekommen wir manchmal einen dicken Karpfen an die Angel.«

»Karpfen leben nicht in Bächen, sondern in schlammigen Seen, das solltest du doch wissen, Oskar«, sagte Ludwig Willms, der eingetreten war und den letzten Satz mitbekommen hatte.

»Die KTU hat hoffentlich was Wichtiges, wenn sie schon das Brainstorming der Mordkommission stört.«

»Und ob, ihr werdet euch wundern. Der Tote im Porsche Cayenne, das kann jeder sein, nur nicht Klaus-Dieter Jordan!«

»Sicher?«

»Ganz sicher, Oskar! Die Gene lügen nicht. Wir hatten gestern extra noch Vergleichsmaterial aus seiner Villa besorgt.«

»Was denn?«, wollte Jan Sternberg wissen.

»Die Zahnbürste: Speichelspuren, Fingerprints, alles dran, komplett.«

»Habt ihr der Haushälterin von dem ausgebrannten Wagen erzählt?«

»Natürlich nicht, Oskar. Die Aufgaben, bei denen es auf besondere Feinfühligkeit ankommt, überlassen wir selbstverständlich euch.«

»Danke, aber auf das Überbringen der Todesnachricht sind wir auch nicht besonders scharf.«

»Ich bin echt froh, dass meine Mitarbeiter nichts gesagt haben. Aber gestern dachten wir alle natürlich nur an das Nächstliegende.«

Lindt kratzte sich am Hinterkopf. »Vielleicht war es ja gar nicht verkehrt, diese Information vorerst noch zurückzuhalten. Lasst uns diesen Trumpf für später aufheben. Vor allem darf nichts an die Presse geraten. Ermittlungstaktische Gründe, falls einer fragt.«

»Ein unbekannter Toter im Wagen von Klaus-Dieter Jordan. Ob wir darüber mal nach Frankreich berichten?«, überlegte Paul Wellmann.

»Wieso denn das?«, fragte Jan Sternberg überrascht.

»Na ja, vielleicht vermissen die jemanden.«

Lindt stimmte zu: »Okay, Paul, sag in Colmar Bescheid und geh auch mal unsere Datenbank durch.«

Jans Fantasie arbeitete auf Hochtouren. »Hört mal meine Theorie Nummer drei: Jordan will sich nicht nur absetzen, sondern auch für tot gehalten werden. Vielleicht gibt es noch eine dicke Lebensversicherung zugunsten dieser flotten Haushälterin?«

»Und die wartet nur auf die Auszahlung, um ihren Liebsten erst zu betrauern und ihm nach ein paar Wochen auf die Bahamas zu folgen.«

»Florida, Paul. Wo er inzwischen mit neuer Identität lebt? Also bitte«, warf Lindt ein. »So eine schräge Story. Wir sind hier doch nicht beim Privatfernsehen.«

»Alles ist möglich. Hast du vorhin selbst gesagt, Oskar.«

»Vieles, Paul, nicht alles. Manchmal liegt die Wahrheit auch näher, als wir denken. Sie ist nur nicht ganz offensichtlich. Verdeckt, verschwommen oder zugeweht.«

»Vielleicht mit Laub«, meldete sich Ludwig Willms wieder. »Ich glaube, wir sollten wieder im Hardtwald suchen.«

»Wegen des Klebebands?«

»Genau, denn die DNA-Spuren darauf, die stammen von Jordan.«

»Also nicht nur der halbe Fingerabdruck, sondern auch die Haut- und Blutpartikel?«, wollte Lindt wissen.

Willms bestätigte. »Der Fundort ist von der Bereitschaftspolizei recht genau aufgenommen worden. Deshalb denke ich, wir werden dort in der Nähe nochmals intensiv suchen.«

»Wann könnt ihr anfangen?«

»Ein Team kann ich gleich schicken, das zweite bis um zehn.«

»Also los«, gab Oskar Lindt grünes Licht. »Hoffentlich findet ihr was.«

Ludwig Willms hatte das Büro der Mordermittler kaum verlassen, als ein Schutzpolizist mit einem Mitarbeiter der Stadtwerke erschien.

»Karl Haubold«, stellte sich der untersetzte Mann vor. »Werkstattmeister, seit 32 Jahren.«

Paul Wellmann zog einen Stuhl heran. »Bitte, setzen Sie sich neben mich.« Er wies auf seinen Monitor. »Überwachungsvideo einer Tankstelle. Uns interessiert, ob Sie diesen VW-

Bus identifizieren können. Wir vermuten den Zusammenhang mit einer Straftat.«

»Dass ihr hier die Mordkommission seid, hab ich schon mitbekommen. Hats was mit dem Bettfedernfall zu tun?«

Wellmann zögerte: »So ganz falsch liegen Sie mit Ihrer Vermutung nicht, aber jetzt schauen Sie bitte mal.«

Haubold betrachtete die Bilder intensiv. »Nicht einfach«, meinte er schließlich. »Bis vor einigen Jahren hatten wir viele Transporter dieses Typs im Einsatz.« Er zog einen dicken Kugelschreiber aus der Brusttasche seiner Latzhose und deutete auf das Fahrzeug. »Zwei- oder Dreisitzer, solche Servicewagen gab es in allen Betriebsteilen. Laderaum ohne Fenster, dort wurde Material oder Werkzeug transportiert. Durch den Heckmotor konnte man von hinten nicht gut einladen, deshalb sind die Kombis heute fast alle ersetzt. Ein paar dieser alten Dinger haben wir auch an andere städtische Dienststellen abgegeben, aber die meisten wurden verkauft.«

Er zeigte auf das Nummernschild: »Keiner von uns. Die Kennzeichen hab ich im Kopf.«

»Gestohlen«, versetzte Paul Wellmann. »Das haben wir schon geprüft. Aber gibt es vielleicht Besonderheiten an dem Wagen? Irgendeine Kleinigkeit, die Ihnen bekannt vorkommt?«

Es vergingen ein paar Minuten, während Haubold überlegte. »Die Aufschrift überrascht mich. Eigentlich entfernen wir sie immer, wenn ein Fahrzeug ausrangiert wird.«

»Lässt sich vielleicht nachmachen?«

Der Werkstattmeister wiegte den Kopf. »Bei uns im Lager liegen diese Klebefolien natürlich auf Vorrat. Die sind auch nicht abgezählt.«

Lindt schaltete sich ein: »Jan, das gibt eine Fleißarbeit für dich. Du fährst jetzt mit in die Zentrale der Stadtwerke, gehst dort in die Registratur und schaust zusammen mit

Herrn Haubold die Unterlagen sämtlicher VW-Busse dieses Typs durch. Sind noch welche im Einsatz? Reservewagen vielleicht? Wer hat Zugang? Kontrollier alle Fahrtenbücher. Dann die ausrangierten Wagen. Wann wurden sie verkauft und an wen?«

Sternbergs Begeisterung hielt sich in Grenzen. »Und wenns gar keiner von dort war, sondern ein x-beliebiger orangefarbener Bulli, dem jemand einen nachgemachten Stadtwerke-Kleber aufgedrückt hat?«

»Dann war dieser jemand ziemlich schlau, aber wir werden ihn trotzdem kriegen! Lass dir was einfallen.«

»Okay, Chef, wir sind schlauer.«

Sternberg verzog sich und verbrachte den Rest des Tages damit, zuerst bei den Stadtwerken, anschließend beim Tiefbauamt und fünf weiteren städtischen Dienststellen Berge von Fahrzeugakten einzusehen. Gegen Mittag hatte er dann insgesamt vier Transporter des fraglichen Typs ausfindig gemacht und besichtigt. Bei allen klebte das weiße Logo der Stadtwerke genau auf derselben Stelle wie bei dem Wagen des Tankstellenvideos. Penibel prüfte Jan die Fahrtenbücher, schaute sich mögliche Fahrer an und verglich jede Kleinigkeit der Wagen mit dem Bild, das er mitgebracht hatte. Eine besonders heiße Spur ergab sich dabei aber leider nicht.

Am Nachmittag schließlich ärgerte er sich, dass er nicht früher draufgekommen war und fuhr zur Kfz-Zulassungsstelle, um herauszufinden, wie viele Transporter dieses antiquierten Typs überhaupt noch in und um Karlsruhe im Verkehr waren.

Mit 23 Datenblättern in der Mappe kehrte er gegen halb vier endlich ins Präsidium zurück. »Und, habt ihr was?«, wollte er von Paul Wellmann wissen. »Warum so deprimiert, Jan?«

Sternberg ließ den Blätterstapel vor ihm auf den Schreibtisch regnen. »Hast du Lust, dir morgen diese ganzen Kombis anzuschauen? Stadt- und Landkreis, von Bruchsal bis Forchheim, von Bretten bis Leopoldshafen.«

Wellmann schnaufte tief: »Tröste dich, bei uns wars auch nicht besser. Die Kinder haben zwar bestätigt, dass der Kleinbus auf dem Video genau der ist, den sie zwei Mal im Kirchfeld gesehen haben. Auch den Fahrer haben sie wiedererkannt, aber bringt uns das wirklich weiter?«

»Nein!«, antwortete Oskar Lindt, der zugehört hatte. »Wir setzen unsere ganze Hoffnung auf dich, Jan. Irgendein Kombi aus deiner Sammlung kann der Schlüssel zu diesem Fall sein.«

Sternberg klang wenig überzeugt: »Außer, wenn das Fahrzeug in Rastatt oder Pforzheim, in Heidelberg, in der Pfalz oder in einem ganz anderen Landkreis zugelassen ist. Ich sag nur Stecknadel und Heuhaufen.«

»Mühsam ernährt sich das Eichhörnchen«, meinte Lindt. »Frag mal Paul, wie viele unserer Fälle wir nur durch solche Kleinarbeit lösen konnten.«

Wellmann gähnte. »Chef hat recht. Chef hat immer recht.«

»Aber Eichhörnchen machen jetzt bald Winterschlaf.«

»Damit liegst du nun wieder richtig, Jan.«

Plötzlich aber durchbrach das Klingeln von Wellmanns Telefon die trübe Stimmung. Fast zeitgleich vibrierte Lindts Handy.

»Die Gendarmerie«, rief Paul Wellmann ganz aufgeregt, nachdem er aufgelegt hatte. »Sie haben ein Fahrrad gefunden, ein Mountainbike. Vier Kilometer unterhalb der Stelle, wo Jordans Porsche abgeflogen ist. Eindeutige Unfallspuren, sogar Blutreste am Straßenrand.«

»Kein Verletzter?«

»Nichts, Oskar, aber eine Vermisstenmeldung, der gehen sie jetzt gerade nach.«

»Gut«, sagte Lindt. »Du, Paul, wartest auf weitere Nachrichten, und wir beide, Jan und ich, fahren mal zügig raus in den Hardtwald. Ludwigs Truppe hat einen Marterpfahl gefunden.«

»Einen was?«, fragte Sternberg konsterniert.

Lindt riss die Jacke vom Haken: »Komm jetzt endlich, es wird dunkel.«

Sternberg konnte seinem Chef kaum folgen, so ungewohnt schnell eilte der durch das Treppenhaus nach unten und schwang sich in den roten Citroën. »Licht«, rief er, als Jan eingestiegen war.

»Was?«

»Das Blaue natürlich, aufs Dach. Keine Lust auf rote Ampeln.«

Solches Tempo war Sternberg von seinem Lehrmeister überhaupt nicht gewohnt, doch Lindt drückte die Taste des Martinshorns und bog mit enormer Schräglage in die Karlstraße ein.

Aus den Augenwinkeln beobachtete Jan höchst erstaunt, wie sein Chef mit maximaler Geschwindigkeit durch den abendlichen Berufsverkehr pflügte. Dabei fuhr Lindt aber so sicher und routiniert, als würde er jeden Tag mehrere solcher Einsatzfahrten machen.

Drei überfahrene rote Ampeln später erreichten sie den Adenauerring, und Lindt drückte das Gaspedal auf der linken Spur voll durch. An der Kreuzung zur Willy-Brandt-Allee hatten sie sogar Grün und jagten kurze Zeit später auf der Grabener Allee nach Norden durch den Hardtwald.

Ein paar wenige Radfahrer scheuchten sie noch von der Straße, dann kamen die drei Dienstwagen der Kriminaltechnik in Sicht.

»Dort rein. Noch ist es ein wenig hell«, trieb Lindt seinen immer noch fassungslosen jungen Mitarbeiter an. Ziemlich tief drin im Wald leuchteten ein paar helle Flecken, die weißen Overalls der Kollegen.

»Oskar, so gefällst du mir wieder«, begrüßte sie Ludwig Willms. »Rekordzeit, der Jäger ist erwacht!«

»Schwätz net so viel«, entgegnete der Kommissar. »Was habt ihr? Wo ist der Baum?«

Der KTU-Chef führte die beiden Kriminalisten zu einer dünnen Hainbuche. »Seht euch mal den Boden an.«

»Platt getrampelt. Wart ihr das?«

»Blöde Frage, bestimmt nicht.« Dann zog Willms drei Beweismitteltüten aus seiner Jackentasche und hielt sie Lindt vor die Nase. »Wofür hältst du das, Oskar?«

»Sieht aus wie …«

»Ist es auch. Diese beiden kleinen Teile hier passen genau zu dem anderen, viel größeren Fetzen Klebeband, den die BePo aufgesammelt hat.«

»Lagen die auch im Laub?«

»Nein, mein Lieber, die klebten noch an diesem grauen Stämmchen dort.« Er brach von einem der unzähligen Traubenkirschbüsche einen kleinen Zweig ab und berührte mit dessen Spitze die dünne Hainbuche. »Hier und hier.«

»Das da?«, fragte Jan Sternberg und streckte die Finger aus, um über einen rauen, hellen Belag auf der Rinde zu tasten. So weit kam er aber nicht, denn – »Au« – Willms peitschte ihm mit seinem dünnen Zweig auf die Hand.

»Finger weg! Ich fress einen Besen, wenn das keine Klebstoffreste sind.« Dann winkte er einem seiner Mitarbeiter: »Bring mal den Strahler.«

Der Schein der großen Akkulampe brachte gleißendes Licht in die beginnende Dunkelheit.

»Wenn wir also eins und eins zusammenzählen, dann …«, begann Lindt, doch der Leiter der Kriminaltechnik unterbrach ihn: »Hier ist noch eins zum Aufaddieren.«

Der Kommissar nahm die dritte Klarsichttüte in die Hand

und betrachtete das kleine, harte, weiße Teilchen darin. »Ein Kieselstein wirds wohl nicht sein.«

»Zweifellos ein Zahn, Oskar. Und wenn die DNA identisch ist mit der auf dem Paketband, dann …«

»… wurde Klaus-Dieter Jordan an diesen Baum gefesselt und hier ganz gewaltig malträtiert.«

»Moment«, unterbrach Jan Sternberg. »Gefesselt, okay, aber wieso soll er misshandelt worden sein?«

»Gibst du deine Zähne vielleicht freiwillig her?«

»Nein, aber möglicherweise wurde er geknebelt. Dabei könnte der Zahn abgebrochen sein.«

»Gut, auch das wäre denkbar«, lenkte Oskar Lindt ein und betrachtete das dichte Unterholz ringsum. »Einsehbar ist dieser Platz nicht, selbst wenn das Laub fehlt, aber Schreie hätte man drüben auf der Allee bestimmt hören können.«

»Also müssen wir nur noch rausfinden, wer den Jordan hier festgeklebt hat.«

»Langsam, Jan. Erst die DNA-Ergebnisse, dann gehts weiter.«

»Gedanken könnt ihr euch aber trotzdem schon mal machen«, sagte Ludwig Willms. »Wie wärs denn mit dem Szenario: ›Wo hast du unsere Millionen versteckt?‹«

Lindt griff den Gedanken auf: »Naheliegend. Ein paar der Arbeiter, die er auf die Straße gesetzt hat, lauern ihm auf …«

»Dunkler Weg, Straßensperre, raus aus dem Porsche, Sack über den Kopf und rein in den Stadtwerke-Bulli«, fiel Sternberg dazwischen. »Dann ab in den Wald. Zumindest bei den Spaziergängern würde ein Fahrzeug der Stadt nicht besonders auffallen.«

»Jan, das hat was«, stimmte der Kommissar zu.

»Soll das etwa ein Lob sein, Chef?«

»Na, übertreiben wollte ich es eigentlich nicht. Allerdings müssen wir uns dann fragen …«

»… wo ist Jordan jetzt?«

»Vor allem, lebt er noch?«

»Und wer hat seinen Wagen über die Felsen gesteuert?«

16

»Für euch haben wir extra eine Nachtschicht gefahren.«

»Du siehst nach wenig Schlaf aus, Ludwig«, begrüßte Oskar Lindt seinen Kollegen von der Kriminaltechnik am kommenden Morgen.

»War mir echt wichtig.« Willms legte drei Diagramme nebeneinander.

»Passt«, konstatierte Jan Sternberg.

»Richtig, passt ganz genau. Die DNA vom Klebeband mit dem halben Fingerabdruck, die mit den Genspuren vom Zahn und die aus Jordans Zahnbürste.«

»Hier kommt noch mal Arbeit für dich, Ludwig.« Paul Wellmann öffnete eine Mail der französischen Gendarmerie. »Ich habe die Kollegen gestern gebeten, etwas von diesem Vermissten zur Analyse zu geben.«

»Nehmen die auch die Zahnbürste?«

»Keine Ahnung, aber ihr Labor hat wohl ebenfalls durchgearbeitet.«

Wellmann reichte Willms einen Ausdruck. »Hast du den genetischen Fingerabdruck des verkohlten Porschefahrers dabei?«

»Nicht auf Papier, aber auf dem Server.« Der KTU-Chef setzte sich an den Computer, loggte sich im System ein und hatte schon nach kurzer Zeit die Grafik ausgedruckt.

Aufmerksam verglichen die vier Kripobeamten die Schaubilder. »Passt! Eindeutig.« Es gab keinen Zweifel. Die DNA des vermissten Radfahrers aus dem Elsass stimmte bis ins kleinste Detail mit der des Brandopfers aus Jordans Geländewagen überein.

»Wer hat ihn da reingesetzt? Zufall oder Plan?«, überlegte Lindt.

»Jedenfalls sollte es so aussehen, als wäre Klaus-Dieter Jordan in seinem Cayenne verbrannt. In Karlsruhe verschwunden, in den Vogesen gefunden«, resümierte Paul Wellmann.

»Wem nutzt ein toter Jordan? Der Witwe? Der Geliebten?«

»Den Fabrikarbeitern bestimmt nicht. Außer, man hätte ihm am Marterpfahl das Geheimnis der verschwundenen Millionen entlockt.«

»Und dann? Wo liegt die Kohle? In der Schweiz? Wie käme ein Fremder da dran?«

»Vielleicht hatte Jordan die Zugangscodes bei sich. Angeblich hat er die Aktentasche doch immer gehütet wie seinen Augapfel.«

»Der Starke ist am Mächtigsten allein. Von wem ist das noch mal?«

»Goethe, Faust«, behauptete Jan Sternberg.

»Falsch, Schiller, Wilhelm Tell«, berichtigte Ludwig Willms.

»So belesen! Ich war der Meinung, du schaust dir nur die Bilder in Running-Zeitschriften an.«

»Oskar, lesen war gestern. Vorlesen ist heute. Zehn Kilometer und ein Hörbuch im Ohr – genial, kann ich dir sagen.«

Lindt ging nicht darauf ein, sondern ließ seiner Fantasie weiterhin freien Lauf: »Angenommen, dieser Jordan fiel tatsächlich einigen seiner Mitarbeiter in die Hände. Vielleicht hat er mit denen ja gemeinsame Sache gemacht?«

»Halbe-halbe, meinst du?«

»Kann doch sein, Paul. Ein paar schlagkräftige Argumente am Baum machen ihn weich, aber: ›Wenn ihr mich totschlagt, bekommt ihr gar nichts.‹ Also muss Jordan Geld beschaffen und darf sich als Gegenleistung dafür absetzen.«

»Dann müssen wir ja nur noch alle 200 KARMAG-Arbeiter nach ihren Alibis fragen«, runzelte Jan Sternberg die Stirn. »Danke, Chef, da nehm ich doch lieber die Bullis.«

»Damit kannst du gleich beginnen. Paul hilft dir dabei, und ihr teilt euch auf.«

Wellmann nickte. »Und du, Oskar, klopfst die Entlassenen ab?«

»Abwarten, ich hab da so eine Idee.«

»Ich glaube, unser Chef hat seine Trübsinnigkeit überwunden«, spekulierte Paul Wellmann, nachdem Lindt gemeinsam mit Ludwig Willms das Büro verlassen hatte.

»Du hättest ihn gestern mal erleben müssen. Eine Signalfahrt war das – puuh, mir wurde ganz anders, wie er über die roten Ampeln …«

»Wenn er Witterung aufgenommen hat, Jan, dann ist er nicht mehr zu bremsen. Hat er nicht gesagt, ›Die Jagd ist eröffnet‹?«

Sternberg lachte auf. »Blut geleckt! Was treibt er wohl jetzt gerade?«

Weder Hektik noch Blaulicht waren Bestandteil von Lindts Einfall. Vielmehr hatte er beschlossen, Hilfstruppen zu rekrutieren, und zwar gleich in doppelter Ausführung.

Er öffnete die Wagentür, doch bevor er einstieg, fischte er sein Handy aus der Jackentasche und drückte eine programmierte Kurzwahl.

»Können wir uns sehen? Ich hab da was.« … »In einer halben Stunde?« … »Du kennst das Café in der

Karlstraße?« … »Natürlich bist du eingeladen.« … »Bis gleich.«

Der Kommissar überlegte kurz, dann entschied er sich anders, schloss den Citroën wieder ab und schwang sich auf sein altes Dreigangrad. 20 Kilometer am Morgen, nee, eindeutig zu viel, aber für die Kurzstrecken hier in der Stadt doch ganz praktisch, dachte er und trat los. Er fuhr zwar längst nicht so flott wie Triathlet Willms, erreichte aber dennoch schon nach wenigen Minuten sein erstes Ziel.

Lindt suchte sich einen Platz im hinteren Bereich des Cafés, bestellte – ›Wie immer?‹ – den großen Milchkaffee und nutzte die Wartezeit, um verschiedenen Theorien im Geiste gegeneinander abzuwägen. Einige seiner Gedanken hielt er im Notizbuch fest, ab und zu schüttelte er auch den Kopf und strich etwas aus.

Als er die gedrungene Frau mit dem hellen Bürstenhaar am Eingang erkannte, winkte er.

»Hast dich aber gut versteckt, so im Halbdunkel, Oskar«, begrüßte sie ihn. »Möchtest wohl nicht unbedingt mit mir gesehen werden?«

Das ›Ach wo‹ klang etwas halbherzig. »Vor allem kann ich keine Zuhörer am Nebentisch gebrauchen, Inka.«

»Na dann, ich glaubte schon, es wäre wegen deiner …«

»Carla meinst du? Keine Sorge, wir haben das geklärt.«

»Ist ja auch egal. Vorbei ist vorbei. Spann mich lieber nicht länger auf die Folter.«

Inka bestellte einen doppelten Espresso und zwei Croissants, dann hörte sie interessiert zu, was ihr der Kommissar zu sagen hatte. Ab und zu machte sie Notizen und schob schließlich ihren Stenoblock über den Tisch. Lindt notierte darauf fünf Namen samt den zugehörigen Adressen.

»Schau mal in meinen Rucksack«, forderte sie ihn schließlich auf und öffnete den schwarzen Lederbeutel.

»Ziemlich leer.«

»Eben. Wird bestimmt eine anstrengende Tour.«

Lindt lächelte und winkte der Bedienung: »Bitte drei belegte Brötchen. Eingepackt, zum Mitnehmen.«

»Die Aufträge halten sich immer noch ziemlich in Grenzen, und auch meine Maschine da draußen braucht ab und zu etwas Futter.«

Mit Geld konntest du ja noch nie gut umgehen, dachte Oskar schmunzelnd bei sich und schob unauffällig einen Zwanziger über den Tisch. »Eigentlich müsste ich dich ohnehin mal zum Essen einladen«, rieb er sich etwas unschlüssig am Ohr. »Dein Bericht über die Gerichtsverhandlung …«

»Hat gewirkt?«

»Und wie!« Lindt berichtete, was sich inzwischen in der Staatsanwaltschaft ereignet hatte.

»Mobbing als Kunst«, lachte Inka, als sie von den vergessenen Kopien erfuhr. »Da siehst du mal wieder, wozu wir Juristen fähig sind.«

»Manchmal, nur manchmal«, entgegnete der Kommissar. »Meistens zu allem fähig und zu nichts in der Lage.«

»Du hast mit eurem kleinen Staatsanwalt doch ein ganz gutes Verhältnis.«

»Conradi natürlich, der ist anders. Mensch geblieben. Aber die Übrigen …«

»Ob ich mal eine Extra-Reportage über die Arbeit der Staatsanwaltschaft …?«

»Bloß nicht. Die wittern sofort, woher die Insiderinformationen kommen.«

»Ab und zu bedaure ich, der Juristerei den Rücken gekehrt zu haben. Aber stell dir mal vor, ich wäre plötzlich als Staatsanwältin hier aufgetaucht und müsste dir Anweisungen geben.«

Lindt hob die Augenbrauen. »Schlimmer als mit der Eisernen hätte es wohl auch nicht werden können.«

Inka stopfte die Tüte mit den belegten Brötchen in den

Rucksack und stand auf. »Vielleicht wäre es ja auch ganz schön geworden …«

Kurze Zeit später ertönte von draußen das tiefe Bollern eines kräftigen Zweizylinders.

Der Kommissar blieb noch eine Weile sitzen. Nachdenklich schlürfte er den Rest seines Milchkaffees aus, dann gab er sich einen Ruck und zahlte.

Draußen schlug er den Kragen hoch und suchte in den Jackentaschen nach seinen Handschuhen. Komisch, jetzt fröstelte ihn, obwohl er aus dem Warmen kam. Vielleicht war es doch keine so gute Idee, mit dem Rad zu fahren.

Gemächlich trat er los, überquerte nach einer Weile die Brauerstraße, kam am ZKM und an den Vincentius-Krankenhäusern vorbei. Auf der schmalen Brücke über die Alb stieg er ab. Brücken zogen ihn an. Oft schon hatte er an solchen Stellen kurz innegehalten und nach unten geblickt. Auf Straßen, Bahnlinien, Spazierwege oder, so wie hier, auf das dunkle, kraftvoll strömende Wasser.

Unter den Brücken war Leben, Bewegung, Aktivität. Für ihn da oben stand die Zeit kurz still. Was, wenn man den Strom dort unten anhalten könnte? Nur ein paar Sekunden? Oder gar rückwärtsbewegen, so wie in einem Film, der verkehrt herum abläuft?

Das Wasser würde den Berg hinauffließen. Verrückter Gedanke, Utopie. Die Zeit ließ sich eben nicht zurückdrehen.

Lindt stieg auf. Ein letzter Blick auf das Flüsschen. Heute weder Papierschiffchen noch Eisvogel.

Die Schrebergärten zwischen der vierspurigen B 10 und der Alb erreichte er im Nu. Allerdings war er schon Jahre nicht mehr hier gewesen, deshalb tat er sich etwas schwer, den richtigen Kleingarten zu finden.

Die meisten Grundstücke machten einen gepflegten Eindruck, doch manche Lauben waren auch windschiefe Bretterbuden, zusammengenagelt aus dem, was sich am Straßenrand so alles fand. Brombeerranken zogen dort die Maschendrahtzäune nach unten, und Fußwege waren nur als schlammige Trampelpfade zu erkennen.

»Oskar, schau net so kritisch«, ertönte eine wohlbekannte Stimme hinter einer hochgewachsenen dichten dunkelgrünen Thuja. Alwin Stadler hatte schon längst beobachtet, wer da gemächlich sein Fahrrad schiebend die Gärten inspizierte.

»Was macht denn so ein Friedhofsbaum hier?«, wies der Kommissar mit dem Kinn auf den Lebensbaum.

»Äpfel trägt er keine, aber wenn der Sperber um die Ecke pfeift, dann hocken plötzlich alle Spatzen drin.«

»Hättest wohl nicht gedacht, dass ich dich so schnell besuchen komm?«, streckte Lindt seinem betagten Kollegen die Hand hin.

»Ich freu mich riesig.«

»Den kräftigen Händedruck hast du immer noch«, stellte der Kommissar fest und ging durch die hölzerne, kunstvoll aus krummen Akazienästen zusammengefügte Gartentür.

Ein Plattenweg führte zwischen Rosensträuchern und umgegrabenen Gemüsebeeten zu einer niedrigen Hütte, die nahezu komplett mit Efeu zugewuchert war. Seitlich ragte ein gebogenes Ofenrohr aus der Wand.

»Du hast den Ostwind mitgebracht, Oskar, es wird kälter«, sagte Stadler mit Blick auf die feine Rauchfahne, die nach Westen fortflatterte. »Aber dem Rosenkohl tut ein wenig Frost nicht weh.«

Lindt schaute sich interessiert um. Auch Lauch und Grünkohl, Feldsalat und Wirsing standen erntebereit als Wintergemüse in den Beeten.

Unter einem seitlichen Schleppdach zog Alwin trockene Holzscheite hervor, dann schob er mit dem Fuß die Tür auf. »Rein ins Warme. Du kommst ja sicher nicht ohne Grund.«

Der schmale Blechofen reichte völlig aus, um die Laube gemütlich zu erwärmen. »Wenns richtig kalt ist, schluckt er schon einiges. Aber vielleicht sollte ich dort oben mal abdichten.« Er betrachtete den First, wo durch einige deutlich sichtbare Ritzen die Helligkeit von draußen hereinschien.

»Deine Wohnung hast du aber noch?«, fragte Lindt vorsichtig.

»Jaaa«, kam lang gezogen die Antwort. »Eigentlich schon, aber seit mein Enkel mit seiner Freundin dort eingezogen ist, bin ich meistens hier auf meinem ›Gütle‹.«

»Auch über Nacht?«

»Hab ichs net gemütlich eingerichtet?«

Lindt ließ seine Augen durch den Raum wandern. Ein breites Sofa an der Wand, ein roher rustikaler Holztisch mit drei Stühlen – ›selbst gebaut‹ –, Spüle, Küchenbuffet, Gaskocher. »Mehr brauchts eigentlich nicht.«

»Weißt du, wie viel Zeit man mit Fernsehen vertrödelt? Mir langt die Musik, die dort rauskommt.« Alwin schaltete ein Kofferradio ein.

»Für mich bitte SWR 4«, lachte der Kommissar und drückte probeweise auf die Polsterung des antiquierten Sofas, bevor er sich daraufsetzte.

»Ich mach uns Tee.«

»Ooh, muss nicht sein«, versuchte Lindt seine Abneigung gegen aufgebrühte Kräuter zu umschreiben. »Ich hab grad …«

»Immer noch Milchkaffee, stimmts? Den kann ich leider net bieten, aber wie wärs mit meinem eigenen Apfelmost, ein richtig saurer, der zieht dirs Hemd rein. Oder ists dafür zu kalt?«

Ohne Lindts Antwort abzuwarten, ging Stadler durch eine niedrige Tür in den Vorratsraum und kam mit einem vollen Krug zurück. »Du bist ja mit dem Fahrrad da.«

»Eigentlich wollte ich …« Bevor der Kommissar sich

wehren konnte, hatte er ein Henkelglas voll mit goldenem Most vor sich stehen.

»Also doch undercover, ich hab mirs gedacht.«

»Nein …«, zögerte Lindt, »oder …«

»Oder ja? Raus mit der Sprach', Oskar. So interessant ist mein Leben mit dem ganzen Gemüs' hier auch wieder net. Ich könnt schon ein bissle Abwechslung vertragen. Bin zu allen Schandtaten bereit.«

»Alwin«, räusperte sich der Kommissar, »du kennst doch die KARMAG?«

»Da, wo dein Großvater g'schafft hat?«

»Das weißt du noch?«

»Zwei Onkel von mir, Brüder meiner Mutter, waren doch auch drin. Gießerei, ging echt auf die Knochen, und dann noch der ganze G'stank früher.«

»Trotzdem waren die stolz auf ihre Firma.«

»Und wie. Du solltest mal hören, wie die Arbeiter von den alten Zeiten erzählen, wenn sie im Grünen Eck am Stammtisch hocken.«

»Hoppla, du kennst dich aus?«

»Ich bin ja net nur in meinem Garten, Oskar. Ab und zu geh ich gern mal unter die Leut' und trink a Bierle oder zwei.«

»Ideal, Alwin, du bist mein Mann. Hör zu …«

Als Oskar Lindt am Nachmittag ins Präsidium zurückkam, musterte ihn Paul Wellmann mit einem durchdringenden Blick.

»Kalt draußen?«

»Wieso?«

»Rote Nase.«

»Radfahren soll doch gesund sein, sagt zumindest der Ludwig.«

Wellmann schnupperte geräuschvoll: »Oder hat die farbige Nase noch einen anderen Grund?«

»Du denkst doch nicht etwa …«

»Oskar, Oskar, bei der Verkehrspolizei bin ich zwar schon lange nicht mehr, aber meine Riechzellen sind immer noch sehr empfindlich. Ein Lenkrad solltest du heute jedenfalls nicht mehr anfassen.«

»Papperlapapp, erzähl mir lieber, ob es eine heiße Spur bei den Kleinbussen gibt.«

Wellmann zog die Schultern hoch. »Wir hatten Hilfe von der Schutzpolizei, und Jan ist noch unterwegs, aber bis jetzt – Fehlanzeige. Nicht der geringste Anhaltspunkt. Kein Wagen mit Stadtwerke-Aufschrift dabei.«

»Hmm«, brummte Lindt, »schade.«

»Allerdings konnte ich noch ganz diskret und unauffällig rausfinden, wer von Jordans Tod profitieren würde.«

»Die Petri?«

»Genau. Vor einem halben Jahr hat er eine Lebensversicherung zu ihren Gunsten abgeschlossen. 800.000.«

»Nachdem er seine Frau in die Psychiatrie abgeschoben hatte. Scheint ja alles genau geplant zu sein. Ohne den Gentest hätte das perfekt funktioniert.«

»Mittlerweile glaub ich auch, dass die Arbeiter recht haben mit ihrer Vermutung, der Jordan hätte das Werk absichtlich runtergewirtschaftet.«

»Und Millionen auf die Seite geschafft.«

»Ob seine Mitarbeiter ihm tatsächlich einen Strich durch diese Rechnung gemacht haben?«

»Paul, heute hab ich zwei Spürhunde auf diese Fährte gesetzt. Lass dich überraschen.«

Hintergründig lächelnd ließ Oskar Lindt den Kollegen zurück und machte es sich mit Pfeife und hochgelegten Beinen in seinem eigenen Büro gemütlich.

Den Rest des Nachmittags tat der Kommissar nichts. Er döste vor sich hin, sinnierte, notierte ab und zu einen

Gedanken und blies feine Fäden von Pfeifenrauch in die Luft. Trägheit pur? Er war kein bisschen müde, auch wenn er den Anschein machte, gleich einzuschlafen. Dieser Eindruck täuschte. Innerlich stand er unter Strom. Ein lauernder Jäger, versteckt im Baum, bereit, sofort zuzugreifen, sowie die Beute sich zeigte.

Lindt wartete Stunde um Stunde, aber es machte ihm nichts aus. Wellmann und Sternberg schickte er heim, und gegen sechs rief er zu Hause an: »Warte nicht auf mich, heute gibt es eine lange Nacht.« Carla kannte solche Situationen. Oskar hatte dann weder Hunger, noch konnte man mit ihm ein vernünftiges Gespräch führen. Er war nur noch auf einen einzigen Punkt fokussiert.

Seine Tür öffnete sich um halb zehn. Lindt sprang hoch. »Hatte ich recht?«

Der schlanke weißhaarige Mann nickte. »Es sind zwei, über die die anderen reden.«

»Alwin, setz dich.«

»Beide jahrelang am selben Platz in der Endmontage. Oftmals auch zusammen im Ausland, um die Maschinen dort aufzubauen.«

»An vorderster Front bei den Protesten?«

»Genau, Oskar, immer aktiv. Werksblockade, Demonstrationen, sogar im Fernsehen wurden sie schon interviewt. Und aufs Mal ziehen sie sich zurück, kommen kaum mehr in die Kneipe, keinerlei Aktionen, das fällt auf.«

»Hast du mit den anderen gesprochen?«

Stadler schüttelte den Kopf. »War gar nicht nötig. Hab alles problemlos mitbekommen. Nach einem alten Mann, der am Nebentisch sein Bier trinkt, dreht sich doch keiner um. Außerdem war ich ja nicht zum ersten Mal im ›Grünen Eck‹.«

»Hast du Namen?«

Alwin griff nach Lindts Notizblock.

Das Telefon schrillte. »Soll hochkommen«, gab der Kommissar eine knappe Anweisung in den Hörer.

Zwei Minuten später kam Inka Valentin, ließ ihren Rucksack fallen, schälte sich aus der schweren abgewetzten Lederjacke und setzte sich rittlings auf den zweiten Besucherstuhl.

»Alwin Stadler, seit Kurzem eine meiner Geheimwaffen«, stellte Lindt seinen Ruhestandskollegen vor.

Die Journalistin musterte ihn. »Im selben Fall? Du gehst mal wieder auf Nummer sicher.«

»Verschiedene Zielgruppen, Inka. Hattest du Erfolg?«

Ihre Augen leuchteten: »Oskar, die Idee war ein Treffer. Schade, dass sie nicht von mir stammt. Die Frauen fanden es echt gut, dass sich jemand endlich auch mal für sie interessiert. Radio, Fernsehen, Zeitung, alle hatten immer nur über die Männer berichtet, und wenn Frauen zu Wort kamen, dann nur solche, die auch bei der KARMAG angestellt waren. Aber die Familien, die Ehefrauen, die Kinder, nach denen hat noch niemand gefragt.«

»Ein echtes Defizit. Hatte ich mir so vorgestellt.«

»In fünf Wochen ist Weihnachten. Das gibt eine Story, die echt auf die Tränendrüse drückt. Die Redaktion hat mir gleich grünes Licht gegeben. Stille Nacht ohne Geschenke. Traurige Kinderaugen, Leere unterm Tannenbaum. Ich hab den Bericht schon fast fertig.«

Lindt brummte zustimmend. »Die Familien, deren Namen ich dir aufgeschrieben habe, kenne ich persönlich.«

»Hast du eine Ahnung, wie die um ihre Häuser bangen? Bisher lief die Metallindustrie glänzend. Jedes Jahr mehr Gewinne, Erfolgsprämien für die Belegschaft. Alles einkalkuliert, Hausfinanzierung ausgereizt bis auf den letzten Cent. Und jetzt: Wie lange darf Laura noch in ihrem großen hellen Kinderzimmer spielen? Droht der Abstieg in eine düstere feuchte Sozialwohnung?«

»Na, nun übertreib mal nicht gar zu arg.«

Inkas Augen funkelten: »Was glaubst du, welch eine Wut die Frauen auf diesen Jordan haben. Die sind alle felsenfest davon überzeugt, dass er die Millionen abgezweigt und sich jetzt aus dem Staub gemacht hat. Ich sag dir, Oskar, wenn die den zu fassen bekämen ...«

»Da werden Weiber zu Hyänen«, kommentierte Alwin. »War zu meiner Zeit schon so. Bei besonders grausamen Verbrechen hatten wir öfter mal rachsüchtige Furien als Täter.«

Lindt schaute wieder zu Inka: »Gibt es denn Familien, bei denen sich die Lage plötzlich geändert hat?«

»Nicht direkt. Wer gibt schon gerne zu, dass die von nebenan ihre Situation besser meistern können. Aber ich hab ein paar versteckte Andeutungen eingefangen, und wenn die eine durch die Küchengardine sieht, wie ihre Nachbarin drei pralle Kaufhaustüten aus dem Auto trägt, dann genügt das schon.«

»Klar«, sagte der Kommissar. »Das spricht sich rum unter denen, die ihre Kleider jetzt beim Textildiscount holen müssen. »Aber hast du noch was Konkretes gehört?«

»Einen Satz, einen einzigen. Ein Zwölfjähriger hat genau zugehört, worüber ich mit seiner Mutter gesprochen habe. Da stand er plötzlich neben ihr und sagte: ›Julian kriegt die Playstation zu Weihnachten. Sein Vater, der macht was.‹«

»Den Nachnamen von diesem Julian, konntest du den auch rausfinden?«

Inka kramte im Rucksack nach ihrem Stenoblock. »Ich hab ihn gefragt, wo sein Freund denn wohne. Das da stand am Gartentor.« Sie schob Lindt den Block hin.

Der Kommissar warf einen kurzen zufriedenen Blick darauf, dann verriet er Inka, was sein pensionierter Kollege aufgeschrieben hatte.

»Ich denke, Alwin, bald gibt es was zu kochen.«

17

Für den Abstecher nach Durlach-Aue ließ er sich Zeit. Obwohl es schon auf Mitternacht zuging, fühlte er sich noch kein bisschen müde. Die Ruhe der Nacht offenbarte viele Geheimnisse, die der geschäftige Tag sonst überdeckte.

Zwischen anderen geparkten Autos fand er einen geeigneten Platz, von dem aus er das Grundstück der Familie Gabriel gut einsehen konnte. Das Haus stammte sicherlich aus den 50er-Jahren, machte aber, soweit Lindt das in der Dunkelheit einschätzen konnte, einen frisch renovierten Eindruck. Aufwendige Außenanlagen rundeten das gepflegte Bild ab, und als eine streunende Katze den Bewegungsmelder der Außenbeleuchtung aktivierte, wurde hinter dem Haus ein weitläufiger Hofraum mit mehreren Garagen, Schuppen und einer großzügigen Gartenfläche sichtbar.

Auch zwei Straßen weiter fand der Kommissar einen passenden Beobachtungsplatz. Das Anwesen von Thomas Heid stand dem vorigen in nichts nach. Im Gegensatz zu vielen anderen Häusern in diesem Stadtteil, deren Fassaden schon seit Jahrzehnten keinen frischen Anstrich mehr bekommen hatten, schien der weiße Putz sogar bei Nacht zu leuchten, und ein nagelneuer Edelstahlschornstein zierte die Außenwand. Vor der Doppelgarage parkte ein schwarzes Beetle-Cabrio, und unter einem hohen Carport warteten ein Wohnmobil neueren Baujahrs und ein schweres Geländemotorrad auf die nächste Tour.

Wie können sich ›normale‹ Facharbeiter solche Anwesen leisten? Unter dem Eindruck von Inkas und Alwins Berichten war Lindts Analyse schnell erstellt. Wer die vielen guten Jahre der KARMAG erlebt und von Sonderzahlungen, Belegschaftsausschüttungen, Zulagen für Auslandseinsätze profitiert hat, der sieht positiv in die Zukunft, investiert in Haus und Hof und macht sich um die Rückzahlung seiner Hypotheken keine Sorgen. Warum soll es nicht so weitergehen? Auftragslage bestens, Überstunden und Sonderschichten sind an der Tagesordnung.

Wehe dem, der vom Zusammenbruch des Traditionsunternehmens eiskalt erwischt worden war.

Ab 5.30 Uhr am nächsten Morgen parkten zwei Lieferwagen mit geschlossenen Laderäumen in Durlachs Stadtteil Aue.

Ein ziemlich angerosteter Ford Transit in verblasstem Blau mit der Aufschrift ›Jäger-Rohrleitungsbau‹ platzierte sich so in einer Seitenstraße, dass seine Hecktüren zum Grundstück der Familie Gabriel zeigten.

20 Meter nach der Hofeinfahrt von Thomas Heid hielt ein silbergrauer Sprinter von ›Montageservice Zoll‹. Dass lange Zeit keine Handwerker zu sehen waren, konnte nur einem sehr genauen Beobachter auffallen.

Etwas weiter entfernt verteilten sich ein weißer Golf, ein blauer Volvo 850 und ein dunkelroter Citroën-XM-Kombi unauffällig auf öffentliche Parkplätze. Weitere Zivilfahrzeuge der Karlsruher Polizei konnten bei Bedarf innerhalb weniger Minuten ebenfalls vor Ort sein.

Lindt wählte seinen Standplatz neben einem Supermarkt.

Er konnte die Straße bequem überblicken, ohne selbst von Passanten bemerkt zu werden, und machte es sich mit zwei Butterbrezeln und einer Thermoskanne voller Milchkaffee in seinen weichen Polstern gemütlich. Auch Wellmann und Sternberg hatten strategisch günstige Punkte ausgesucht und stellten sich Zeitung lesend auf längere Wartezeiten ein.

Die ersten Funksprüche aus den Kastenwagen betrafen Kinder, die noch bei Dunkelheit die observierten Häuser verließen, um zur Schule zu gehen. Danach gab es bis zum späten Vormittag keine besonderen Vorkommnisse mehr. Erst gegen halb zwölf begann der Funk wieder zu rauschen: »Weibliche Person verlässt mit schwarzem Cabrio Anwesen Heid.«

»Einkaufskorb?«

»Positiv. In Ihre Richtung.«

Lindt startete vorsichtshalber den Motor, konnte ihn aber nach zwei Minuten wieder ausmachen, denn der Beetle bog in ebenjenen Parkplatz ein, auf dem der Kommissar wartete.

»Brauch etwas Bewegung«, funkte er, »ich geh ihr mal nach.« Dann schnappte er sich ebenfalls einen Einkaufswagen.

Er vermied jeglichen Blickkontakt, blieb auf Entfernung und stellte seine Ohren auf Empfang.

Ein Salatkopf, passierte Tomaten, Spaghetti eines italienischen Herstellers, geriebener Parmesan und ein halbes Pfund Hack wanderten in den Wagen von Corinna Heid. Sie grüßte einige andere Kunden, ohne sich aber mit jemandem längere Zeit zu unterhalten, dann steuerte sie Richtung Ausgang.

Der Kommissar nahm schnell zwei Tafeln Nougatschokolade sowie eine Packung Doppelkekse aus dem Süßwarenregal und konnte es so einrichten, dass er direkt vor ihr durch die Kasse kam.

Umständlich packte er seine Tüte, doch auch hier gab es nichts zu erlauschen. Lindt ließ die Frau vorgehen und schob seinen Wagen ebenfalls zum Ausgang. Dort blieb er stehen, schaute sich die Auslagen an Holzbriketts und Vogelfutter an und beobachtete dabei, wie der Korb in das Cabrio geräumt wurde.

Plötzlich hob die Frau ihre Hand und winkte. Der Kommissar erkannte einen schneeweißen Mini, der eben auf den Platz gefahren kam und jetzt neben dem Beetle einparkte. Die Fahrerin stieg aus und umarmte Corinna Heid. Dem dunkelblauen Volvo, der direkt daneben einparkte, schenkten die beiden Frauen keine Beachtung …

Lindt machte einen kleinen Umweg zu seinem Wagen, stieg ein und erst wieder aus, als einige Minuten später die Minifahrerin im Supermarkt verschwunden und die Cabriofahrerin vom Parkplatz gebraust war. Er öffnete die Beifahrertür des Volvo und setzte sich neben Paul Wellmann.

»Und? War das die Gabriel?«

Paul bejahte. »Die beiden müssen sich echt gut kennen, nach dem, was ich alles gehört habe.«

»Dein offenes Fenster …?«

»Ach was, die haben mich gar nicht registriert, aber Männer, die immer zu Hause rumhängen, stellen für beide ein echtes Problem dar.«

»Lass hören!«

»Alles konnte ich natürlich auch nicht verstehen, aber einige Wochen lang waren die beiden Ehemänner wohl ziemlich nervig. Mürrisch, reizbar, unzufrieden und so weiter.«

»Jetzt nicht mehr?«

»Die Stimmung in den Familien muss sich seit ein paar Tagen ziemlich verbessert haben. Die Gabriel sprach von einer größeren Sonderzahlung. Irgendeine Vereinbarung mit dem Insolvenzverwalter.«

»Gibts doch gar nicht.«

»Eben. Aber wenn die Frauen nicht wissen sollen, woher der plötzliche Geldsegen kommt, müssen sich die Kerle halt eine halbwegs plausible Erklärung einfallen lassen.«

»Das würde unsere Theorie ja voll bestätigen.« Lindt nahm sein Handy und drückte die Kurzwahl der KTU.

»Ludwig, ich weiß ja, das fällt eigentlich nicht in deinen Bereich, aber wir sind heute alle beim Observieren. Kannst du bitte mal rausfinden, welcher Anwalt für die KARMAG zuständig ist und fragen, ob es Vorabzahlungen an einzelne Mitarbeiter gegeben hat?«

»Keine Widerrede?«, fragte Wellmann, als das Gespräch beendet war.

»Nee, anscheinend war ich überzeugend genug. Er prüft auch gleich noch die Konten von Heid und Gabriel.«

»Sollen wir dann zugreifen?«

Lindt zögerte: »Würden dir die Indizien jetzt ausreichen?«

»Lass uns lieber noch eine Weile beobachten. Vielleicht trauen sich die Männer ja auch mal vor die Tür.«

»Genau, aber jetzt fahr erst mal zügig weg. Dort hinten kommt die Gabriel mit dem Einkaufswagen.«

Während Wellmann startete und den Parkplatz verließ, krächzte der Funk: »Cabrio und Fahrerin wieder zu Hause.« Lindt nahm das Mikrofon: »Spaghetti bolognese gibts heute im Hause Heid. Wenn ihr Hunger habt, einfach klingeln.«

Paul Wellmann drehte eine kleine Runde, dann setzte er seinen Kollegen wieder bei dessen Dienstwagen ab. Der Mini war zwischenzeitlich vom Parkplatz verschwunden.

Lindt funkte die Beobachtungsmannschaft vor dem Haus Gabriel an. »Trifft gerade ein«, bekam er als Antwort.

»Okay«, gab er zurück. »Paul und ich sind jetzt eine Weile nicht am Funk. Bei Bedarf über Handy.«

»Guten Appetit«, kam die Antwort von Jan Sternberg, der mitgehört hatte.

»Heiße Spur in der Metzgerei«, flachste Paul Wellmann zurück.

»Wohl eher heiße Theke.«

Eine halbe Stunde später, als beide Kommissare sich mit mehreren Fleischkäsebrötchen ausreichend gestärkt hatten, klingelte Lindts Mobiltelefon.

»Ludwig, konntest du was rausfinden?«

»Alles erledigt, Oskar, hör zu. Sonderzahlungen gibt es nicht. Sehr fraglich, ob für die Belegschaft der KARMAG aus der Konkursmasse überhaupt noch was abfällt. Zuerst kommen natürlich die Banken dran.«

»Wie immer«, brummte Lindt. »Die bringen ihre Schäfchen ins Trockene.«

»Zweitens«, fuhr Willms fort, »auf den Bankkonten von Gabriel und Heid sieht es nicht besonders gut aus. Dispo weit überzogen. Allerdings gibt es seit etwa einer Woche keine Abhebungen oder Überweisungen mehr.«

»Wenn die also Geld aufgetrieben haben, dann in bar«, folgerte der Kommissar.

»Sehe ich auch so«, antwortete Willms. »Und dann noch was. Netter Mann, dieser Insolvenzverwalter, hat auch gleich einen Blick in die Personalakten geworfen. Eure beiden Verdächtigen waren als Techniker eingesetzt und in den letzten fünf Jahren sehr oft auf Montage im Osten, Russland, Ukraine und so.«

»Satte Zulagen für Auslandsarbeit, haben wir uns schon gedacht«, gab Lindt zurück. »Die Häuser sehen auch danach aus. An Geld scheint es bisher wirklich nicht gemangelt zu haben.«

»Die zwei besitzen anscheinend gute Sprachkenntnisse«, fuhr Willms fort. »Beide stammen aus den neuen Bundesländern, und da war Russisch früher schließlich Pflichtfach in der Schule.«

»Wir warten noch den Nachmittag ab«, antwortete Lindt. »Vielleicht sehen wir diese Kerle ja auch mal in natura. Aber für heute Abend kannst du gleich zwei getrennte Verhörräume klarmachen.«

Die nächsten Stunden verliefen ereignislos. Ab und zu kam über Funk die Meldung, dass eines der Kinder von der Schule heimgekommen war, ansonsten keine Auffälligkeiten.

Gegen halb vier meldete sich das Observationsteam aus dem rostigen Transit: »Männliche Person verlässt das

Haus … Arbeitskleidung … Wir haben ihn auf Band … Geht nach hinten in den Hof … Öffnet Schuppentür … Jetzt ist er drin …«

Lindt wartete eine Weile, dann fragte er zurück: »Wie siehts aus bei Heid?«

»Negativ«, antwortete die Besatzung des Sprinters. »Keine Bewegungen.«

»Gabriel noch im Schuppen?«

»Positiv. Nicht mehr zu sehen. Vielleicht werkelt er was.«

»Gut, dann schauen wir ihn uns mal näher an. Jan und ich gehen rein. Paul, du organisierst noch zwei Fahrzeuge und postierst dich in der Nähe von Haus Heid, falls der Wind bekommt und verduften will. Auch nach hinten sichern. Ab jetzt alle Mann mit Schutzwesten und Handfunk.«

Zwei Minuten später hielt ein dunkelroter Citroën-Kombi vor dem Haus der Familie Gabriel. Oskar Lindt, der durch die kugelsichere Weste noch etwas fülliger wirkte, öffnete das Törchen. Jan Sternberg folgte kurz hinter ihm. Sie unterließen es, wie ordentliche Besucher an der Haustür zu klingeln, und steuerten gleich den großen holzverschalten Schuppen im hinteren Hof an. Die Tür war angelehnt. Lindt klopfte erst, als er bereits drin war. Horst Gabriel, der mit einem großen Schraubenschlüssel in der Hand hinter der geöffneten Motorenklappe eines orangeroten VW-Bulli kniete, sah erstaunt von seiner Arbeit auf.

»Kripo Karlsruhe, wir hätten da einige Fragen.«

Gabriel schnellte hoch, warf noch in der Hocke blitzschnell sein Werkzeug. Der Kommissar krümmte sich, am Bauch getroffen, doch Jan Sternberg hechtete vor, bekam einen Arm zu fassen, riss den nach hinten und den Mann zu Boden. Wenige Sekunden später drückte Oskar Lindt ihm die stählernen Fesseln um die Handgelenke.

»Alles okay, Chef?«

»Die Weste trägt zwar etwas auf, ist aber sonst ganz praktisch«, keuchte Lindt und hielt sich den Bauch. Dann nahm er sein Funkgerät zur Hand: »Lindt an alle. Holt den Heid, aber Vorsicht.«

Paul Wellmann hatte sich bereits Gedanken gemacht. Mit einer Aktentasche unter dem Arm klingelte er an der Haustür der Familie Heid.

»Ja bitte«, eine Kinderstimme tönte aus der Sprechanlage.

»Stadtwerke«, sagte Wellmann. »Ich müsste kurz zum Wasserzähler.«

Einen Moment herrschte Stille, dann die Antwort: »Mein Papa kommt runter.«

Als der Hausherr die Tür öffnete, hielt ihm Wellmann seinen Ausweis verkehrt herum vors Gesicht. »Nur kurz zum Zähler.« Dann ließ er seine Aktentasche fallen. »Hoppla, wie ungeschickt, Entschuldigung.« Auch Thomas Heid bückte sich reflexartig nach unten. Das genügte für Wellmann, um Heids Arm zu schnappen und ihn auf den Rücken zu drehen. Die beiden Kripokollegen, die hinter der Hausecke gewartet hatten, brauchten ihm nur noch die Handschellen anzulegen.

Lindt ließ es sich nicht nehmen, die Meldung von der Festnahme der beiden Verdächtigen dem Staatsanwalt persönlich vorzutragen.

»Gratuliere«, erklang Conradis Stimme aus dem Handy des Kommissars. »Ich nehme an, wir treffen uns nachher zum Verhör.«

»Kann aber spät werden«, gab Lindt zurück. »Wird noch eine Weile dauern, bis wir hier fertig sind. KTU und so. Zuerst bräuchten wir zwei schnelle Anordnungen zur Hausdurchsuchung.«

»Ich kümmere mich drum«, antwortete der Kurze.

»Unbürokratisch wie immer, unser lieber Staatsanwalt«, sagte Lindt zu Jan Sternberg.

»Ein Glück, dass sich die Eiserne in den Krankenstand verabschiedet hat«, gab der zurück.

»Erinnere mich bloß nicht daran. Stell dir mal vor, sie taucht plötzlich wieder auf.«

»Nicht immer gleich ans Schlimmste denken«, scherzte Jan. »Sonst muss halt Inka wieder ran.«

»Der sind wir jetzt natürlich was schuldig.« Lindt griff nach seinem Telefon. »Ruf du mal den Ludwig an. Spusi in beide Häuser. Er kann alles schicken, was er hat.«

Der Kommissar hatte die Beobachtungsteams aus ihren Kastenwagen abgezogen und dazu eingeteilt, alle Familienmitglieder der Gabriels und der Heids in jeweils einem Raum ihrer Häuser unter Beobachtung zu stellen. »Nicht, dass die was verschwinden lassen. Die Durchsuchungsbeschlüsse müssen wir leider noch abwarten.«

Als alles gesichert war und zwei Streifenwagen die beiden Festgenommenen getrennt voneinander abtransportiert hatten, konnte es Jan Sternberg fast nicht mehr aushalten. »Ob wir mal den VW-Bus …?«

»Du weißt, wie pingelig der Ludwig ist«, runzelte Lindt die Stirn, doch dann fasste er in die voluminösen Taschen seiner schwarzen Cordjacke und fand zwischen Pfeifen und Tabak tatsächlich zwei Paar Einmalhandschuhe. »Nur mal schauen«, lachte der Kommissar und ging voran in den Schuppen.

Sie öffneten das Doppeltor, um noch mehr Licht hineinzulassen, dann klappte Sternberg den Deckel des Motorraumes nach unten. »Kein Kennzeichen«, stellte er fest und wechselte zur Front des Fahrzeugs. »Hier fehlt es auch, abgemeldet. Kein Wunder, dass der nicht in der Liste der Zulassungsstelle aufgetaucht ist.«

»Aber sonst genau derselbe Fahrzeugtyp wie auf dem Tankstellenvideo. Sogar ein langer Kratzer an der Seite.« Lindt tastete über den kaputten Lack und öffnete dann die Fahrertür. »Zwei Sitze, Trennwand und dahinter …«

»Abgeschlossen!«, Sternberg versuchte, die seitliche Schiebetür zum Laderaum zu öffnen. »Steckt vielleicht der Schlüssel im Zündschloss?«

»Fehlanzeige«, kam von Lindt. »Wenn es dumm läuft, hat ihn der Gabriel in der Tasche.«

»Keine Sorge, Chef, die alten Schlösser sind ja nicht so schwierig aufzukriegen.« Noch bevor Lindt das Fahrzeug umrundet hatte, war es Jan gelungen, mit Fingerspitzengefühl und dem Taschenwerkzeug, das er stets bei sich trug, das Schloss zu öffnen. »Lernt man bei Einbruch & Diebstahl. Die Kollegen dort können das alle«, kommentierte er und schob die Tür schwungvoll zurück. »Wenn ich nicht bald auf den Kommissarlehrgang darf, muss ich mir halt als Autoknacker was dazuverdienen.«

»Nicht gerade viel«, stellte Oskar Lindt fest, als Jan mit seiner Maglite den Laderaum ausleuchtete. »Ob da was drunter …« Er bückte sich und griff nach der Ecke einer alten Matratze, um sie hochzuheben.

»Lieber nicht, Chef«, kam von Sternberg. »Das würde uns Ludwig sicher übel nehmen.«

»Stimmt genau«, ertönte dessen wohlbekannte Stimme von hinten. »Finger weg, meine Baustelle!«

»Oh, das ging aber schnell.« Lindt richtete sich auf. »Also los, du weißt ja, wonach wir suchen.«

»Vielleicht danach?« Jan hob zwei längliche Streifen in die Höhe, die er in einem seitlichen Regal entdeckt hatte. »Stadtwerke auf Magnet, genial.« Klack, hafteten die dünnen biegsamen Schilder auf dem Metall der Transporterwand.

»Lass sehen.« Lindt und Willms betrachteten die Teile interessiert. »Fällt erst beim genauen Hinsehen auf. Exakt der richtige Schriftzug. Farbe, Größe, alles stimmt. Bravo, gut gemacht«, applaudierte der Kommissar.

»Mit PC heutzutage kein Problem mehr«, meinte Sternberg. »In zwei Stunden schaff ich das auch.«

»Na dann steht deiner kriminellen Karriere ja nichts mehr im Weg. Schlösser knacken, Schilder fälschen, wie wird das nur weitergehen?«

»So wars auch wieder nicht gemeint, Chef. Aber wenn Sie sich bei Gelegenheit mal mit dem Aufstiegslehrgang für mich befassen könnten …«

»Oskar, merkst du was?«, tönte Ludwig Willms aus dem Inneren des Transporters. »Die Jugend drängt nach. Wie lange hast du noch?«

»Ihr werdet es erwarten können«, knurrte Lindt und kramte nach Pfeife und Tabak. »Such lieber nach 'nem Revolver.22 lfb. Vielleicht hat er den hier im Auto versteckt.«

»Oder eine Schrotflinte. Dann könnten wir endlich den Zusammenhang herstellen«, überlegte Jan Sternberg.

»Das dürfte uns noch etwas Arbeit machen. Bin mal gespannt, wie gesprächig die Herren sind.«

»Vielleicht gibt es auch gar keine Verbindung«, kam vom Eingang des Schuppens.

»Oh, Herr Conradi«, begrüßte der Kommissar den kleinen freundlichen Staatsanwalt. »Nett, dass Sie sich die Zeit nehmen.«

»Gelegentlich muss sich auch der Vertreter der Anklage ein Bild von der Örtlichkeit machen und außerdem …« Er entnahm seiner Aktentasche einen Stapel mit Papieren. »Darauf warten Sie doch bestimmt schon.«

»Ach, die Anordnungen, bitte Jan, kümmerst du dich drum?«

Conradi reichte Sternberg die Formulare. »Halt, das letzte hier nicht.« Er zog einen Bogen wieder zurück und übergab ihn Lindt. »Für Sie, persönlich.«

Der Kommissar warf einen Blick darauf, und seine Augen begannen zu glänzen: »›Eingestellt‹, das wichtigste Wort.«

»Die Staatsanwaltschaft schenkt den Ausführungen des langjährig bewährten Ermittlungsbeamten Erster Kriminalhauptkommissar Oskar Lindt mehr Glauben als der Gegenseite. Eine Verfehlung in der ordnungsgemäßen Dienstausübung oder eine vorsätzliche schwere Körperverletzung kann nicht erkannt werden«, formulierte Conradi und drückte dem Kommissar die Hand. »Außerdem sind Sie ja noch nie in dieser Richtung aufgefallen.«

Jan Sternberg grinste breit. Neugierig warf er einen Blick auf das Schriftstück: »Kann ich voll bestätigen. Den Einsatz körperlicher Gewalt überlässt der Chef gerne uns jüngeren Kollegen.«

»Marsch jetzt«, scheuchte ihn der Kommissar. »Den Durchsuchungsbefehl zur Ehefrau. Und ihr nehmt euch das ganze Anwesen vor,« wandte er sich an Ludwig Willms. »Von oben bis unten.«

»Hattest du je einen Grund, dich zu beklagen?«, schallte es aus dem Laderaum des Transporters.

»Kaum«, antwortete Lindt knapp und wollte ins Freie, doch der Staatsanwalt hielt ihn am Ärmel fest. »Dort würde ich auch nachschauen.« Er ging in die Hocke und spähte unter den Bus, wo der Betonboden durch eine längliche Reihe kurzer Holzdielen unterbrochen wurde.

Willms hatte mitgehört und lugte auf dem Bauch liegend zur Schiebetür heraus: »Eine Grube zur Fahrzeugwartung. Ölwechsel und so.«

Lindt kniete sich auf den Boden. »Das hinterste Brett bekommen wir vielleicht hoch, ohne den Bus wegzufahren.« Er versuchte, das Holz zu lockern, doch ohne Erfolg.

Staatsanwalt Conradi schaute sich kurz um, dann entdeckte er eine Werkzeugkiste und klappte sie auf. Er nahm einen kräftigen langen Schraubenzieher heraus und hielt ihn dem Kommissar hin. »Versuchen Sies mal damit.«

Lindt drückte die breite Spitze zwischen Holz und Beton, hebelte und rüttelte ein wenig, bis das Brett nachgab. Vorsichtig legte er das ölverschmierte Holz zur Seite und linste in die Öffnung. »Zu dunkel, könnte ich mal …?«

Conradi hatte bereits eine starke Taschenlampe aus dem Koffer der Spurensicherung genommen und reichte sie an.

»Ich glaube«, sagte Oskar Lindt, »der Wagen muss weg.«

Mühsam rappelte er sich empor, ging zur Fahrertür, stieg ein, drückte die Kupplung und zog den Schalthebel auf Leerlauf. Willms und der Staatsanwalt schoben an der Fahrzeugfront und ließen so den orangeroten VW-Bus ins Freie rollen. Lindt nahm den langen Schraubenzieher wieder zur Hand und löste das erste Holz auf der anderen Seite der Grubenabdeckung. Darunter kam eine Eisenleiter zum Vorschein, die senkrecht an die Wand geschraubt war.

»Lass mich mal«, sagte Ludwig Willms, »meinem Overall macht der ganze Öldreck hier nichts aus.« Er nahm ein Brett nach dem anderen hoch, legte schließlich die Montagegrube auf ihrer gesamten Länge frei und kletterte hinein.

In der hinteren Ecke lag, was Oskar Lindt stutzig gemacht hatte. »Lumpen?«, fragte der Staatsanwalt und schaute zusammen mit dem Kommissar interessiert nach unten, wie der KTU-Chef einen Haufen von alten Wolldecken unter die Lupe nahm.

»Sieht aus wie ein Nest«, tönte es aus der Grube. »Ganz unten liegen noch Matratzen.«

»Wie wäre es mit DNA-Material?«

»Meinst du deswegen, Oskar?« Willms hob ein braunes Stückchen Plastikfolie in die Höhe. »Ich fress einen Besen, garantiert dasselbe Klebeband wie im Hardtwald.«

»Jordan?«, fragte Conradi.

»Höchstwahrscheinlich.«, entgegnete Lindt.

»Und wo ist der jetzt?«

»Kommen Sie, ab ins Präsidium. Das werden wir aus den beiden Herren schon rausbringen.«

18

Ganz so schnell kamen die beiden nicht zum Verhör, denn gerade, als Lindt in seinen Wagen steigen wollte, bog ein Motorrad um die Ecke. Der Kommissar erkannte den Sound des Zweizylinder-V-Motors und schloss die Fahrertür wieder.

Inka Valentin hievte ihre Yamaha XV 535 Virago auf den Ständer, nahm den Helm ab und fuhr sich mit der Hand durchs Haar, damit die weißblonden Stacheln wieder aufstanden. »Darf ich ein paar Bilder machen?«

»Zuerst stelle ich dich noch unserem Herrn Staatsanwalt vor«, bremste Lindt sie und ging mit ihr zu Conradis Dienstfahrzeug. »Frau Valentin ist sozusagen …«

»Freie Journalistin«, fiel sie ihm ins Wort und streckte dem Kurzen die Hand hin.

»Eine alte … ääh … gute Bekannte«, bemühte sich der Kommissar zu erklären.

»So alt sehen Sie aber noch gar nicht aus«, lächelte der Staatsanwalt und beugte sich galant nach vorne. »Es hat sich schon rumgesprochen, dass Sie einen … na, wie soll ich sagen … sehr effektiven Schreibstil haben.«

»Ach, Sie meinen die Gerichtsreportage?«

»Hat einiges in unserer Behörde durcheinandergerüttelt. Anscheinend haben Sie den richtigen Riecher, oder kommen Sie rein zufällig hier vorbei?«

Glücklicherweise war es inzwischen schon etwas dämmerig geworden, sonst hätte man Lindts leichte Röte im Gesicht noch deutlicher erkennen können. »Sie ist …«

»Teil Ihrer kreativen Ermittlungsstrategie?«

Der Kommissar gestand: »Dafür gibt es ab und zu eine kleine Exklusivreportage.«

»Solange das unserem Vorwärtskommen nicht entgegensteht, sehe ich keine Probleme.«

»Inka, wir müssen«, brach Lindt die Unterhaltung ab. »Halte dich an Jan, er kann dir ein paar interessante Dinge zeigen. Aber bitte noch nichts veröffentlichen. Ich denke, wir stehen kurz vor der Aufklärung.«

Damit sollte sich der Kommissar allerdings gründlich täuschen, denn die Vernehmung von Volker Gabriel und Thomas Heid gestaltete sich schwieriger als gedacht. Beide bestanden darauf, nur in Gegenwart eines Anwaltes vernommen zu werden, und gaben sich dann äußerst wortkarg.

Selbst, als die KTU meldete, dass auch in Gabriels Montagegrube DNA-Spuren von Klaus-Dieter Jordan gefunden worden waren, gab es keine Geständnisse. Im Laderaum des Transporters konnte dagegen trotz intensivster Suche nichts Belastendes gesichert werden.

Beide Verdächtigen wurden mit Mütze, Brille und Bart verkleidet, um einen Vergleich zum Aufzeichnungsband der Tankstelle anzufertigen. Übereinstimmung 70 % bei Gabriel, 30 % bei Heid, war das Ergebnis der Spezialisten des Landeskriminalamts.

Eine kleine Beule in der Heckstoßstange des Transporters sah zwar so ähnlich aus wie eine Schattierung auf dem Zapfsäulen-Video, aber dessen Qualität erlaubte keine eindeutige Beweisführung.

Waffen wurden nirgendwo gefunden, Schmauchspuren ebenso wenig wie gestohlene Kfz-Kennzeichen, und auch nach größeren Bargeldbeträgen oder anderen belastenden Unterlagen suchten die Ermittler vergeblich.

Den VW-Bus, tatsächlich ein früheres Stadtwerke-Fahrzeug, hatte Gabriel schon vor Jahren ganz regulär erworben und immer mal wieder zugelassen, wenn er größere Baumaßnahmen an seinem Anwesen durchführte.

Die Ehefrauen von Heid und Gabriel gaben ihren Männern für die Zeiten des Brandanschlags und des Bettfedern-Mordes nicht zu widerlegende Alibis. Auch längere Abwesenheitszeiten, wie sie für eine Vogesenfahrt nötig gewesen wären, wurden heftigst bestritten.

Einzig die gemeinsame DDR-Vergangenheit in einer Sonderkampfeinheit der NVA Ende der 80er-Jahre verband die beiden unwiderlegbar.

»Das ist ja wohl kein Haftgrund«, gifteten die Anwälte und forderten eine umgehende Freilassung. »Wie viele Zigtausend andere DDR-Bürger auch haben sie sich nach der Wende hier im Westen eine neue Existenz aufgebaut. Der Zusammenbruch ihrer Firma hat sie natürlich sehr hart getroffen, vor allem finanziell, aber wir verwahren uns entschieden gegen eine Kriminalisierung unserer Mandanten.«

»Was haben Sie mit Klaus-Dieter Jordan gemacht?«

»Wo ist er jetzt?«

»Wie lange hatten Sie ihn in Ihrem Schuppen eingesperrt?«

»Er war im Hardtwald an einen Baum gefesselt. Dort wurde ihm ein Zahn ausgeschlagen. Was haben Sie dabei erreicht?«

»Welche Sonderzahlungen haben Sie vom Insolvenzverwalter der KARMAG erhalten?«

»Weshalb haben Sie das Haus von Johann Guth in Brand gesteckt?«

Auf diese und noch etliche Fragen mehr bekam Lindts

Team keinerlei Antworten. Gabriel und Heid wurden grundsätzlich getrennt verhört, doch weil sie beharrlich schwiegen, konnten sie sich auch nicht in Widersprüche verwickeln.

»Die gestehen nur, was wir ihnen wirklich hieb- und stichfest beweisen können«, war Lindts ernüchterndes Fazit nach vielen mühevollen Stunden.

Auch Paul Wellmann wusste nicht weiter. »Weichkochen funktioniert hier nicht, Oskar. Diese beiden sind bereits hartgekocht.«

Dann bekam selbst Staatsanwalt Tilmann Conradi kalte Füße. »Wenn wir keine Zeugen auftreiben oder ganz klare Beweise, dann müssen wir sie freilassen. Jordan ist verschwunden, tot oder lebendig, wir wissen es nicht, und die Indizien für die Morde an den Zigarettenschmugglern sind ohnehin viel zu dürftig. Darauf kann ich keine vernünftige Anklage aufbauen. Sie kennen ja den Gerichtsgrundsatz ›Im Zweifel für den Angeklagten‹.«

Pleite auf der ganzen Linie. Kein Wunder, dass sich die Stimmung von Oskar Lindt zusehends verdüsterte. Besonders schlimm wurde es, als Gabriel und Heid auf freien Fuß gesetzt werden mussten. Stundenlang verzog der Kommissar sich in sein Büro und verbrauchte Unmengen von Pfeifentabak – ohne Erfolg.

Nachts kehrten die Albträume zurück. So schlimm, dass er schon freiwillig auf der Wohnzimmercouch schlief, um Carla nicht noch mehr zu stören. Eine normale Unterhaltung zwischen den beiden fand mittlerweile kaum mehr statt, so einsilbig war der Kommissar geworden. Einen Misserfolg in diesem verzwickten Fall wollte er sich keinesfalls eingestehen, aber die Auflösung war nirgendwo in Sicht.

Auch Inka war sauer. Eine tolle Story, die Verhaftung von zwei Verdächtigen, aber Lindt gab keine Zustimmung, sie zu veröffentlichen. »Erst, wenn wir es ihnen hundertprozentig beweisen können«, sagte er, als die beiden sich zu einem Glühwein auf dem mittlerweile eröffneten Karlsruher Weihnachtsmarkt trafen. »Die beiden sind entweder unschuldig oder total hartgesotten. Es war absolut nichts aus ihnen herauszubekommen.«

»Wie können die überhaupt ihre Anwälte bezahlen?«, fragte sich Inka.

»Das wüsste ich auch gerne. Keine Ahnung.«

»Irgendwann müssen sie mal einen Fehler machen. Observiert ihr weiter?«

»Negativ. Kein Geld und keine Leute.«

»Telefonüberwachung?«

»Ebenfalls eingestellt, außerdem sind die viel zu vorsichtig.«

»Soll ich vielleicht mal …?«

»Als du bei Gabriel auf dem Grundstück warst, hat dich bestimmt jemand aus der Familie gesehen.«

»Wegen der hellen Bürste auf dem Kopf? Vielleicht, aber wenn ich mit meiner Maschine … flink, wendig, unauffällig …«

»Willst du dich damit bei denen vors Haus stellen? Also bitte, das spannen die schon nach fünf Minuten. Die rechnen bestimmt damit, dass wir sie im Auge behalten. Außerdem weiß ja die ganze Nachbarschaft, wen wir festgenommen haben und wieder freilassen mussten. Ich bin sicher, dass die Gabriels und die Heids jetzt von vielen Augen sehr genau beobachtet werden.«

»Schwachstelle Familie? Vielleicht verplappern sich die Kinder mal?«

»Denen wurde sicherlich nichts gesagt, und die Ehefrauen, die wissen natürlich, dass wir ihr Gespräch auf dem Supermarkt-Parkplatz belauscht haben. Noch mal passiert ihnen das nicht. Wollen doch ihre schicken Autos und die tollen Häuser nicht aufs Spiel setzen.«

»Und jetzt in der Weihnachtszeit? Irgendwie muss doch Geld für die Einkäufe organisiert werden.«

»Die Konten werden immer noch überwacht, da können sie sich nichts erlauben, was Spuren hinterlässt.«

Eine Weile schwiegen die beiden und sinnierten in ihre Glühweingläser.

»Früher war das irgendwie anders«, begann Lindt wieder. »Anfangs, beim alten Kopp, da konnten wir sie alle weichbekommen. ›Ab in die Küche‹, hat er gesagt, und dann ging das Spielchen los.«

»Guter Bulle – böser Bulle?«

»Ja, auch, aber meistens hielten die Verdächtigen irgendwann einfach unserem Druck nicht mehr stand und haben ausgepackt.«

»Dann fehlen euch jetzt wohl die richtigen Verhörmethoden.«

»Daumenschrauben waren auch früher schon abgeschafft, wenn du das meinst. Aber heute? Da holen sie einfach ihre gerissenen Anwälte, machen auf Pokerface und halten den Mund.«

»Die Anwälte«, sagte Inka plötzlich. »Vielleicht werden sie von denen mit Geld versorgt?«

»Und wenn schon. Da kommen wir nicht ran, keine Chance. Hatte noch nie das Vergnügen mit ihnen. Zwei junge Schnösel mit Porsche, haben erst vor ein paar Jahren eine Kanzlei in Durlach aufgemacht.«

»Noch nicht lange selbstständig und schon im teuren Sportwagen? Das stinkt doch. Mussten Gabriel und Heid lange überlegen, wer sie verteidigen soll?«

Lindt legte die Stirn in Falten. »Du meinst, sie kannten die Rechtsverdreher vorher schon?«

Inkas Gedanken gingen dem Kommissar nicht aus dem Kopf. Was wäre, wenn …, lächelte er verschmitzt und marschierte, als er ins Präsidium zurückgekehrt war, schnurstracks zu Karl-Friedrich Birk in die Wirtschaftsabteilung.

»Kennst du die Anwaltskanzlei Holz & Koller?«

»Durlach? Natürlich, seit ein paar Jahren tauchen die immer mal wieder bei unseren Ermittlungen auf. Haben bis jetzt noch jeden rausgehauen. Aalglatt, aber professionell.«

»Kannst du dich an einzelne Fälle erinnern?«

Birk griff hinter sich und zog denselben dicken Aktenordner aus dem Regal, den er Lindt schon einmal mitgegeben hatte. »KARMAG, wir sprachen ja bereits darüber.« Er blätterte eine Weile. »Hier: Holz & Koller waren seit drei Jahren beauftragt, die Verträge mit Kunden im Osten zu erstellen.«

»Die angeblichen Dumpingverkäufe?«

»Genau, aber unsere Spezialisten haben ja die ganze Verwaltung dieser Maschinenfabrik auf den Kopf gestellt – alles sauber! Nicht die geringste Unregelmäßigkeit. Marktpreise, war die Auskunft, knapp kalkuliert. Teurer dürfen wir nicht werden, sonst macht die Konkurrenz das Geschäft.«

»Ist es üblich, dass Anwälte die Verträge ausarbeiten?«

»Klar doch, bei Auslandsverkäufen sowieso. Und was die dabei verdienen, Oskar, da schlackerst du mit den Ohren. Honorar nach Auftragswert. Von solchen Zahlen können wir beide nicht mal träumen.«

»Monatlich?«

»20.000 sind da noch gar nichts. Ist aber normal bei Wirtschaftsjuristen.«

»Dann hab ich meinen Töchtern wohl die falschen Studienfächer empfohlen«, kratzte sich Lindt am Hinterkopf.

»Du denkst, diese beiden jungen Anwälte wären irgendwie in deinen Fall verstrickt?«

»Zumindest waren sie noch vor mir im Verhörraum.«

»Das ist allerdings ungewöhnlich, denn bei Strafprozessen springt für die Herren Advokaten sehr viel weniger heraus als in ihrem eigentlichen Arbeitsbereich.«

»Vor allem kann ich mir nicht vorstellen, wie sich unsere zwei Verdächtigen so teure Anwälte überhaupt leisten können.«

»Frag sie doch! Dabei wünsche ich dir jetzt schon viel Vergnügen.«

Kopfschüttelnd zog Oskar Lindt wieder ab.

Nicht zu Paul und Jan, sondern erneut nach draußen. Die Beiertheimer Allee hinunter Richtung Hauptbahnhof. Pfeife im Mund, Hände tief in den Jackentaschen vergraben. Gedanken kommen und gehen. Die besten kommen *beim* Gehen.

Durchsuchung der Anwaltskanzlei auf einen derart vagen Verdacht hin? Kein Richter der Welt würde das genehmigen.

Zeugen, hatte der Kurze gesagt. Zeugen mussten her. Zeugen, die etwas gesehen hatten. So wie Nico Stupic?

Vielleicht war der bosnische Student einfach zur falschen Zeit am falschen Ort gewesen. Will ein paar Stangen Jin Ling aus dem Erdbunker holen. Dabei beobachtet er, wie Jordan an den Baum gefesselt ist und traktiert wird. Leider wird er entdeckt. Knall – Kopfschuss. Das Ende eines Zeugen. Methoden der NVA-Sondereinheit?

Johann Guth? Ein weiterer Zeuge, der aus dem Weg geräumt werden musste?

Was war mit Jordan? Wie lange hatte er in der Montagegrube gehockt? Sicherlich gefesselt und geknebelt. Bis Gabriel und Heid ihr Geld hatten? Tatsächlich? Woher? Wie viel?

Konnte Jordan wirklich große Beträge aus dem Unternehmen abzweigen? Mithilfe der beiden Anwälte? Wie hätte das funktionieren sollen?

Wo war Jordan jetzt? War er ebenfalls liquidiert worden? Verscharrt im Hardtwald? Oder lebte er noch? Leben gegen Geld? Abgesetzt? Flugticket gegen Geld? Florida? Trotz internationaler Fahndung bisher kein Ergebnis.

Was nützt die beste Theorie, wenn sie nicht zu beweisen ist? Wer wird uns etwas vor dem Karlsruher Landgericht bezeugen?, grübelte Oskar Lindt, starrte auf die grauen Platten des Gehwegs und stiefelte weiter durch das vorweihnachtliche Karlsruhe.

Auf den Zufall warten? Auf einen Fehler von Gabriel oder Heid? Gibt es eine Schwachstelle? Und wenn ja, wo?

Oder sind die beiden wirklich nur ganz normale biedere bedauernswerte Familienväter, die ihre Arbeit verloren haben, so wie Hunderte andere auch?

Der Hauptbahnhof, ein idealer Ort, um ›Leute zu schauen‹. Menschenmassen wälzen sich hindurch. Nach draußen zu den Straßenbahnen, nach hinten zu den Gleisen.

Lindt klopfte seine Pfeife aus, kaufte Zeitung, Brezel, Milchkaffee und lehnte sich neben einem Stehtisch an die Wand.

Mechanisch brach er ab und zu ein Stück von seiner Brezel oder nahm einen Schluck aus der Tasse. Seine Augen waren auf die Menschenflut gerichtet, aber in Wirklichkeit nahm er die Leute gar nicht wahr. Er starrte ins Leere und sah genau so viel wie mit geschlossenen Lidern, nämlich nichts. Oskar Lindt blickte nach innen.

Plötzlich kam eine junge Frau auf ihn zu. Blond, vielleicht Mitte, Ende 30, der Pferdeschwanz machte sie noch jünger. Lindt kannte das Gesicht, aber woher? So sehr er auch überlegte, es fiel ihm nicht ein. Zu ihren Jeans trug sie die hohen Stiefel der aktuellen Mode, oben eine taillenbetonte schwarze Jacke in extravagantem Schnitt, einen Alu-Trolley zog sie hinter sich her.

Die Frau ging an ihm vorbei, schaute in sein Gesicht. Der Ausdruck ihrer Augen war eindeutig. Sie hatte ihn erkannt, aber er sie nicht. Automatisch folgten ihr seine Blicke. Sie ging weiter zu den Gleisen, drehte sich nochmals um. Hob sie ihre Hand, um zu winken?

Natürlich, das war doch … Lindt fuhr zusammen, kam wieder zu sich. Starrte nach links. Nein, da war sie nicht. Nicht mehr? Er kniff die Augen ein paarmal heftig zusammen. Einbildung! Ein Tagtraum, hier zwischen all den Menschen? Mit offenen Augen … Nur ein kurzer Moment, sicherlich hatte niemand etwas bemerkt. Hoffentlich.

In Gedanken griff er wieder nach seiner Butterbrezel, wollte etwas davon abbrechen, doch er war nicht bei der Sache. Das Stück rutsche ihm aus den Fingern und fiel zu Boden. Lindt ärgerte sich und kickte das Teil mit dem Schuh zur Seite.

Eine Weile fixierte er jetzt dieses Brezelstück, wie es dalag. Außerhalb des Menschenstroms, seitlich an der Wand. Plötzlich flatterte eine Taube heran. Zielgerichtet pickte sie das Bröckchen auf und brachte sich mit ihrer Beute in Sicherheit.

Lindt dachte an den Eisvogel. Dort an der Alb, vor wenigen Tagen. Ein Stoß – ein Fisch.

Wie wäre es denn …?, ging ihm durch den Kopf. Was bei den Vögeln funktioniert, das könnte doch auch …

Ja, er würde einen Köder auslegen …

19

Er gab sich einen Ruck, trank aus, steckte den Rest der Brezel zurück in die Tüte, dann in seine Jackentasche, faltete die Zeitung zusammen, verließ den Bahnhof und stieg am Vorplatz in die Linie 4.

An der Haltestelle Mathystraße stieg er aus und marschierte mit strammem Schritt die wenigen Meter bis zum Präsidium.

»Paul, Jan«, rief er, als er ohne anzuhalten deren Büro durchquerte, »Besprechung bei mir!«

»Was passiert, wenn …?«, begann der Kommissar.

Sternberg sah ihn erstaunt an. »Da gibt es ganz verschiedene Möglichkeiten …«

»Stopp, es reicht«, unterbrach ihn Lindt. »Versteht ihr denn nicht, was ich erreichen will?«

»Da kommt doch nichts dabei raus …«, blieb Paul Wellmann skeptisch.

»Das Spiel ist offen, ganz klar, da hast du recht. Aber irgendetwas müssen wir doch unternehmen. Deshalb klopfen wir drauf.«

»Wie klopfen? Wo klopfen?« Sternberg verstand nur Bahnhof.

»Auf den Busch natürlich.«

»Und dann?«

»Mal sehen, ob der Hase rauskommt.«

»Heute bin ich etwas schwer von Begriff, Chef. Welcher Hase?«

Lindt lächelte: »Du, Jan, bist der Einzige von uns dreien, den dieses Häschen noch nicht in natura gesehen hat, deswegen wirst du seine Fährte aufnehmen.«

Lindt angelte einige Fotos aus der Ermittlungsakte, zog sich seine dicke schwarze Jacke über und verließ zusammen mit Wellmann und Sternberg das Büro. Er überprüfte die Uhrzeit. »Halb elf – vielleicht wird es heute noch was.«

Drei Fahrzeuge der Karlsruher Kriminalpolizei fuhren nacheinander vom Hof des Präsidiums. Alle steuerten Durlach an. Der dunkelrote Citroën hielt direkt vor der Auffahrt zu der noblen Villa am Turmberg. Wellmann und Sternberg suchten sich verdeckte Parkmöglichkeiten in der Nähe.

Genauso wie vor einigen Tagen läutete Oskar Lindt am messingfarbenen Klingelknopf neben dem Gartentor und schaute in die Optik der Überwachungskamera. Dieses Mal wurde er allerdings ohne weitere Nachfragen eingelassen.

Anke Petri erwartete den Kommissar in der Haustür. Die Anspannung und Ungewissheit der vergangenen Wochen spiegelten sich in ihrem Gesicht. »Haben Sie … Wissen Sie …?«

Lindt legte ihr beschwichtigend die Hand auf die Schulter. »Vielleicht drinnen?«

Zum zweiten Mal ließ er sich auf das dicke dunkelbraune Leder nieder. »Leider keine gute Nachricht.« Er nahm das erste Foto aus seiner Aktenmappe und reichte es ihr. »In Frankreich.«

Ihre Augen wurden feucht: »Sein Wagen?«

»Ein Gebirgspass in den Vogesen.«

»Unfall?«

»Von der Straße abgekommen und über die Felsen gestürzt.«

Sie musterte mit scheuem Blick die schwarze, deformierte Karosse. »Feuer?«

Lindt nickte stumm und holte das zweite Bild heraus. »Ich bin mir nicht sicher, ob Sie sich das ansehen sollten?« Er hatte ein Foto gewählt, auf dem der verkohlte Körper nur als schemenhafter undeutlicher Schatten zu erkennen war.

Sie warf einen schnellen Blick darauf, dann schlug sie die Hände vors Gesicht. »Ist er verbrannt?«

»Wir gehen davon aus, dass sich der Wagen mehrfach überschlagen hat, bevor er Feuer fing.«

»Dann war er sicherlich schon tot, als …«

Lindt drückte ihr beide Hände. »Tut mir sehr leid, Ihnen das mitteilen zu müssen.«

»Wenigstens ist diese schreckliche Ungewissheit jetzt vorbei«, schluchzte sie und beugte sich vornüber.

Der Kommissar schwieg einige Minuten, dann fragte er leise: »Wer wird sich um die Beerdigung kümmern?«

Sie zuckte mit den Schultern. »Seine Frau? Es wäre mir lieber, wenn Sie ihr das mitteilten. Wissen Sie, wo …?«

»Das finden wir heraus. Es wird aber noch einige Tage dauern, bis die Freigabe erfolgen kann.«

Anke Petri hob irritiert den Kopf.

»Leider, die Bürokratie.«

Auf dem Weg zur Haustür nahm er noch einmal ihre Hand. »Was werden Sie jetzt machen?«

Sie wandte sich ab und drückte schnell ein weißes Taschentuch auf die Augen: »Aus der Traum!«

Lindt schritt die Auffahrt nach unten und zog das schmiedeeiserne Törchen hinter sich zu.

»Passt auf, falls sie wegfährt«, funkte er zu Sternberg, und Wellmann und steuerte seinen Wagen in die Nähe des Durlacher Bahnhofs.

Bereits eine halbe Stunde später hatte Anke Petri ihre strenge Dienstkleidung abgelegt und verließ die Fabrikantenvilla.

»Die fährt gar nicht mit dem Auto«, sprach Jan Sternberg in das Mikrofon. »Sie geht zu Fuß.«

»Ohne Gepäck?«

»Nur eine Handtasche. Sieht nicht so aus, als wollte sie verreisen.«

»Also Plan B«, gab Lindt durch. »Welche Richtung?«

»Abwärts.«

»Dann schau mal, dass du vor ihr an der Straßenbahn bist.«

So unauffällig wie möglich folgte Paul Wellmann der Frau mit seinem Wagen. »Jan, jetzt gehört sie dir«, meldete er, als sie sich ein paar Minuten später tatsächlich zu den Wartenden an der Haltestelle Turmberg gesellte.

»Bin schon da, aber mein Golf steht im Halteverbot«, kam die Antwort, und ein junger Mann, dessen Ohrstöpsel denen eines MP3-Players täuschend ähnlich sahen, bestieg kurz hinter Anke Petri die Linie 1.

Wellmann kümmerte sich um Sternbergs Wagen, und Oskar Lindt folgte der Bahn in Richtung Stadtmitte. »Zwei Kollegen in Zivil steigen am Durlacher Tor zu. Gib Nachricht, falls sie die Bahn früher verlässt«, funkte der Kommissar, und Jan drückte zweimal den Sprechknopf seines Gerätes als Zeichen, dass er verstanden hatte.

Als die Tram in die Fußgängerzone der Kaiserstraße einfuhr, konnte Lindt nicht mehr folgen, überlegte kurz und lenkte den Citroën in Richtung des Polizeireviers Marktplatz. Auf dem für Einsatzfahrzeuge reservierten Seitenstreifen wartete er. Es dauerte aber keine Minute, bis er Sternbergs Stimme über Funk hörte: »Am Marktplatz ausgestiegen … Wir folgen … Sie geht … in die Volksbank.«

»Zwei Mann hinein, einer bleibt draußen, ich komme«, gab Lindt zurück. So schnell er konnte, eilte er an der Pyramide vorbei bis zur Bank.

»Sie wartet dort am Schalter«, informierte der Kollege vor dem Eingang. Der Kommissar betrat den Vorraum und suchte sich einen freien Kontoauszugsdrucker, von dem aus er in die Halle sehen konnte.

Zwei ältere Männer standen noch vor Anke Petri in der Schlange, etwas weiter hinten der zweite Kripokollege. Jan Sternberg beschäftigte sich gerade mit dem Ausfüllen eines Überweisungsformulars.

Als Frau Petri an die Reihe kam, konnte Lindt nur erkennen, dass die Bankangestellte nickte, zum Telefon griff und sie dann zu einem Durchgang geleitete.

Er rätselte kurz, was das bedeuten sollte, da wurde die Frau schon von einem weiteren Mitarbeiter in Empfang genommen und verschwand mit ihm nach hinten.

Als sie außer Sichtweite war, öffnete Lindt die Tür zur Schalterhalle.

Sternberg hatte sich bereits suchend nach ihm umgeschaut. »›Schließfach‹ konnte ich verstehen.«

»Also, worauf warten wir dann noch?«

Zielstrebig gingen Lindt und Sternberg in dieselbe Richtung wie Anke Petri. Dem erstbesten Banker, der sich ihnen in den Weg stellte, hielt der Kommissar seinen Dienstausweis unter die Nase. »Zu den Schließfächern, schnell.«

Sie kamen exakt zur richtigen Zeit. Als Anke Petri bemerkte, wer nach ihr in den Tresorraum der Karlsruher Volksbank getreten war, wich die Farbe schlagartig aus ihrem Gesicht. Hektisch versuchte sie, die Metallkassette wieder in die Öffnung zu schieben, doch Jan Sternberg war schneller und griff zu.

»Einen Moment, bitte«, sagte Oskar Lindt, nahm an dem schmalen Tisch Platz und wies auf einen weiteren Stuhl. »Wollen Sie sich nicht setzen?«

»Dazu haben Sie kein Recht«, stammelte die Frau.

»Wir dürfen, Gefahr im Verzug.«

Jan stellte den flachen Blechkasten vor dem Kommissar ab. »Soll ich?«

»Warte noch«, antwortete Lindt, legte seine breite Hand darauf und sah Anke Petri an: »Sie wissen, was drin ist?«

»Er wollte vorsorgen.«

»Für wen?«

»Für mich, mit einer Lebensversicherung, falls …«

»Kennen Sie die Police?«

»800.000.«

»Bei Unfalltod vermutlich das Doppelte«, stellte der Kommissar fest.

Sie verschränkte die Arme und starrte mit trotzigem Gesichtsausdruck auf die Kassette, auf der nach wie vor Lindts Pranke ruhte.

»Er sagte, hier wäre der Vertrag sicher.«

»Sicher wovor? Vor seiner Frau? Vor uns?«

»Wo verwahrte er den Schlüssel?«

Sie zögerte. »Im … im Geräteschuppen. Ich musste mich aber noch ausweisen.«

»Dann hatten nur Sie beide Zugang zu dem Schließfach?«

Anke Petri machte ein unglückliches Gesicht. »Falls ihm etwas passiert, hat er immer wieder gesagt. Und jetzt …«

»… jetzt ist dieser Fall eingetreten?« Der Kommissar klappte den Deckel hoch, griff hinein und legte zwei weiße Umschläge aus verstärktem Papier auf den Tisch. Einer im A4-Format, der andere etwas kleiner, aber ziemlich dick. Beide waren zugeklebt und trugen keine Aufschrift.

Mit seinem Schweizer Taschenmesser schlitzte Lindt den größeren Umschlag auf, zog einen Schnellhefter heraus und überflog die Seiten.

»800.000«, bestätigte er und reichte ihr das Dokument.

Er befühlte das zweite Kuvert. »Bargeld?«

Sie antwortete nicht.

»Dann müssen wir nachzählen«, seufzte Lindt, schnitt auch diesen Umschlag auf und holte mehrere Bündel grüner Hunderter heraus. Er zählte laut und legte die Scheine in Zehner-Stapeln vor sich auf den Tisch. Teilnahmslos sah Anke Petri zu.

Beim 18. Stapel stockte der Kommissar und schnappte sich schnell den weißen Zettel, der zwischen den Scheinen steckte. »Eine Handynummer!« Er hielt der Frau die Notiz hin. »Sagt die Ihnen was?«

Unsicher hob sie die Schultern.

»Erkennen Sie die Schrift? Jordans Schrift?«

Sie nickte.

»Hatte er mehrere Telefone?«

»Seine übliche Nummer ist das jedenfalls nicht.«

Lindt reichte den Zettel Jan Sternberg: »Ruf Ludwig an, vielleicht kann er was rausfinden.«

Sternberg schaute auf sein Mobiltelefon. »Kein Netz, ich muss nach oben.«

»Auf keinen Fall die Nummer anrufen«, rief Lindt ihm noch hinterher, dann zählte er weiter.

Als 22 Geldscheinstapel zu je 1.000 Euro auf dem Tisch lagen, blickte der Kommissar die Frau durchdringend an: »Woher kommt dieses Geld? Jordan hat Ihnen doch sicherlich nicht nur von der Lebensversicherung, sondern auch davon erzählt.«

Sie schaute zu Boden: »Er sagte nur, es sei ein wenig Bargeld fürs Erste … und, dass ich gleich nachzählen solle.«

»Jetzt wissen wir ja, weshalb«, stellte Lindt fest und erhob sich. »Frau Petri, Sie müssen uns begleiten. Im Präsidium fällt Ihnen sicherlich noch mehr ein.«

Sie hielt ihn am Ärmel fest: »Bitte, sagen Sie es mir … Der Tote auf dem Bild …?«

Er beugte sich vor und schaute ihr direkt in die Augen. »Weshalb fragen Sie?«

Anke Petri antwortete nicht.

Eine kleine Gruppe von vier Männern und einer Frau verließ die Karlsruher Volksbank und bewegte sich an der Pyramide von Markgraf Karl-Wilhelm vorbei in Richtung Polizeirevier Marktplatz. Nur einem aufmerksamen Betrachter hätte auffallen können, dass die Frau immer in der Mitte der Gesellschaft blieb. Auch auf der Rücksitzbank des breiten älteren Citroëns wurde sie von zwei Kripobeamten flankiert. Lindt setzte sich ans Steuer, Sternberg daneben.

»Bin ich jetzt verhaftet?«, fragte Anke Petri, als sie im Hof des Polizeipräsidiums aus dem Dienstwagen stieg.

»Das kommt ganz auf Ihre Kooperationsbereitschaft an«, antwortete Lindt. »Im Moment möchten wir noch nicht auf Ihre Anwesenheit verzichten.«

Jan Sternberg brachte die Frau in eines der Verhörzimmer, während Lindts erster Weg ins Labor führte.

»Prepaidhandy«, sagte Ludwig Willms, als der Kommissar eintrat.

»Also kein Nutzer registriert?«

»Kannst die Nummer ja mal anrufen.«

»Da wird sich garantiert der Herr ›Hallo‹ melden, und den möchte ich nicht unnötig in Aufregung versetzen. Momentan hält er sich bestimmt noch für tot.«

»Du meinst, er glaubt, *wir* halten ihn für tot.«

»Deswegen wüsste ich gerne, wo er sich aufhält. Kannst du das rausfinden?«

»Handyortung? Kein Problem, wenn es eingeschaltet ist. Sag das doch gleich.«

»Kann ich warten?«

Willms zog einen zweiten Bürostuhl heran. »Setz dich, aber die Pfeife bleibt aus!«

Interessiert verfolgte Lindt, wie der Techniker in Windeseile die Tastatur seines Computers bearbeitete.

»In Deutschland: Fehlanzeige. Fürs Ausland muss ich die dortigen Kollegen kontaktieren. Dauert etwas länger. Wo soll ich beginnen?«

»Frankreich natürlich«, erhob sich der Kommissar wieder und schritt zur Tür. »Du weißt ja, wo du mich findest.«

Willms rümpfte die Nase: »Immer der Duftspur nach. Da, wos verbrannt riecht.«

»Hat sie schon nach einem Anwalt verlangt?«, fragte der Kommissar, als er nach einem Umweg über die Kantine und mit drei belegten Brötchen zu Wellmann und Sternberg ins Büro zurückgekehrt war.

Jan schüttelte den Kopf. »Bisher sitzt sie still im Verhörzimmer und wartet.«

»Dort wird sie auch noch eine Weile bleiben. Schaut ab und zu rein, bringt ihr ’nen Kaffee und vertröstet sie. Ludwig versucht gerade, die Handynummer zu orten. In Deutschland wars nichts.«

»Also Ausland.«

»Oder ausgeschaltet«, überlegte Paul Wellmann.

Lindt verteilte die Brötchen. »Beides ist möglich, aber vielleicht haben wir ja Glück. Diesen Informationsvorsprung möchte ich schon nutzen, bevor wir die Petri in die Mangel nehmen.«

Die Bürotür ging auf, und der KTU-Chef stürmte in den Raum: »Da kann ich ja lange nach Pfeifentabak schnuppern, wenns hier stattdessen nach Salami riecht. Fast hätte ich euch gar nicht gefunden.«

»Mach keine Sprüche, Ludwig. Hast du wenigstens das Handy entdeckt?«

»Klar doch. Frankreich – Volltreffer.« Er legte einen Landkartenausdruck auf den Tisch und zeigte mit seinem Edelstahlkuli auf verschiedene Punkte. »Hier Bordeaux und dort Arcachon. Kennt ihr die Côte d'Argent?«

»Atlantik«, sagte Lindt. »Da waren wir mit den Mädchen öfter mal im Urlaub. Leider schon ein paar Jahre her.«

»Ist das die Funkzelle?«, wollte Jan Sternberg wissen und deutete auf einen farbigen Kreis.

»Genau richtig, im Radius dieses Sendemasts befindet sich das Handy.«

»Hoffentlich auch Jordan und nicht nur das Telefon«, sagte Lindt. »Ich wette, der hat sich in einem der vielen Ferienhäuser einquartiert. Jetzt im Winter stehen die meisten doch leer.«

»Unsere französischen Kollegen sind schon unterwegs, ihn zu suchen. Die Fahndung hab ich auch noch mal mitgeschickt.«

»Brav, Ludwig«, meinte der Kommissar und warf ihm sein Brötchen zu. »Fangprämie!«

»Aus der Funkzelle in die Gefängniszelle«, flachste Sternberg.

Am späten Nachmittag kam die erlösende Nachricht aus dem Nachbarland. Genau, wie Oskar Lindt vermutete, hatte sich Klaus-Dieter Jordan hinter den Atlantikdünen verkrochen. Im Umkreis des Funkmasts, in den sich sein Handy eingebucht hatte, gab es zwar ungefähr 200 Ferienhäuschen, aber als einer der wenigen Wintertouristen war er den geschulten Augen zweier Gendarmen schon vor Tagen aufgefallen. Vor dem kleinen Supermarkt des Ferienortes lief er nun der Streife geradewegs in die Arme und war so überrascht, dass er sich völlig widerstandslos festnehmen ließ.

»Allerdings werden ihn die Franzosen nicht ausliefern«, berichtete Lindt bei der Besprechung, die er kurzfristig einberufen hatte. »Vermutlich wird er zuerst einmal wegen des totgefahrenen Radlers in Colmar angeklagt werden.«

»Den Weg dahin kennen Sie ja schon«, sagte Staatsanwalt Conradi. »Dann werden wir ihn eben dort verhören. Sie nehmen mich doch sicherlich mit?«

»Morgen früh um acht gehts los«, antwortete Lindt. »Ich bin sicher, dass er uns auch einiges über Heid und Gabriel zu erzählen hat. Ab sofort wieder überwachen. Nicht dass die doch noch das Weite suchen.«

Paul Wellmann übernahm die Aufgabe, die erneute Observierung zu organisieren. »Beim nächsten Mal holen wir aber das SEK, um sie festzunehmen.«

»Kannst du gleich vorwarnen.«

»Was ist mit der Petri?«, wollte Jan Sternberg wissen. »Zwei Kaffee hab ich ihr schon gebracht. So langsam wird sie ungeduldig.«

»Gewahrsam«, sagte der Staatsanwalt. »Vor allem keine Kommunikation.«

Sternberg hob ein Handy in die Höhe: »Das haben wir ihr gleich abgenommen.«

Hauptkommissar Oskar Lindt war erfüllt von einer Mischung aus Erleichterung und gleichzeitiger Anspannung, als er am

Abend gemeinsam mit seiner Frau zu Hause am Herd stand. Einerseits war er zwar fest davon überzeugt, am kommenden Tag der Auflösung des Falles sehr nahe zu kommen. Auf der anderen Seite spürte er eine große Unsicherheit in sich.

»Meine Theorien sind eigentlich ganz plausibel. Bisher konnte ich sie nur noch nicht hundertprozentig beweisen.«

»Aber?«, fragte Carla. »Was meinst du mit ›eigentlich‹?«

»Na ja, stell dir vor, dieser Jordan packt morgen nicht aus. Vielleicht schweigt er, so wie wir es vor ein paar Tagen mit Heid und Gabriel erlebt haben.«

»Kommt drauf an, was ihm sein Anwalt rät.«

Lindt ließ den Kochlöffel sinken. »Mensch, wenn der …«, dann lief er zum Telefon.

Zuerst wählte er die Privatnummer von Tilmann Conradi, anschließend die der Einsatzzentrale, um weiteres Personal anzufordern.

»Du hast mich draufgebracht«, erklärte er Carla, die das Essen mittlerweile allein fertig gekocht hatte. »Das ist uns total durch die Lappen gegangen. Was machen Jordans Anwälte, wenn sie mitbekommen, dass er in Frankreich geschnappt wurde?«

»Sind das auch diese beiden Jungdynamiker aus Durlach?«

»Davon gehe ich aus.«

»Kommt drauf an, wie tief die mit drinhängen. Ihre Mandanten aus der Aue werden sie auf jeden Fall warnen. Vielleicht suchen sie auch selbst das Weite.«

»Genau, und deshalb stehen jetzt drei Observierungswagen und vier weitere Fahrzeuge dort in Bereitschaft.«

»Die ganze Nacht?«

»Und morgen. So lange, bis wir den Jordan in Colmar ausgequetscht haben.«

20

Der Kommissar hatte keine gute Nacht. Entweder plagte ihn der Knoblauch im Putencurry, oder die Ungewissheit des nächsten Tages machte ihm zu schaffen. Viermal wachte er auf und schaute nach der Uhr, das erste Mal bereits um halb zwei.

Bedrohlich wirre Träume plagten ihn, aber immer, wenn er hochschreckte, fehlte ihm die Erinnerung.

Um fünf stand er auf und erkundigte sich bei den Observationsteams, ob etwas vorgefallen sei. »Alles ruhig«, bekam er als Antwort, was ihn gleichermaßen beruhigte wie nervös machte, weil es nicht seiner Vorahnung entsprach. Er las die Zeitung, duschte um halb sechs, konnte zu seinem Leidwesen kaum etwas frühstücken, verabschiedete sich von Carla und hielt bereits um Viertel vor acht am Gartentor des Staatsanwalts.

Auch Conradi war schon abmarschbereit und mindestens so angespannt wie der Kommissar. »Gut, dass Sie am Steuer sitzen«, sagte er nur, warf Mantel und Aktentasche auf den Rücksitz und blieb während der gesamten Fahrt entgegen seiner sonst so kommunikativen Art eher einsilbig.

Oskar Lindt trieb den Citroën ziemlich schnell in Richtung Süden. Obwohl der Termin erst für 11 Uhr angesetzt war, verließ er auf der Autobahn kaum die linke Spur und erreichte schon um kurz nach zehn das Ziel.

Ein französischer Staatsanwalt und ein Commissaire der Police Judiciaire begrüßten ihre Kollegen in bestem Deutsch und voller Herzlichkeit. Zwei große Tassen Café au lait und frische Croissants dämpften die Aufregung von Lindt und Conradi.

Der Puls der beiden sank aber erst dann richtig ab, als sie

erfuhren, dass Jordan bisher keinen Anwalt kontaktiert und auch sonst nicht zu telefonieren gewünscht hatte.

»Versteh ich zwar nicht«, grübelte Lindt, »aber das kann uns ja nur recht sein.«

»Wir haben kein großes Aufhebens um die Sache gemacht«, lächelte sein elsässischer Kollege. »Herr Jordan weiß nur, dass wir ihn wegen einer möglichen Unfallflucht vernehmen wollen.«

»Also hat er keine Ahnung, dass auch wir dabei sind«, folgerte Conradi und fasste seine Tasche fester, als er sich zusammen mit den anderen auf den Weg zum Vernehmungszimmer machte.

Klaus-Dieter Jordan saß bereits am Tisch und erhob sich, als die Gruppe eintrat. In ausgeblichenen Jeans, abgetragenem Pullover und mit langen grauen Bartstoppeln machte er so gar nicht den Eindruck des weltläufigen Industriekapitäns, der er noch vor einigen Wochen gewesen war. Lindt musterte ihn und fand, dieser Mann hätte eher auf ein Segelboot nach geglückter Atlantiküberquerung gepasst, als in die Vorstandsetage der KARMAG.

Als Jordan aber kapierte, wen ihm Staatsanwalt Lenoir da vorstellte, trat ein nervöses Flackern in seine Augen. Mit beiden Händen tastete er nach der Sitzfläche seines Stuhles und sank dort in sich zusammen.

Commissaire Buchter schaltete zuerst den Camcorder, dann das Tonbandgerät in der Tischmitte ein und sprach die Formalien auf. Ohne Umschweife erteilte er gleich Oskar Lindt das Wort: »Bitte, Herr Kommissar.«

Der war zwar auf einen derart schnellen Einstieg nicht vorbereitet, aber er fing sich sofort. »Frau Petri trauert um Sie. Die Bilder des ausgebrannten Cayenne haben sie schwer mitgenommen.«

Jordans Kinnlade klappte nach unten. »Wieso … Woher wissen Sie … Was soll …?«

»Sie sollen uns einfach alles erzählen. Am besten der Reihe nach.«

»Möchten Sie einen Anwalt hinzuziehen?«, fragte Staatsanwalt Lenoir.

Kaum merklich schüttelte Jordan den Kopf. »Nein, keinen Anwalt, denn …«

»Ihre Anwälte sind in die Sache verwickelt?«, wollte Conradi wissen.

Ein schwaches Nicken folgte.

»Wenn Sie bitte etwas lauter antworten würden«, forderte ihn Lindt auf. »Wie lange waren Sie im Hardtwald an den Baum gefesselt?«

»Eine ganze Nacht.«

»Hat man Ihnen dabei Verletzungen zugefügt?«

Jordan schob seine Oberlippe hoch und zeigte auf den linken Schneidezahn, der klar sichtbar eine andere Farbe als das restliche Gebiss aufwies. »Ein Provisorium.«

»Womit waren Sie angebunden?«

Er legte seine Unterarme frei und offenbarte deutlich gerötete und abgeschürfte Hautstellen an den Handgelenken. »Klebeband, auch hier.« Jordan fuhr sich über Mund und Wangen.

»Deshalb der Bart?«

Er stand auf und zog den Pullover über den Kopf. Den Ermittlern stockte der Atem. Rücken, Brust und Oberarme waren übersät von gelben und grünen Blutergüssen. Mit gesenktem Kopf stand Jordan da und fuhr sich mit der flachen Hand über die Seite.

»Rippen gebrochen?«, fragte Lindt.

»Jetzt kann ich wieder einigermaßen Luft bekommen«, bestätigte er leise.

»Wer?«

Jordan zögerte.

»Gabriel und Heid?«

»Wenn Sie es ohnehin schon wissen, ja.«

»Waren Sie danach in der Montagegrube?«

»Ich weiß nicht, wo. Ein kaltes Loch mit Betonwänden und einer alten Matratze.«

»Hat Sie niemand gehört?«

»Knebel im Mund, Hände und Beine mit Klebeband zusammengebunden.«

»Wie lange?«

»Ewig, es war die ganze Zeit über dunkel.«

»Wann hat man Sie rausgelassen?«

»Als ich bezahlt hatte.«

»Wie müssen wir uns das vorstellen?«

»500.000 für jeden. Onlineüberweisung über meinen Laptop auf das Treuhandkonto der Anwälte. Die zahlen nach und nach aus. Bar, in kleinen Beträgen, damit es nicht auffällt.«

»Kennen Ihre Anwälte diese Zusammenhänge?«

»Denen hab ich was von einer Prämie für verdiente Mitarbeiter erzählt.«

»Woher kam das Geld?«

Jordan zögerte. »Muss ich das …?«

»Sie müssen alles sagen.«

Der Mann tat sich schwer, zu antworten.

»Sie überlegen, ob noch etwas zu retten ist?«

Keine Reaktion.

»Schweiz?«

»Österreich«, antwortete Jordan endlich. »Aber alles aus Provisionen meiner Geschäftspartner, völlig legal.«

Lindt ging aufs Ganze: »Für Ihre Maschinen haben Sie viel zu niedrige Rechnungen ausgestellt. Ruinöse Dumpingpreise. Bankrott für die Firma Ihrer Frau. Arbeitslosigkeit für Hunderte von langjährigen Mitarbeitern. Das, was Sie so schön als ›Provisionen‹ deklarieren, sind die Differenzbeträge zum eigentlichen Verkaufspreis. Dieses Geld mussten

Ihre Kunden auf das Privatkonto einzahlen. Meinten Sie das mit ›völlig legal‹?«

Jordan klappte zusammen wie ein Taschenmesser. Er verschränkte die Arme auf der Tischplatte und ließ seinen Kopf darauf fallen.

»Ihren russischen Kunden war das vermutlich gleichgültig, aber einer davon hat unter viel Wodka den Monteuren was geflüstert. Stimmts?«

Lindt sprang auf und rüttelte Jordan an der Schulter. »Bitte laut und in die Kamera!«

»Ja, genau so war es.«

»In allen Einzelheiten?«

»Die Russen haben mitgemacht?«

»Die hatten auch genügend Vorteile davon und waren froh, so ihre Koffer voller Schwarzgeld reinwaschen zu können.«

»Ihre Frau hat die Insolvenz der KARMAG bisher nicht verkraftet.«

Jordan setzte sich kerzengerade hin. Seine Augen funkelten. »Die Firma interessierte sie noch nie. Schöne Künste, Klavier, Galerien, Vernissagen, das war ihre Welt. Mich hat sie nur geheiratet, weil ich den Betrieb gut im Griff hatte und ihr Konto immer schön füllte.«

»Der Absturz hat sie herb getroffen.«

»Eingeholt von der Wirklichkeit, aber was solls, sie ist gut aufgehoben. War ohnehin alles nur Schein.«

»Dann trat Anke Petri in Ihr Leben.«

»… und gab ihm endlich einen Sinn.«

»Bei einer Scheidung …«

»… hätte ich nur lächerlich wenig bekommen. Mein Schwiegervater hat damals auf einem harten Ehevertrag bestanden.«

»Also haben Sie diesen Weg gewählt.«

»Hätte ja fast geklappt.«

»Sie haben das elfte Gebot missachtet.«

»Das heißt?«

»Du sollst dich nicht erwischen lassen!«

Jordans Gesicht ließ einen Anflug von Wut erkennen. »Wie haben Sie mich denn überhaupt gefunden? Ich hab doch nirgends meine Identität preisgegeben, niemals mit Karte bezahlt und auch mit keinem telefoniert.«

»Aber vielleicht haben Sie ein Telefonat erwartet …«, lächelte Lindt, dann schaltete sich Commissaire Buchter ein: »Der Unfall mit dem Radfahrer – was können Sie uns dazu sagen?«

»Ich hatte keine Chance, ehrlich. Mitten in der Nacht auf dieser steilen Straße, plötzlich ein Licht vor mir, Stirnlampe oder so. Der hat die Kurve geschnitten und ist frontal auf meinen Wagen geknallt. War sofort tot, Genickbruch.«

»Und da haben Sie die Chance genutzt.«

»Er war echt schon tot, als ich rauskam.«

»Gute Möglichkeit, zu verschwinden.«

»Und eine hohe Versicherungssumme zu kassieren«, sagte Conradi. »Bei Unfalltod das Doppelte! Die Police spricht gegen einen Zufall. Geben Sie zu, dass Sie so etwas geplant hatten!«

»Es … es war wie eine Fügung des Schicksals.«

Staatsanwalt Lenoir unterbrach die Vernehmung und ließ Jordan nach draußen bringen. Als sich die Tür hinter ihm geschlossen hatte, sagte er: »Wir werden ihm nichts anderes nachweisen können. Der Unfallort wurde penibelst abgesucht, aber die Spuren waren großteils schon verwischt. Es kann sich durchaus so zugetragen haben, wie er behauptet.«

»Also werden Sie ihn gar nicht zur Rechenschaft ziehen?«, fragte Conradi.

»Für den Wagen, den er mit dem toten Radfahrer in den Abgrund gesteuert hat, muss er wahrscheinlich nicht ins Gefängnis.«

»Dann können wir ihn mitnehmen?«

»Wird das Gericht entscheiden, aber ich denke schon.«

»Wir hätten noch ein paar weitere Fragen an ihn«, mischte sich Lindt ein.

Lenoir ließ Jordan wieder hereinholen. Buchter überprüfte nochmals die Aufzeichnungsgeräte.

»Was geschah genau, als Sie im Hardtwald an diesen Baum gefesselt waren?«

»Die haben mich weichgeprügelt! Soll ich Ihnen die Spuren nochmals zeigen?«

»Womit?«

»Baseballschläger, Holzknüppel, so was in der Art. Meine Augen waren verbunden. Ich konnte die ganze Zeit nichts sehen.«

»Wie sind Sie dort hingekommen?«

»In einem Lieferwagen, denk ich mal. Furchtbar lauter Dieselmotor.«

»Wo war der Motor, hinten oder vorne?«

»Hinter mir. Und es gab eine Schiebetür, auf und zu, das Geräusch kennt man doch. Wie bei 'nem Campingbus. Dort haben sie mich in den Laderaum geworfen.«

»Und dann?«

»An meinen gefesselten Händen vorwärtsgezerrt. Dauernd bin ich gestolpert.«

»Wie viele Personen haben Sie geschlagen?«

»Nur Gabriel und Heid, sonst habe ich niemanden sprechen gehört.«

»Sonst nichts?«

Jordan überlegte. »Ein Mal war da noch was … Stimmen, aber weiter weg. Dann ›patsch‹, ein kleiner Knall und wieder Ruhe.«

»Wo waren Gabriel und Heid zu der Zeit?«

»Ich konnte doch nichts sehen.«

»Und hören?«

»Manchmal eine halbe Stunde Stille, dann wieder ein Schlag, aus heiterem Himmel, ganz plötzlich und noch einer und noch einer.«

»Pure Folter«, kommentierte Conradi. »Die Angst: Wann kommt der nächste Hieb? Grauenhaft.«

»Können Sie sich an alles erinnern?«, wollte Lindt wissen.

»›Spucks aus, wo ist die Kohle?‹, das hab ich noch im Ohr, aber ein paar Mal war ich völlig weg.«

»Bewusstlos?«

Jordan senkte den Kopf. »Irgendwann konnte ich nicht mehr. Da hatten sie mich so weit.«

»Mit dem Geld?«

»›Wenn du Schwierigkeiten machst, fahren wir nächste Nacht wieder hierher.‹ Das wollte ich nicht noch einmal erleben.«

Jetzt war es Lindt, der eine Pause brauchte. Fragend blickte er Tilmann Conradi an. »SEK?«

»Schicken Sie die Männer. Was wir jetzt wissen, reicht aus, um Gabriel und Heid endgültig festzusetzen.«

Der Kommissar verließ kurz den Raum und telefonierte nach Karlsruhe.

»Es geht los«, sagte er zu Paul Wellmann. »Holt sie euch, alle vier. Bei den Anwälten könnt ihr es ja zuerst auf die sanfte Tour versuchen.«

»Also ohne SEK?«

»Sollen sich bereithalten. Was gibts an der Front?«

»Bisher ist alles ruhig, die ahnen noch nichts.«

»Umso besser.«

Lindt hatte bereits die Türklinke zum Verhörraum in der Hand, da machte er nochmals kehrt und drückte eine Kurzwahltaste auf seinem Handy.

Kurze Zeit später saß er wieder am Tisch neben Conradi und wandte sich erneut an Jordan.

»Es kommt jetzt auf jede Kleinigkeit an. Alles, was Sie gehört, gespürt oder gerochen haben, kann entscheidend sein. Zum Beispiel auf den Fahrten im Lieferwagen. Wie kamen Sie dort überhaupt rein?«

Jordan fühlte über seinen Hinterkopf. »Abends nach elf in der Firma, ich wollte zu meinem Wagen, dann ein Schlag von hinten. Mehr weiß ich nicht.«

»Wann kamen Sie wieder zu sich?«

»Muss schon im Wald gewesen sein. Als die merkten, dass ich mich wieder bewegte, zerrten sie mich gleich aus dem Laderaum und hinter sich her.«

»Gab es etwas in der Unterhaltung von Heid und Gabriel, was nicht Sie betraf?«

Klaus-Dieter Jordan legte die Finger an die Schläfen. »Ich hoffe, das wirkt sich für mich strafmildernd aus, wenn ich Ihnen helfe.«

»Es ist auf jeden Fall zu Ihrem Vorteil«, antwortete Conradi.

»Ich habe bereits mehrfach darüber nachgegrübelt, aber es gab für mich keinen Sinn. Die beiden wurden einmal laut miteinander.«

»Streit?«

»So in der Art. ›Mann, der andere ist weg‹, das hab ich behalten, aber nicht verstanden. Gabriels Stimme.«

»Sonst nichts?«

»Doch, Heid hat geantwortet: ›Macht nichts, ich weiß, wo …‹«

»War das nach dem kleinen Knall?«

»Ein paar Minuten später. Ich versteh das nicht.«

»Ich schon«, antwortete Lindt. »Bestätigt eine meiner Theorien. Aber bitte, denken Sie noch weiter nach. Die Fahrt zurück. War da was?«

»Kann ich vielleicht einen Kaffee bekommen?«

Commissaire Buchter ging zur Tür.

»Espresso bitte, kein so ’n Milchzeugs.«

Lindt schmunzelte: »Ist Café au lait nicht Ihr Fall?«

Jordan schüttelte sich. »Kaffee oder Milch, aber nicht beides in einer Tasse. Ach …«, fasste er sich an die Stirn, »… die Fahrt zurück. Ich hatte das Gefühl, es ginge immer schnurgerade. Geradeaus, aber manchmal auf holprigem Untergrund.«

»Kennen Sie die Hardtwaldalleen nicht? Die sind so.«

»Einmal hat dieser Lieferwagen angehalten, da ging es vorher kurz um eine Ecke.«

»Abgebogen?«

»Nicht direkt, mehr so eine Links-rechts-links-Kurve.«

Der Kommissar überlegte: »Vielleicht ein Hindernis?«

»Ich dachte, die pinkeln jetzt. Türenschlagen hab ich auch gehört.«

»Hmm«, brummte Lindt. »Sonst noch was? Wann wurden Sie denn freigelassen?«

»Nachts, mitten auf einem Waldweg. Einer muss meinen Cayenne mitgebracht haben. Da haben sie mich reingesetzt und gesagt: ›Verschwinde jetzt. Hier ist Frankreich. Du wirst dich wohl kaum getrauen, zurückzukommen.‹ Dann schnitten sie mir das Band um die Handgelenke durch, aber bis ich die Augenbinde abhatte, konnte ich keinen mehr sehen.«

»Wo war das?«

»Irgendwann kam Hagenau. Ich fuhr einfach weiter, Straßburg, Colmar, dann rein in die Vogesen, den Rest kennen Sie ja …«

»Wie konnten Sie sich Geld beschaffen?«

»Im Cayenne hatte ich immer einige Tausender in Reserve. Versteckt unter der Rücksitzbank. Auch meine Aktentasche mit dem Laptop haben sie mir gelassen. Die wollten ja, dass ich verschwinde, und ohne Papiere hätte das kaum funktioniert.«

»Spätestens am nächsten Flughafen wären Sie geschnappt worden.«

»Deswegen hab ich mich erst mal durch Frankreich treiben lassen. Bus, Bahn, Taxi, Fahrrad, zunächst sogar zu Fuß. Außerdem war ich ja tot.«

»Wussten nicht mal Ihre Anwälte, dass Sie noch leben?«

»Niemand! Keine Spuren hinterlassen – mein oberstes Ziel, aber dennoch waren Holz & Koller meine Lebensversicherung. Wenn ich Heid und Gabriel das Geld direkt gegeben hätte, dann wäre ich …«

»… längst verscharrt«, beendete Lindt den Satz.

21

Am kommenden Tag erschien in den Badischen Neuesten Nachrichten eine aufsehenerregende Bildreportage. Auch überregionale Tageszeitungen und große deutsche Boulevardblätter druckten die ›Hautnah‹-Fotos.

Nebel aus Rauchgranaten verhüllte die Szene, vermummte Gestalten mit ›POLIZEI‹ auf Front und Rücken ihrer schwarzen Kampfanzüge stürmten zwei Wohnhäuser. Pistolen und automatische Waffen waren noch schemenhaft zu erkennen. Bilder mit geradezu magnetischer Anziehungskraft – den Zeitungslesern stockte der Atem.

›Rein zufällig‹ war eine kurze, breite Journalistin im Durlacher Stadtteil Aue unterwegs, als die Männer des Sondereinsatzkommandos aus Kleinbussen mit abgedunkelten Scheiben sprangen und zuschlugen.

»Quitt, jetzt sind wir quitt«, tönte es aus dem Handy des obersten Karlsruher Mordermittlers. »Danke.«

»Wofür?«, gab Oskar Lindt seelenruhig zurück, lehnte sich in seinem Schreibtischsessel nach hinten und blies eine dicke Rauchwolke aus dem Mundwinkel. »Du hast anscheinend mal wieder den richtigen Riecher gehabt, Inka.«

Er hatte kaum aufgelegt, als es klopfte. Der kleine freundliche Staatsanwalt streckte seinen Kopf zur Tür herein.

»Ob Sie mal …?«

Lindt erhob sich und folgte dem Staatsanwalt in den Besprechungsraum, wohin dieser schon Wellmann, Sternberg und Ludwig Willms gebeten hatte.

»Kurz das Neueste«, begann Conradi. »Die beiden Rechtsanwälte mussten wir wieder laufen lassen. Wenn Jordan bei seiner Aussage bleibt, dass die nichts Genaues wussten, dann wird es echt schwierig, ihnen eine Beteiligung nachzuweisen.«

»Typisch«, kommentierte Jan Sternberg. »Die Großen kommen wieder ungeschoren davon.«

»Wir sind dran und warten ab, bis Jordan aus Frankreich hierher gebracht wird. Falls er sich doch noch anders besinnt …«

»Heid und Gabriel?«, wollte Lindt wissen.

»Der Untersuchungsrichter hat vor einer Stunde U-Haft angeordnet. Die kommen so schnell nicht mehr raus.«

»Entführung, Körperverletzung, Nötigung, Erpressung«, zählte Sternberg auf. »Ganz ordentlich, was die auf dem Kerbholz haben.«

»Nur die Morde an den beiden Zigarettenschiebern, die können wir ihnen leider noch nicht nachweisen. Die Andeutungen von Jordan werden vor Gericht kaum ausreichen. Wenn wir wenigstens die Waffen hätten.« Conradi schaute Lindt und Willms an. »Sie müssen noch mal ran. Alle Grundstücke von Heid und Gabriel durchsuchen, Häuser, Garagen, Schuppen, von oben bis unten. Graben Sie die Gärten um, wühlen Sie in den Komposthaufen, nehmen Sie die Hasenställe auseinander, tasten Sie die Dachbalken ab. Metalldetektoren, Spürhunde, Sie bekommen jede Unterstützung, die Sie brauchen.«

Der Staatsanwalt bemerkte den abwesenden Blick des Hauptkommissars. »Haben Sie alles mitbekommen, Herr Lindt?«

Der schreckte hoch: »Taucher haben Sie vergessen, Herr Conradi, wir werden Taucher brauchen.« Er eilte zum großen Stadtplan an der Wand und zeigte auf mehrere Stellen an der nördlichen Grenze des Stadtkreises Karlsruhe. »Links-rechts-links, vielleicht haben wir Glück.«

Am späten Vormittag startete die Aktion. Hinter den drei Ermittlern der Mordkommission in Lindts französischem Dienstwagen bewegten sich noch mehrere Polizeifahrzeuge auf der Friedrichstaler Allee durch den Hardtwald nach Norden. Ab und zu etwas holprig, aber immer schnurgerade, bis ein Gewässer ihren Weg kreuzte – der Pfinz-Entlastungskanal.

»Entweder hier oder drüben an der Grabener«, sagte Oskar Lindt. »Die Brücken sind natürlich rechtwinklig zum Kanal gebaut, also braucht die Allee einen kurzen Knick.«

Die beiden Polizeitaucher schauten recht skeptisch. »Wir haben Dezember! Wisst ihr, wie kalt dieses Wasser jetzt ist?«

»Eine Runde Glühwein, wenn es umsonst war«, antwortete der Kommissar.

»Und wenn wir was finden?«

»Dann zwei! Heut Abend auf dem Weihnachtsmarkt.«

»Schlechte Sicht, mindestens drei«, entgegnete der erste Froschmann, bevor er seine Maske aufsetzte und sich vom Ufer aus vorsichtig ins Wasser gleiten ließ.

Sein Kollege folgte vom gegenüberliegenden Rand aus. Durch Leinen gesichert, tasteten sie sich systematisch über den Schlamm am Grund des Kanals und kamen ab und zu an die Oberfläche, um Zeichen zu geben.

»Negativ, immer noch negativ.« Über eine halbe Stunde

lang konnte der Einsatzleiter nichts anderes melden. Einige der Wartenden begannen schon, nervös herumzulaufen, um die Kälte in ihren Zehen zu vertreiben.

»Lange kann ich das meinen Männern nicht mehr zumuten«, zog der Gruppenführer seine Stirn in Falten, als Jan Sternberg plötzlich rief: »Da, er hat was!«

Einer der Taucher schwenkte einen länglichen Gegenstand über seinem Kopf und brachte ihn ans Ufer. KTU-Chef Ludwig Willms hatte sich bereits Handschuhe übergestreift und kam ans Wasser.

»Pumpgun«, rief er. »Ein Schrotgewehr!«

»Dann liegt die Kurzwaffe bestimmt auch dort unten!«, gab Lindt zurück, und tatsächlich brachte nach einer weiteren Viertelstunde der andere Taucher das gesuchte Teil ans Tageslicht.

»Arminius HW 22«, bestätigte Willms, als er den Trommelrevolver in Händen hielt. »Genau den haben wir gesucht!«

»Ab und zu brauchen auch wir ein wenig Glück« strahlte Oskar Lindt. »Diese Stelle muss den beiden echt gefallen haben, aber jetzt ist er wirklich aus, der Traum!«

ENDE

BERND LEIX

Waldstadt

222 Seiten, Paperback.
ISBN 978-3-89977-730-7.

Wenn sich DIE SCHLINGE ZUZIEHT Die Angst geht um in Karlsruhe: Seit Wochen treibt ein Serienkiller im Hardtwald, unweit des Stadtteils Waldstadt, sein Unwesen. Immer wieder legt sich im Schutze der Nacht dieselbe Drahtschlinge schnell und unbarmherzig um die Hälse der nichts ahnenden Opfer, die der Täter scheinbar wahllos auswählt.

Hauptkommissar Oskar Lindt verfolgt als Leiter einer kopfstarken Sonderkommission hunderte von Spuren – ohne nennenswerte Ergebnisse. Sein Gegner erscheint übermächtig und die Angst der Bevölkerung wächst. Denn auch aus dem nahen Schwarzwald wird der Fund einer Leiche gemeldet, und auch bei diesem Toten ist die Handschrift des Schlingenmörders unverkennbar.

BERND LEIX

Hackschnitzel

273 Seiten, Paperback.
ISBN 978-3-89977-694-2.

Blutige Hackschnitzel Fein zerhäckselt finden sich die Einzelteile einer menschlichen Leiche zwischen den Holzhackschnitzeln auf einem Kinderspielplatz.

Die Identifizierung des Toten erweist sich als schwierig. Als klar wird, dass es sich um den Direktor einer Ettlinger Baufirma handelt, beginnt für Oskar Lindt, den Chefermittler der Karlsruher Mordkommission, die zähe Suche nach Motiv und Täter. In einem Sumpf aus Verbrechen, Geldgier, Macht und Korruption entgeht er selbst dem Tod nur um Haaresbreite …

GMEINER

Wir machen's spannend

Das neue KrimiJournal ist da!

2 x jährlich das Neueste
aus der Gmeiner-Krimi-Bibliothek

In jeder Ausgabe:

- Vorstellung der Neuerscheinungen
- Hintergrundinfos zu den Themen der Krimis
- Interviews mit den Autoren und Porträts
- Allgemeine Krimi-Infos
- Großes Gewinnspiel mit ›spannenden‹ Buchpreisen

ISBN 978-3-89977-950-9
kostenlos erhältlich in jeder Buchhandlung

KrimiNewsletter

Neues aus der Welt des Krimis

Haben Sie schon unseren KrimiNewsletter abonniert?
Alle zwei Monate erhalten Sie per E-Mail aktuelle Informationen aus der Welt des Krimis: Buchtipps, Berichte über Krimiautoren und ihre Arbeit, Veranstaltungshinweise, neue Krimiseiten im Internet, interessante Neuigkeiten zum Krimi im Allgemeinen.
Die Anmeldung zum KrimiNewsletter ist ganz einfach. Direkt auf der Homepage des Gmeiner-Verlags (www.gmeiner-verlag.de) finden Sie das entsprechende Anmeldeformular.

Ihre Meinung ist gefragt!

Mitmachen und gewinnen

Wir möchten Ihnen mit unseren Krimis immer beste Unterhaltung bieten. Sie können uns dabei unterstützen, indem Sie uns Ihre Meinung zu den Gmeiner-Krimis sagen! Senden Sie eine E-Mail an gewinnspiel@gmeiner-verlag.de und teilen Sie uns mit, welches Buch Sie gelesen haben und wie es Ihnen gefallen hat. Alle Einsendungen nehmen automatisch am großen Jahresgewinnspiel mit ›spannenden‹ Buchpreisen teil.

GMEINER

Wir machen's spannend

Alle Gmeiner-Autoren und ihre Krimis auf einen Blick

Pilger des Zorns • Walhalla-Code (2009) • Die Kiliansverschwörung (2008) • Die Pforten der Hölle (2007) **KLEWE, SABINE**: Die schwarzseidene Dame (2009) • Blutsonne (2008) • Wintermärchen (2007) • Kinderspiel (2005) • Schattenriss (2004) **KLÖSEL, MATTHIAS**: Tourneekoller (2008) **KLUGMANN, NORBERT**: Die Adler von Lübeck (2009) • Die Nacht des Narren (2008) • Die Tochter des Salzhändlers (2007) • Kabinettstück (2006) • Schlüsselgewalt (2004) • Rebenblut (2003) **KOHL, ERWIN**: Willenlos (2008) • Flatline (2007) • Grabtanz • Zugzwang (2006) **KÖHLER, MANFRED**: Tiefpunkt • Schreckensgletscher (2007) **KOPPITZ, RAINER C.**: Machtrausch (2005) **KRAMER, VERONIKA**: Todesgeheimnis (2006) • Rachesommer (2005) **KRONENBERG, SUSANNE**: Rheingrund (2009) • Weinrache (2007) • Kultopfer (2006) • Flammenpferd (2005) **KURELLA, FRANK**: Der Kodex des Bösen (2009) • Das Pergament des Todes (2007) **LASCAUX, PAUL**: Feuerwasser (2009) • Wursthimmel • Salztränen (2008) **LEBEK, HANS**: Karteileichen (2006) • Todesschläger (2005) **LEHMKUHL, KURT**: Nürburghölle (2009) • Raffgier (2008) **LEIX, BERND**: Fächertraum (2009) • Waldstadt (2007) • Hackschnitzel (2006) • Zuckerblut • Bucheckern (2005) **LOIBELSBERGER, GERHARD**: Die Naschmarkt-Morde (2009) **MADER, RAIMUND A.**: Glasberg (2008) **MAINKA, MARTINA**: Satanszeichen (2005) **MISKO, MONA**: Winzertochter • Kindsblut (2005) **MORF, ISABEL**: Schrottreif (2009) **MOTHWURF, ONO**: Taubendreck (2009) **OTT, PAUL**: Bodensee-Blues (2007) **PELTE, REINHARD**: Inselkoller (2009) **PUHLFÜRST, CLAUDIA**: Rachegöttin (2007) • Dunkelhaft (2006) • Eiseskälte • Leichenstarre (2005) **PUNDT, HARDY**: Deichbruch (2008) **PUSCHMANN, DOROTHEA**: Zwickmühle (2009) **SCHAEWEN, OLIVER VON**: Schillerhöhe (2009) **SCHMITZ, INGRID**: Mordsdeal (2007) • Sündenfälle (2006) **SCHMÖE, FRIEDERIKE**: Fliehganzleis • Schweigfeinstill (2009) • Spinnefeind • Pfeilgift (2008) • Januskopf • Schockstarre (2007) • Käfersterben • Fratzenmond (2006) • Kirchweihmord • Maskenspiel (2005) **SCHNEIDER, HARALD**: Erfindergeist • Schwarzkittel (2009) • Ernteopfer (2008) **SCHRÖDER, ANGELIKA**: Mordsgier (2006) • Mordswut (2005) • Mordsliebe (2004) **SCHUKER, KLAUS**: Brudernacht (2007) • Wasserpilz (2006) **SCHULZE, GINA**: Sintflut (2007) **SCHÜTZ, ERICH**: Judengold (2009) **SCHWAB, ELKE**: Angstfalle (2006) • Großeinsatz (2005) **SCHWARZ, MAREN**: Zwiespalt (2007) • Maienfrost • Dämonenspiel (2005) • Grabeskälte (2004) **SENF, JOCHEN**: Knochenspiel (2008) • Nichtwisser (2007) **SEYERLE, GUIDO**: Schweinekrieg (2007) **SPATZ, WILLIBALD**: Alpendöner (2009) **STEINHAUER, FRANZISKA**: Wortlos (2009) • Menschenfänger (2008) • Narrenspiel (2007) • Seelenqual • Racheakt (2006) **SZRAMA, BETTINA**: Die Giftmischerin (2009) **THÖMMES, GÜNTHER**: Das Erbe des Bierzauberers (2009) • Der Bierzauberer (2008) **THADEWALDT, ASTRID / BAUER, CARSTEN**: Blutblume (2007) • Kreuzkönig (2006) **VALDORF, LEO**: Großstadtsumpf (2006) **VERTACNIK, HANS-PETER**: Ultimo (2008) • Abfangjäger (2007) **WARK, PETER**: Epizentrum (2006) • Ballonglühen (2003) • Albtraum (2001) **WILKENLOH, WIMMER**: Poppenspäl (2009) • Feuermal (2006) • Hätschelkind (2005) **WYSS, VERENA**: Todesformel (2008) **ZANDER, WOLFGANG**: Hundeleben (2008)